KB041551

동급생

同級生

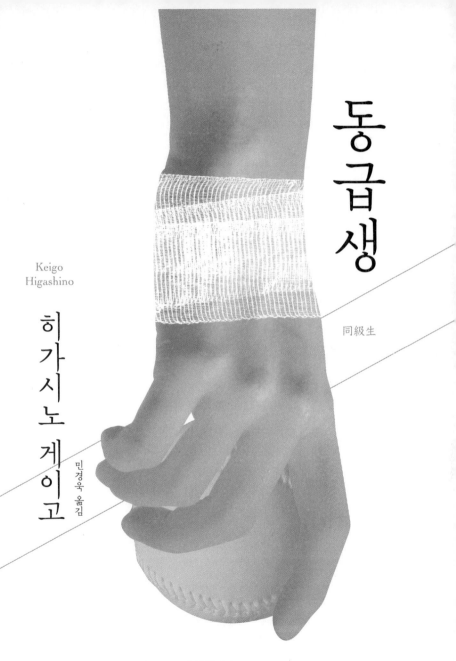

동급생

同級生

Keigo
Higashino

히가시노 게이고

민경욱 옮김

소미미디어
Somy Media

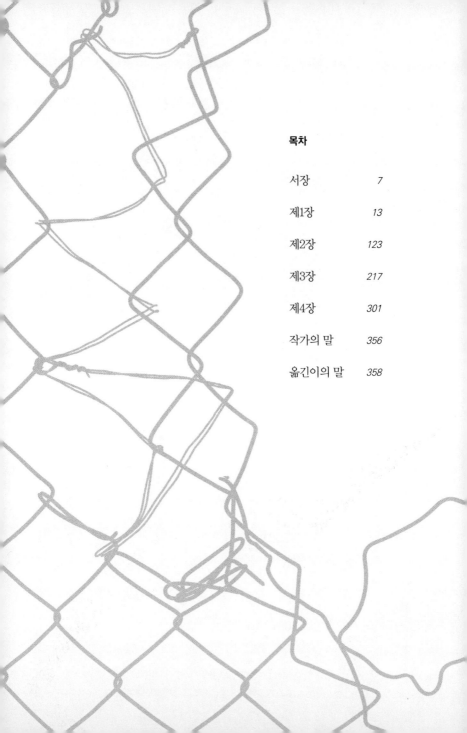

목차

서장

하루미의 심장에는 구멍이 나 있다. 태어날 때부터 그랬다. 그 사실을 알았을 때 나는 일곱 살이었다.

당시 우리 가족은 K시에 살았다. 아버지의 아버지가 지었다는 집은 대지가 넓은 오래된 단층집이었다. 근처에 공터가 많아 나를 포함한 이웃 아이들은 놀이터에 부족함을 느끼지 못했다.

그때는 여름철 해가 질 무렵이었다. 내가 그 공터에서 친구와 야구를 하고 돌아왔는데 한 살인 하루미가 침상에 누워 꼼짝도 하지 않았다. 그냥 보기에도 이상하다고 생각했다. 얼굴이 보랏빛으로 질려 있었고 손발을 잘게 떨고 있었던 것이다. 나는 야구 모자를 벗는 것도 잊고 큰소리를 질렀다.

바로 어머니가 달려왔다. 어머니는 부엌에 있느라 딸의 이변을 알아차리지 못했다.

그때의 발작은 1,2분 만에 가라앉았지만 걱정이 된 부모님은 하루미를 병원에 데려갔다. 그 일을 통해 비로소 하루미의 심장이 기형이라는 사실이 판명되었다. 심실판막에 구멍이 나 있고, 게다가 심장에서 폐동맥으로 나가는 출구가 좁다고 한다. 물론 당시 일곱 살이었던 내가 그런 사실을 다 이해했던 것은 아니다. 그 무렵에는 그저 갓난아기가 어떤 중병을 앓고 있다는 정도로 막연하게 생각했을 뿐이다. 내가 여동생의 병에 대해 정확히 안 것은 중학교에 들어가고 나서부터다.

어린 딸의 몸에 일어난 뜻하지 않은 불행에 아버지와 어머니는 개탄했다. 나도 그런 부모님의 모습을 보고 아무 이유 없이 울었다. 하루미 본인만 아무것도 모른 채 환하게 웃었다.

이날부터 우리 가족의 생활이 변했다. 어머니는 어지간한 일이 아니면 외출하지 않고 항상 하루미의 곁을 지켰다. 일주일에 한 번 하는 장보기처럼 꼭 외출해야 할 때는 아버지가 딸을 돌봤다. 매일 밤늦게까지 접대로 술을 마시고 일요일이면 골프를 나가던 아버지였지만 하루미에게 일어난 일을 알고 나서는 집에 있는 일이 많아졌다.

초등학생이었던 나도 가능한 여동생을 보살폈다. 그때까지는 일 년 전에 태어난 이 가족에게 부모님의 애정을 빼앗겼다는 이유로 서먹하게 굴었던 것도 사실이었지만, 이제는 모두가 지켜줘야만 하는, 아주 소중한 보물처럼 여겨졌던 것이다.

부모님과 의사 사이에 어떤 얘기가 오갔는지 나는 전혀 모른다. 그러나 이후의 경과를 돌이켜 보면 "수술을 몇 단계에 걸쳐 하자"

는 내용이었음을 알 수 있다. 하루미는 갓난아기일 때 한 번, 유아기에 한 번 수술을 받았기 때문이다. 그때마다 우리 가족은 가슴을 졸이는 불안을 안고 병원 대기실에서 수술이 무사히 끝나기를 기다렸다. 하루미의 작은 생명이 무사하기를 빌면서 만일의 경우를 대비해 마음의 준비도 해야만 했다. 수술은 잘 끝났습니다, 라는 말이 의사의 입에서 나올 때면 아아, 다행이다, 하며 저도 모르게 울어버렸다.

나는 다른 평범한 소년들과 똑같은 학창시절을 보내면서도 하루미와 함께 있을 때는 최대한 하루미를 우선시하려고 노력했다. 하루미가 밖에 나가고 싶다고 하면 공원에 데리고 가고 먹고 싶은 게 있다고 하면 바로 그걸 주었다. 하루미가 내 여동생으로 있을 수 있는 시간, 그러니까 그녀가 살아 있는 시간이 얼마나 될지 몰랐기 때문에 나는 뭔가에 쫓기는 심정으로 하루미에게 최선을 다했다. 그리고 하루미는 그럴 만한 가치가 있는 마음씨가 고운 딸이었다.

이렇게 약 10년이 지났다. 하루미는 우리가 만든 온실 속에서 나름 건강하고 아름답게 성장했다. 그러나 안심할 수 없었다. 마지막 수술, 그것도 가장 큰 수술을 앞두고 있었기 때문이다. 그것을 이겨내야만 비로소 우리들의 노력이 보답을 받는다.

다행히 나는 다른 사람보다 훨씬 건강하게 태어났다. 그만큼 하루미가 너무 불쌍했다. 스스로 잘못한 게 하나도 없는데 그저 '그렇게 태어났다는 것'만으로 다른 사람처럼 달리거나 볼을 던질 수 없었던 것이다.

"어쩔 수 없지. 그렇게 태어났는걸."

하루미는 명랑하다고 할 수 있을 정도의 표정으로 말한다. 그런 여동생을 보고 있으면 나라면 절대 저렇게 할 수 없다고 늘 생각했다. 자신을 이런 처지에 빠뜨린 상대를 증오하지 않을 수 없으리라.

그렇다.

하루미의 불행은 단순한 우연의 산물이 아니었다. 그녀는 욕심 많은 인간들의, 추악한 싸움의 희생양에 불과했다. 그것을 알았을 때 나는 결심했다. 그 녀석들을 절대로 용서하지 않겠다고, 그리고 언젠가 꼭 복수하겠다. 하루미의 앞에 무릎을 꿇게 만들겠다―.

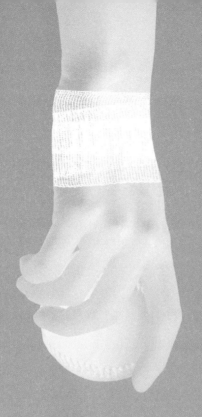

제1장

1

미야마에 유키코가 죽은 것은 5월 중순의 월요일이었다.

하지만 내가 그 사실은 안 것은 다음 날인 화요일이었다.

이날 아무것도 모른 채 등교하자 여학생 몇 명이 교실에서 훌쩍훌쩍 울고 있었다. 남학생 중에서도 심각한 표정으로 이야기를 나누는 그룹이 있었다.

"무슨 일 있어?"

내가 그중 하나에게 묻자 그 녀석은 목소리를 낮추고 대답했다.

"2반의 미야마에가 죽었대."

쿵 하고 심장에 묵직한 통증이 찾아왔다. 나는 잘못 들었기를 기원하면서 다시 물었다.

"누가 죽어?"

"미야마에라고. 그, 머리가 이 정도 길이였던." 그 녀석은 손으로 어깨 언저리를 가리키면서 말하고 다시 내 얼굴을 봤다. "그러고 보니, 그 녀석, 너희 팀 매니저 아니냐?"

그 말에 대답하지 않고 나는 교실을 뛰쳐나왔다. 2반 교실로 가 보았다. 그랬더니 이곳에서는 더 많은 여학생이 울고 있었다. 불길한 정보가 거짓이 아니라는 사실을 그녀들의 모습이 증명하고 있었다. 나는 심장고동에 맞춰 이명이 일어나는 것을 느끼면서 주위를 둘러보고 나라사키 가오루를 찾았다. 그러나 그녀의 모습은 없었다. 나는 근처에 있던 여학생에게 가오루의 행방을 물었다. 그 여학생은 콧등과 눈가를 붉게 물들인 채 교무실에 간 것 같다고 대답했다.

그래서 나는 교무실로 향하다가 도중에 나라사키 가오루와 만났다. 그녀는 동그란 얼굴을 붉게 물들이고 씩씩거리며 걷고 있었다. 전혀 주위를 살피지 않는 모습으로 내가 말을 걸지 않으면 그대로 지나칠 것 같았다.

"아, 니시하라. 유키코 얘기 들었어?" 그녀는 내 얼굴을 보고 다시 울음을 터뜨릴 것만 같았다. 다시, 라고 한 것은 이미 운 흔적이 눈 밑에 남아 있었기 때문이다.

"들었어." 내가 대답했다.

"나, 믿을 수가 없어. 어떻게 된 거지? 도대체 무슨 일이 있었던 거지?" 나라사키 가오루는 눈썹을 잔뜩 늘어뜨렸다.

"모르겠어." 내가 묻고 싶은 말을 먼저 상대가 하니, 나는 그저 고개를 흔들 수밖에 없었다. "죽었다는 게 진짜야?"

"진짜야. 진짜인 거 같아. 무엇보다 선생님이 말했으니까." 눈물이 차오르는 듯 가오루는 급히 수건을 꺼냈다.

"어떤 꼰대가 한 말인데?" 꼰대라는 말의 꼰 자를 강조해 나는 물었다. 평소 교사에 대해 혐오감을 가지고 있었는데 미야마에 유키코의 죽음이라는 어두운 뉴스를 전했다는 사실에 그 증오에 박차가 가해졌다.

나라사키 가오루의 말에 따르면 2반 당번이 학급일지를 가지러 교무실에 갔을 때 부담임의 입에서 유키코에 대한 얘기가 나왔다고 한다.

"이유는 말 안 했어?"

"응. 자기도 잘 모른다고 했대."

숨기고 있다고 나는 생각했다. 이럴 때 녀석들은 일단 숨기고 본다.

"니시하라, 왜일까? 왜 유키코가 죽었을까?" 나라사키 가오루는 수건을 눈가에 대고 떨리는 목소리로 말했다. "그렇게 밝았는데. 얼마 전까지만 해도 그렇게 밝았는데."

옆을 지나가던 다른 반 학생이 흥미진진한 얼굴로 우리 둘을 살폈다. 나는 무섭게 노려볼 생각이었는데 그 눈빛에 전혀 힘이 들어가지 않았다는 것을 스스로도 알 수 있었다.

종소리가 울려 우리는 각자의 반으로 돌아왔다. 유키코의 죽음에 대해 얘기하고 있는 여학생이 있어서 자세한 사정을 아느냐고 물었다.

"전혀 모르지만 어쩐지 학교 측이 무척 당황한 것 같아." 보이시한 헤어스타일을 한 그 여학생은 목소리를 낮춰 말했다.

"당황했다고?"

"학생지도부 사람들이 잔뜩 긴장한 얼굴로 교무실을 드나들더라. 그거, 유키코와 관계있는 거 아닌가?"

"흠……." 유키코의 죽음을 놓고 왜 학생지도부 교사들이 분주할까, 나로서는 영문을 알 수 없었다.

"걔, 야구부 매니저였지? 네가 주장인데 무슨 연락 못 받았어?"

"전혀."

"흠. 뭐. 그럴 수도 있겠다."

얼마 후 우리 반 담임이 출석을 부르는 것 외에는 아무 의미도 없어 보이는 짧은 학급회의시간을 가졌다. 담임은 이시베라는 이름의 국어 교사였다. 마른 데다 자세가 나빠 빈약해 보이는 인상의 남자였다. 말도 분명하게 하질 않는다. 늘 입 안에서 우물거릴 뿐이다.

미야마에 유키코에 대해 언급하지 않을까 하는 나의 기대와는 달리 이시베는 상관없는 말만 중얼중얼 읊조릴 뿐이었다. 하굣길에 딴 데로 새지 말라거나 교정 구석에 누가 콜라 캔을 버리곤 하는데 그 안에 담배꽁초가 들어 있다나.

"그럼 각 위원들이 전달할 사항은 없나?" 한심한 얘기를 한바탕 끝낸 다음 늘 하던 대로 이시베가 물었다. 보건위원을 맡은 남학생이 손을 들고 귀찮다는 듯 소변검사에 대한 지시를 말했다. 도

중에 한 학생이 소변에 관한 농담을 날려 일부 학생이 웃었다. 그러나 대부분의 학생은 한심하다는 표정으로 무시했다.

보건위원의 전달사항도 끝나자 이시베는 교실을 나가려다가 방금 생각난 것 같은 표정으로 돌아봤다. "2반 학생이 교통사고를 당했다고 하더라. 모두 조심해라."

교실 안이 일거에 소란스러워졌지만 그때 이미 이시베의 모습은 없었다.

거의 정신을 놓고 1교시를 보낸 후 나는 2반으로 가봤다. 입구쪽에서 안을 들여다보고 있으니 내 모습을 알아차린 나라사키 가오루가 코를 훌쩍이면서 교실을 나왔다.

"교통사고라고 하던데." 내가 말했다.

"맞아. 교통사고래." 가오루는 손수건으로 눈두덩을 누르면서 말했다. 이제 더는 눈물 한 방울도 흡수하지 못할 정도로 손수건은 젖어 있었다. "어제 저녁, 도로로 뛰어나왔는데 지나가던 트럭에 치였대. 야마다가 그렇게 말했어."

야마다란 2반의 부담임 교사다.

"장소는 어디야?"

"몰라."

"아이도 아니고 왜 유키코가 도로로 뛰어나가?"

"모르겠어."

"아무것도 모르는구나." 나는 기어이 혀를 차고 말았다. "야마다에게 물어보지 않았어?"

"물었어. 이것저것 물었다고. 하지만 아무것도 가르쳐주지 않았어. 그저 유키코가 죽었다고만 하더라. 아직 확실한 건 모른대. 그럴 리가 없지 않아? 어쨌든 우리에게는 아무것도 가르쳐주질 않아. 그 녀석들." 가오루는 잔뜩 흥분해 말하고 그 사이에 눈물을 훔쳤다.

"누군가 사정을 알 만한 녀석이 없을까?"

"글쎄. 무엇보다 내가 모른다니까."

맞는 말이다 싶어 나는 가오루의 얼굴을 보고 고개를 끄덕였다.

"오늘 밤, 장례식이 있대." 마음을 가라앉히려는 듯 한숨을 내쉬고 가오루가 말했다. "너도 갈 거지?"

"유키코의 집에서?"

"집 근처 절이래. 나중에 장소를 알아볼게."

"부탁해." 그렇게 말하고 나도 한숨을 쉬었다. "오늘은 연습을 쉬어야겠다."

"부원 모두 문상하러 가게 할 거야?" 매니저의 얼굴이 되어 가오루가 물었다. 유키코가 죽었기 때문에 앞으로는 그녀가 혼자 일을 처리해야만 한다.

"가고 싶다는 녀석들만 가지 뭐. 문상이라는 거, 그저 형식일 뿐이야. 하지만 이런 날에 연습해봤자 어차피 집중할 수 없어."

"그렇지." 가오루가 엄청난 소리로 코를 훌쩍였다.

교실에 돌아오니 가와이 가즈마사가 내 자리에 앉아 있었다. 가와이는 야구부 에이스이다.

"무슨 소리라도 들었어?" 가늘고 긴 다리를 책상에 올려놓고 머리 뒤로 손깍지를 낀 채 가와이가 물었다. 낯빛이 너무 안 좋다는 생각이 들었다.

"트럭에 치였다는 얘기가 다야."

"그래?" 가와이는 잠시 내 얼굴을 보고는 이윽고 책상에서 다리를 내리고 일어났다. "문상, 갈 거지?"

"응, 오늘밤이야."

"갈 때 불러." 그렇게 말하고 가와이는 교실을 나갔다. 완전히 두들겨 맞고 마운드를 내려갈 때보다 등이 더 작아 보였다.

그 후의 수업도 평소와 다름없이 늘 그랬던 것처럼 지루하게 지나갔다. 굳이 다른 점이 있다면 교사의 잡담이 적은 것 같았지만 그렇다고 눈에 띄는 정도는 아니었다.

방과 후 종례 때 담임 이시베가 미야마에 유키코의 죽음에 대해 잠깐 언급했다. 집에 돌아가던 중 딴짓을 하다 교통사고를 당했다는 설명이었다. 그러므로 딴 데로 새지 말라는 것이 이야기의 요지였다.

이시베는 장례식이 이루어지는 절의 주소를 칠판에 적었는데 받아 적는 사람은 아주 소수였다.

2

문상은 이날 저녁 6시부터 이루어진다고 했다. 야구부에서는

16명인 3학년 부원을 비롯해 거의 전원이 참례하기로 했다. 미야마에 유키코와 오랫동안 봐온 3학년은 물론 2학년과 이제 막 들어온 1학년도 공식 경기에서 역전 굿바이 홈런을 맞고 졌을 때보다 더 어두운 표정이었다. 죽은 사람이 여자 매니저가 아니라 정식 부원 중 하나라면 이토록 침울하지는 않았을 것이라는 생각이 들 정도로, 장례식장으로 가는 전차 속에서부터 이미 문상이 시작된 것 같았다.

미야마에 집안이 시주를 하고 있는 절로 가자, 이미 많은 동급생들이 찾아와 있었다. 아직도 손수건을 눈에 대고 있는 여학생도 있었지만 대부분의 사람들은 이미 동급생의 죽음이라는 충격에서 완전히 벗어나 월요일 조례 전처럼 여기저기서 원을 만들어 신나게 수다를 떨고 있었다. 그중에는 이제 이곳이 어떤 곳인지조차 잊고 무례하게 웃음소리를 올리는 녀석들도 상당히 있었다.

"저게 뭐야. 슬퍼하지도 않을 거면 문상 오지 말아야지!" 나라사키 가오루가 무섭게 쏘아붙였다.

"그렇게 말하면 대부분은 돌아가야 할 거야." 포수인 요시오카 료스케가 커다란 몸을 웅크리고 손으로 입을 막고 말했다.

"돌아가면 되지 뭐. 방해만 되니까." 상대가 들으라는 듯 가오루가 한 옥타브 높은 소리로 말했다.

"어이, 하이토 할아범이 싫어해." 요시오카가 앞을 가리켰다. 절 입구 옆에 백발이 섞인 머리를 올백으로 넘긴, 교사라기보다는 악덕 변호사처럼 보이는 마른 남자가 서 있었다.

나는 짜증이 났다. "왜 저 녀석이 여기에 있지?"

"틀림없이 학생들을 감시하러 왔지. 학교에 있을 때와 똑같은 눈으로 학생들을 보고 있어."

가오루의 말처럼 하이토가 늘어진 눈꺼풀 사이로 탁한 눈을 이리저리 굴리고 있는 모습은 정문 앞에서 복장 검사를 할 때와 똑같았다.

"저 할아범이 있다는 말은 어딘가에 미사키 할멈도 있다는 소리겠지." 요시오카가 주변을 둘러봤다. "봐, 저기 있잖아."

뿔뿔이 흩어져 있는 학생들을 줄 세우려고 히스테릭하게 소리를 치는 교사가 있었다.

"빨리 줄을 서. 쓸데없는 수다는 그만하고! 고인을 추모할 마음이 있다면 조용히 좀 해! 유족 분들에게 실례라고! 너! 단추를 다 채워! 잠깐, 너, 양말이 하얀색이 아니네."

말할 때마다 핏대를 세우고 눈살을 찌푸리는 게 버릇이었기 때문에 주름이 자글자글한 사감 선생 같은 중년 여성이 보였다. 더는 꽃을 피울 일도 없이 여성이라는 자리에서 내려왔을 거라고 학생들이 수군대는 미사키 후지에였다. 이 미사키와 백발의 하이토를 우리들은 슈분칸고등학교의 할멈과 할아범이라고 불렀다. 둘 다 학생지도부라고 하는, 우리들의 젊음을 질투하는 노인네들의 모임에 속해 있다.

미사키 후지에가 우리 쪽으로 다가왔다.

"너희들, 야구부원이지? 주장은?"

"접니다."

"그렇구나. 분향 방법은 아니?"

나를 놀리나. 이 할멈이. 나는 잠자코 고개만 끄덕였다.

"분향이 끝나면 전원 바로 돌아가라. 딴 데로 새면 절대 안 된다."

절대로, 라는 말을 미사키는 강조해 말했다. 내뿜은 숨에 노란 무 장아찌 냄새가 섞여 있어서 나는 절로 고개를 돌리고 말았다.

"참 시끄러운 할멈이네. 유키코의 문상을 뭐라고 생각하는 거야?" 미사키 후지에가 사라진 후 어느새 내 옆에 와있던 가와이 가즈마사가 중얼거렸다.

분향 순서를 기다리기 위해 우리들은 긴 줄을 이루었다. 두 사람씩 단에 올라간다. 나는 가와이와 함께였다.

합장을 하고 눈을 감았을 때 느닷없이 유키코의 얼굴이 내 뇌리를 스쳤다. 핑크색 입술을 반쯤 벌리고 그녀가 속삭인다.

"진심이지?"

진심이지―.

그때와 마찬가지로 가슴이 미어지는 것 같은 감각이 찾아왔다.

너무 오랫동안 묵념을 하면 뒷사람이 이상하게 생각할 것 같아 나는 손을 풀고 눈을 떴다. 그런데 웬일로 가와이가 여전히 합장을 하고 있었다.

순서에 따라 분향을 마친 우리들은 조문 행사를 진행하는 어떤 아주머니의 안내를 받아 차와 과자가 준비되어 있는 방으로 보내졌다. 하지만 이곳에도 학생부 교사가 있다가 우리들이 차를 한 모금 마시자마자 빨리 돌아가라고 성화를 부렸다. 나는 일부러 천천히 차를 마시고 한 잔 더 청했다. 다른 부원들도 아우성을 쳐대는 교사들을 무시하고 우걱우걱 과자를 먹었다. 우리들이 자리에서 일어설 때에는 이미 쟁반 위의 과자는 다 사라지고 없었다. 도우미 아주머니가 어머, 이런, 하며 서둘러 채웠지만 결코 불쾌한 표정은 아니었다. 준비한 음식이 산처럼 남는 게 오히려 훨씬 더 괴로우리라.

"나는 조금 더 여기에 있을게." 절을 나와 해산한 후 가와이 가즈마사가 내 곁으로 와 말했다.

"조금 더?"

"문상은 원래 하룻밤을 같이 보내는 거잖아. 하지만 그럴 순 없으니까 조금이라도 더 있으려고."

"흠." 그럼 나도 같이 있을까, 하는 형식적인 말이 목구멍까지 나왔는데 내뱉기 직전에 다시 삼켰다. "어깨를 너무 차게 하지 마."

"알아. 어린애가 아니라고."

나는 고개를 끄덕이고 걷기 시작했다가 다시 돌아봤다. 가와이는 절의 담에 몸을 기대고 하늘을 올려다보고 있었다.

돌아오는 전차에서 중간까지 나라사키 가오루와 함께 있었다.

"매니저 일지, 유키코가 가지고 갔어. 좀 차분해지면 받아올게." 손잡이를 잡고 공허한 눈으로 창밖을 보며 가오루가 말했다.

"앞으로 힘들겠다."

"그건 괜찮아. 1학년 때도 혼자 했는데 뭐. 하지만 역시……."

그녀가 말을 끊었다. 외롭다는 말이 뒤를 따랐을 것이라고 나는 상상했다.

나라사키 가오루가 매니저로 야구부에 들어온 것은 우리들이 1학년 때였다. 그녀는 부비(部費) 징수와 연습 메뉴를 모조지에 적거나 일지를 작성했다. 여자로는 드물게 스코어북을 쓸 수도 있었다. 그러나 부원의 유니폼을 빨거나 부실을 청소하는 일은 결코 하지 않았다.

"매니저라는 것은 부의 운영을 원활하게 하는 것이지 잡일을 하는 사람이 아닙니다. 물론 여러분의 아내도 아니므로 팬티를 빠는 일도 없을 겁니다. 그게 싫다면 그만두겠습니다." 당시 주장에게 그녀는 이렇게 선언했다. 부원들은 힘들게 들어온 홍일점 매니저의 기분을 상하게 해서는 안 된다는 생각에 그녀의 조건을 전면 수용했다.

슈분칸고등학교 야구부에 여자 매니저가 들어온 것은 처음이었다. 조금 몸집이 작지만 긴 속눈썹과 커다란 눈이 매력적인 가오루는 아이돌이라고 해도 손색이 없을 정도의 용모를 가지고 있었다.

우리들이 2학년에 올라갔을 때 미야마에 유키코가 새로 매니저로 들어왔다. 나라사키 가오루가 권했다고 한다. 피부가 하얗고 차분해 야구부 매니저보다는 다도부나 꽃꽂이부가 더 어울릴 것 같은 타입이었다. 날씬하고 아름다운 이목구비를 하고 있었기 때문에 바로 선배 몇 명이 접근했다. 그러나 그녀는 누구와도 사귀지 않았다. 부원이 아닌 사람의 교제 신청에도 예스라고 말하지 않았다.

그 이유를 나는 알고 있다. 그러나 그 이유를 누군가에게 말할 생각은 없었다.

"가와이, 역시 유키코를 좋아했나봐." 같은 생각을 하고 있었는지 나라사키 가오루가 중얼거렸다. "큰 충격을 받은 것 같았어."

"누구나 충격이야."

"너도 충격이야?"

"아아."

그러자 가오루는 커다란 눈을 동그랗게 뜨고 내 얼굴을 응시하고 작은 목소리로 말했다. "그렇구나."

무슨 말을 하고 싶은 거냐고 내가 물으려고 할 때 가오루의 시선이 내 뒤로 향했다. 돌아보니 미즈무라 히로코가 서 있었다.

"조문하고 가는 길이야?" 히로코는 도도한 고양이를 연상시키는 눈을 똑바로 내게 응시했다.

나는 살짝 몸을 뺐다. 최대한 무표정을 가장했다. "그런데. 너도?"

"응. 유키코와는 2학년 때 같은 반이었으니까." 갈색이 감도는 눈동자는 이쪽을 보고 꼼짝도 하지 않았다.

"절에서는 못 봤는데."

"제일 먼저 분향하고 차를 마셨어." 드디어 내 얼굴에서 시선을 치운 히로코가 가오루를 봤다. "가오루, 유키코와 같은 반이었지?

사고에 대해 자세한 사정을 알아?"

"거의 몰라." 가오루가 대답했다. "너는 무슨 소릴 들었어?"

히로코는 잠시 틈을 두고 나를 슬쩍 보고는 고개를 흔들었다. "몰라."

"그렇구나." 가오루는 살짝 고개를 끄덕인 후 창으로 고개를 돌렸다.

세 사람 다 입을 다물자 무거운 분위기가 감돌았다.

"어쩐지 내가 방해를 한 것 같네. 저쪽으로 갈게." 그렇게 말하고 히로코는 몸을 돌려 옆 차량으로 걸어갔다. 창으로 들어온 바람에 윤기가 도는 검은 머리가 살짝 흔들렸다.

"나는 이상하게 저 사람 대하기가 힘들어." 가오루는 미즈무라 히로코의 모습이 사라지자 말했다. "가까이 가기 힘들다고 해야하나, 어쩐지 여왕 같은 분위기가 있어."

"너무 도도해서 그래. 모두 그렇게 말해." 관심 같은 건 전혀 없다는 태도를 드러내면서 나는 말했다. 하지만 이렇게 그녀를 비난할 때 아픈 어금니를 누르는 것 같은 쾌감이 있다는 것을 나는 인정할 수밖에 없다.

"아버지가 도사이전기의 전무래. 집도 부자고 저렇게 미인이잖아. 도도한 것도 당연하지." 가오루는 그렇게 말하고 갑자기 뭔가 맘에 걸렸는지 미간을 찌푸렸다. "그런데 왜 네게 말을 걸러 왔을까? 같은 반이었던 적도 없는데."

"아아……. 같은 반이었던 적은 없는데 우연히 말을 하게 되어서." 제대로 된 답변이 아니라 나는 살짝 초조했다. 가오루는 흠, 하고 의아해하며 고개를 끄덕였다.

이윽고 가오루가 내려야 하는 역에 도착했다.

"그럼, 내일 보자."

"응. 힘내라."

내가 말하자 가오루는 살짝 입가를 풀고, 그래야지, 하며 전차에서 내렸다.

차량이 한산했기에 나는 빈자리를 찾아 앉았다. 눈을 감고 미야마에 유키코와 가와이 가즈마사를 생각하고 있는데 옆자리에 누군가 앉는 기척이 있었다. 이질적인 감각이라 슬쩍 살펴보니 미즈무라 히로코였다. 갑자기 불안해졌다. 그녀와 닿은 부분이 서서히 뜨거워지는 느낌이다. 겨드랑이에 땀이 찼다.

"아까는 거짓말을 했어." 히로코가 앞을 본 채 말했다.

"거짓말?" 나는 그녀에게로 고개를 돌렸다. "어떤 거짓말?"

"사고에 대해 아무것도 모른다는 말. 아마도 너희들이 모르는 걸, 나는 알고 있어."

"유키코는 도로로 뛰어나왔다가 트럭에 치였다고 들었는데 그게 아니야?"

"맞아. 그 말 그대로야." 미즈무라 히로코는 천천히 나를 봤다. 눈이 마주치자 내가 고개를 돌렸다.

"다만 말이야." 히로코가 말했다. "그녀는 평범한 상태가 아니었어."

"무슨 소리야?"

하지만 히로코는 바로 대답하지 않았다. 이윽고 전차가 다음 역에 도착했기 때문에 나는 초조했다. 그녀는 여기서 내린다.

"무슨 소리냐고?" 내가 다시 물었다.

"유키코는 말이지." 히로코가 일어나면서 중얼거렸다. "임신했어."

"뭐?" 내가 고개를 들었다.

"진짜야." 나를 내려다보며 그렇게 말하고 그녀는 출구로 향했다.

3

우리 집은 역에서 걸어 15분쯤 되는 곳에 있다. 깨끗하게 구획 정리된 주택지 안에 늘어선 비슷한 수십 채 중 하나이다.

문을 열자 현관에 여성용 새 스니커가 놓여 있었다. 그게 누구 것인지 바로 알아차리고 나는 서둘러 신발을 벗었다.

"내일이 퇴원 아니었어?" 거실에 들어서자마자 내가 말했다.

여동생 하루미가 소파에 앉아 아버지와 직소 퍼즐을 맞추고 있었다. 어머니는 부엌에서 저녁 준비를 하는 모양이다.

"어서 와. 상태가 좋아 하루 일찍 왔어." 하루미가 미소를 짓고 대답했다. 어린 나뭇가지처럼 마른 팔다리와 살이 부족한 뺨, 너무 하얀 피부색은 건강하다고는 할 수 없지만 표정만 보면 그래도 괜찮은 것처럼 보였다.

"그럼 학교는 어떻게 해?"

"내일은 좀 쉬고 모레부터 가. 아빠가 데려다준대." 하루미는 신이 나서 말했다.

"아버지, 일은 괜찮아?" 직소 퍼즐 조각을 만지고 있는 아버지에게 내가 물었다.

"하루쯤은 괜찮아." 이쪽을 등진 채 아버지가 대답했다. 하루미 얘기만 나오면 나를 외면한다.

"소이치, 너 소금은 뿌렸니?" 부엌에서 어머니가 나왔다. "문상 다녀오는 거지?"

"뿌렸어요." 그런 귀찮은 일은 하지 않지만 잔소리가 듣기 싫어 적당히 대답했다. 그보다 장례식 얘기는 이 자리에서 별로 하고 싶지 않았다.

"누가 죽었어?" 예상했던 대로 하루미가 관심을 보였다.

"그게." 나는 얼버무리기로 했다. "동급생의 할머님이 돌아가셨어. 90세였어. 연로하셔서."

"흐음." 하루미는 별 다른 의심 없이 입술을 오므리고 고개를 끄덕였다.

"아, 맞다. 전에 얘기했던 새끼고양이만 나오는 사진집. 빌려서 방에 가져다 놨어. 보러 갈래?"

"어머, 진짜?" 하루미의 눈이 반짝였다. "그럼 이거 끝나고. 조금만 더 하면 끝나. 봐, 예쁘지? 아빠가 사줬어."

직소 퍼즐 상자에는 바다에 뜬 하얀 돛단배가 그려져 있었다.

뱃머리에 치마를 입은 여자아이가 서 있다.

"예쁘네." 나는 일부러 무뚝뚝하게 말했다. 하루미는 틀림없이 퍼즐 같은 것보다 새끼고양이 사진집을 더 보고 싶을 것이다. 그런데도 이렇게 말하는 것은 아버지를 배려하기 때문이다. 하루미는 그런 아이였다. 사실은 아버지를 증오해야 하는데 그런 생각이 전혀 없다.

방에 들어와 나는 옷을 갈아입을 생각도 안 하고 침대에 누웠다. 머릿속에는 끝나지 않는 테이프처럼 미즈무라 히로코의 말이 한없이 맴돌았다.

유키코, 임신했어―.

임신. 아이.

히로코가 그냥 한 말이라고는 생각할 수 없었다. 그런 거짓말을 할 필요가 없다.

위장이 묵직해졌다. 가슴에 커다란 덩어리가 있다. 그리고 그것이 안쪽에서 쿡쿡 내 신경을 자극했다.

만약 임신 얘기가 진짜라면 그것이 이번 사고와 어떤 관계가 있을까. 대체 왜 미즈무라 히로코가 그런 사실을 알고 있나. 본인에게 직접 들었나. 하지만 그녀와 미야마에 유키코가 친했다는 말은 들어본 적이 없다.

나는 몸을 일으켜 책장 끝에서 사진집을 꺼냈다. 하루미에게 보여주기로 한 새끼고양이 사진집이다. 꼭 일주일 전에 미야마에 유키코에게 빌렸다.

"선물로 줘도 괜찮아." 그날, 책을 내밀면서 유키코가 말했다.

"하지만 이거 소중하게 생각하잖아." 이 사진집이 유키코의 아버지가 외국에 다녀오면서 선물로 사온 거라는 사실을 나는 알고 있다.

"그렇긴 하지만 하루미라면 줘도 아깝지 않아." 유키코는 눈을 살짝 떠서 나를 봤다. 그 시선의 의미를 나는 알고 있었기 때문에 그녀의 호의를 받는 데 상당한 저항이 있었다.

"꼭 돌려줄게." 내가 말했다. "여동생에게 보여주고 바로 돌려줄게."

"그래. 하지만 서두르지 않아도 돼." 유키코가 미소를 지었다.

그때 그녀는 자신이 임신했다는 사실을 알고 있었을까. 여자의 몸에 대해 자세한 지식을 가지고 있지 않아 잘 모르지만, 그녀가 전혀 알아차리지 못했다는 것은 있을 수 없을 것 같다. 알고 있으면서도 내게 그런 미소를 지었던 걸까.

다시 가슴에 뭔가가 가득 차오르기 시작했다.

저녁식사 후 하루미는 내 방에 왔다.

하루미는 사진집 페이지를 넘길 때마다 귀엽다는 말을 연발했다. 시합을 응원하러 몇 번 왔던 관계로 하루미는 나라사키 가오루와 미야마에 유키코에게 귀여움을 받았다. 그런 만큼 유키코의 죽음을 오늘 알리는 게 힘들었다. 나는 입을 다물고 있기로 했다.

"저기, 올해는 고시엔에 갈 수 있어?" 사진에서 고개를 들고 하루미가 물었다.

나는 쓴웃음을 지었다. "분명히 말하는데 불가능해. 노력은 하겠지만."

"작년에는 3회전에서 졌지?"

"2회전이야. 미안하게 됐네." 그 정도가 우리 팀의 과거 몇 년간의 실력이다.

"하지만 올해는 가와이 오빠가 에이스잖아?"

"아무리 그 녀석이라도 다 막아낼 순 없어. 사립에는 지긋지긋할 정도로 강한 놈들이 드글드글 하니까. 목표는 3회전 진출이야."

"뭐야, 한심하네." 하루미는 입을 쭉 내밀고는 다시 사진집으로 시선을 떨어뜨렸다.

자신이 운동을 할 수 없는 만큼 야구에서의 오빠의 활약에 강한 관심을 가지고 있는 듯하다. 특히 여름철 고교야구를 아주 좋아해서 작년에는 우리 슈분칸고교의 지역 예선 경기를 모두 스탠드에서 관전했다. 점수를 따면 지나치게 환호해 같이 간 어머니는 심장에 무리가 가지 않을까 하는 마음에 안절부절했다고 한다.

"그런데 오빠, 여자 친구 있어?" 장난기 가득한 얼굴로 하루미가 물었다.

"갑자기 무슨 소리야?"

"없어? 한심하네."

"그럴 여유는 없어. 야구가 끝나면 조금 진지하게 찾아볼까?"

"태평한 소리 하네. 야구가 끝나면 수험 공부를 해야지?" 하루미가 손가락으로 권총 모양을 만들어 쏘는 시늉을 했다. "저기, 그 사람은 어떻게 됐어? 훨씬 전에 얘기해줬잖아. 정말 예쁜 사람이 있다고."

"그런 말을 했었나."

"했어. 앗! 얼버무리려고 한다!"

"그런 거 아니야. 내 취향인 미인이 몇 명 있긴 한데 누구와도 아무 일이 생기질 않았어. 정말이야." 최대한 평정심을 유지하며 대답했다.

"흥." 하루미는 사진집을 닫고 그것을 들고 일어났다. "이거, 매니저 언니가 빌려줬다고 했지. 가오루 언니?"

"아니, 유키코야." 동요를 억누르고 나는 대답했다.

"그래? 그 언니였구나. 역시."

"뭐가 역시야?"

"그러니까" 하루미가 씩 웃었다. "그 사람, 오빠 좋아하지?"

심장이 쿵 하고 내려앉았다. "무슨 소리야? 그런 일 없어."

"어머, 그래? 맞는다고 생각했는데."

"틀렸어. 괜한 소리 하지 마." 저도 모르게 목소리가 날카로워졌다.

"화를 내는 게 영 이상하네. 하지만 뭐 어쨌든." 하루미는 사진집을 품에 안았다. "이거 좀 빌릴게." 그렇게 말하고 방을 나갔다.

나는 침대에 누웠다. 하루미의 말이 언제까지나 귓전을 울렸다. 그 사람, 오빠 좋아하지―.

미야마에 유키코를 회상한다. 하지만 떠오르는 것은 말로 나눴던 대화가 아니라 부드러운 머리카락의 감촉이나 손바닥의 촉감 같은 것들뿐이다. 그러자 점차 몸의 깊숙한 곳에서 무언가가 솟아오르더니 마침내 그것은 눈물이 되어 눈을 적셨다. 나는 자신이 냉혈동물이 아니라는 사실에 안도하며 이 정도의 눈물에 면죄부를 받은 것처럼 생각하는 자신에게 혐오감을 느꼈다.

4

미야마에 유키코의 죽음을 안 후 하룻밤이 지났다. 학교에서는 일찌감치 엄숙한 분위기는 사라지고 없었다. 유키코의 반이었던 3학년 2반조차도 웃음소리가 난다. 동급생의 죽음이라는 것도 어차피 이 정도일 뿐이다.

그런데 오늘 아침부터 신경 쓰이는 소문이 귀에 들어왔다. 그 내용은 미즈무라 히로코가 했던 말의 내용과 일치했다. 즉 미야마에 유키코가 임신했던 게 아니냐는 것이었다.

소문의 출처에 대해 알고 있는 사람은 내 주위에 아무도 없었다. 그러나 내용이 학생들 사이에서 화제가 되기 쉬운 것이었기 때문에 놀랄 만큼 소문은 빠르게 퍼졌다. 오전 중에는 일부 학생들 사이에서만 수군대던 것이 점심시간에는 모든 아이들이 열변을 토하는 화제가 되었다. 화제의 초점은 물론 유키코의 상대가 누구였냐는 것이었다. 나는 그런 대화에는 끼지 않았다. 하지만 물론 관심이 없는 것은 아니었기 때문에 마음속으로는 임신 사실을 확인할 방법을 검토하고 있었다.

식당에서 햄버거 세트를 먹고 있는데 누군가 앞에 서는 기척이 났다. 고개를 드니 가와이 가즈마사가 어두운 얼굴을 하고 나를 내려다보고 있다.

"밥 먹고 할 일 있어?" 녀석이 물었다.

"아니, 없어."

"그럼 잠깐 나 좀 보자. 할 얘기가 있어."

소문 얘기라는 것을 바로 알아차렸다.

식당을 나와 우리들은 체육관 뒤로 갔다. 예전에는 상급생이 하급생을 끌고 가 태도가 불량하다거나 건방지다며 기합을 잡는 데 종종 사용되던 장소라고 하는데 지금은 그런 얘기를 들은 바 없다.

"그 소문, 진짜라고 생각해?" 건물 벽에 기댄 가와이가 물었다. 어떤 소문이냐고 딴청을 부리는 질문을 해선 안 되는 분위기가 온몸에 흘렀다.

"진짜일지 몰라." 내가 대답했다.

가와이는 나를 봤다. "왜 그렇게 생각해?"

"엉터리라고 하기에는 너무 엉뚱해."

"아니 땐 굴뚝에 연기 날까……인가?"

"맞아. 게다가 거짓말이라고 하면 너무 악질적이야. 유키코를 증오하는 사람이라도 있다면 모르겠지만."

"음." 가와이는 스니커 발끝으로 땅을 찼다. "나도 그렇게 생각해."

"그래서?" 내가 재촉했다.

가와이는 주머니에 양손을 넣고 천천히 걷기 시작했다. 나를 중심으로 반경 3미터 정도의 원을 그리며 이동한다. 원래 위치로 돌아와 걸음을 멈추고 아래를 본 채 중얼거렸다. "지금 와서 굳이 얘기할 필요도 없는 말이지만 나는 유키코를 좋아했어."

확실히 들을 필요도 없는 말이었다. 나는 잠자코 고개를 끄덕였다.

"하지만 세상 일이 맘대로 되진 않지. 그 녀석은 나에 대해 전혀 생각이 없었어."

"싫어하지도 않았어."

그러자 가와이는 입술 한쪽만 올려 웃었다. "아무 의미 없는 말이야."

"그러네." 맞는 말이라고 생각했기 때문에 내가 말했다.

"유키코는 말이야, 너를 좋아했어." 가와이는 얼굴을 들고 똑바로 나를 봤다. "너도 알고 있었지?"

뭐라고 대답해야 할지 몰라 나는 입을 다물었다.

"니시하라." 가와이가 불렀다. "솔직하게 말해줘. 그 소문이 사실이라면 너, 짚이는 데가 있어?"

나는 가와이의 눈을 마주봤다. 녀석의 검은 눈동자는 무언가에 붙잡혀 있는 듯 움직이지 않았다.

"왜 그런 걸 묻지?" 내가 거꾸로 물었다. "그걸 알아서 네게 득이 될 게 뭐지?"

"나는 그저 알고 싶을 뿐이야. 유키코의 상대 남자를. 만약 너라면⋯⋯." 가와이는 침을 삼켰다. 녀석이 계속했다. "너라면 용서하지. 어쩔 수 없다고 생각해. 그것뿐이야."

"그래⋯⋯."

"남자답지 못하다고 생각해?"

"아니." 나는 딱 한 번 고개를 가로저었다. 그리고 녀석의 눈을 보며 말했다. "만약 그 소문이 진짜라면 아이 아버지는⋯⋯." 한 호흡을 두고 계속했다. "나야."

가와이는 몇 초 동안 반응을 보이지 않았다. 마침내 천천히 숨을 들이켰다. 그리고 후 하고 내뱉은 후 녀석은 두세 번 고개를 끄덕였다.

"그래?" 낮고 우물거리는 목소리로 가와이가 말했다. 그리고 시선을 떨어뜨리고 다시 한참 움직이지 않았다.

때릴지도 모른다고 나는 생각했다. 그때는 피하거나 하지 않고 모든 걸 받아들이고 맞아야겠다고 각오했다. 누군가가 보면 귀찮아지겠지만 그렇더라도 나중에 나만 입 다물면 그만이다. 다만 가와이가 왼손으로 때려서는 안 될 텐데, 하는 걱정뿐이었다. 이 중요한 시기에 우리 팀 에이스가 소중한 팔을 다치면 큰일이기 때문이다. 어느 쪽으로 때릴까. 나는 녀석의 움직임에 주목했다.

가와이가 고개를 들었다. 그리고 왼손을 뻗어왔다. 내가 몸을 경직시키자 그 손을 어깨에 놓았다.

"무례한 질문을 했네." 녀석이 말했다. "기분 나쁘게 생각하지 마."

"안 때려?"

"때려?" 가와이의 눈이 커졌다. "내가 너를? 왜?"

"왜라니······."

그러자 가와이는 내 어깨에서 손을 내리고 쓴웃음을 지었다. "네게 화가 난 게 아니야. 유키코는 내 여자 친구도 아니었잖아. 굳이 말하자면 마음이 놓였어."

그 의미를 알 수 없어 나는 고개를 갸웃했다.

"네가 상대여서 다행이라고 생각해. 만약 네가 아니었다면 나는 유키코에 대해 아무것도 몰랐다는 소리가 돼. 그건 너무 비참하잖아. 게다가······." 가와이는 새끼손가락으로 뺨을 긁었다. 나는 어라, 하고 생각했다. 부끄러움을 탈 때 보이는 이 녀석의 버릇이다. "게다가 유키코 입장에서도 잘된 일이었다고 생각해. 좋아하는 사람과 그렇게 되었으니까."

이런 말을 들으니 나로서는 양심의 가책을 느끼지 않을 수 없었다. 제대로 가와이의 얼굴을 보지 못하고 먼 곳을 봤다.

"유키코에게 임신 얘기는 못 들었어?"

"못 들었어." 내가 대답했다.

"소문으로 처음 들었단 말이구나."

미즈무라 히로코의 이름이 나오면 이야기가 복잡해지기 때문에 "그래"라고 나는 말했다.

"그 녀석답네." 한숨을 쉰 후 가와이가 말했다. 그 녀석이란 유키코를 가리키는 것 같다. "네게 걱정시키지 않고 스스로 처리하려고 했겠지."

"그런 것 같아." 그래서 더 마음이 아프다.

"내가 들은 소문에서는 유키코가 하굣길에 산부인과에 가다가 사고를 당했다고 해."

"그건 못 들었어." 내가 말했다. "그게 정말이야?"

"아마 진짜일 거야. 사고를 당한 장소는 유키코의 집과는 방향이 전혀 달라. 병원에 갈 계획이었다고 생각하면 앞뒤가 맞아."

불쌍하게도, 라는 생각이 들었다. 임신으로 머리가 가득 차 자신에게 다가오는 트럭을 알아차리지 못했을지 모른다.

"그건 그렇고." 가와이가 읊조렸다. "이 소문, 어디서 시작된 거지?"

"글쎄……." 나도 고개를 기울인다. 미즈무라 히로코의 얼굴이 떠올랐지만 그녀는 소문을 흘릴 것 같은 여자는 아니다. 어제도 나라사키 가오루 앞에서는 입을 다물었다.

그러나 히로코를 추궁해볼 필요는 있다.

점심시간이 끝났다는 종소리가 울렸다. 그런데 내가 걷기 시작하자 "잠깐만" 하고 가와이가 불렀다.

"마지막으로 한 가지 더, 남자답지 못한 질문을 하지."

"뭔데?"

"너는 어땠어?"

"어때?"

"유키코를 좋아했어?"

나는 가와이의 얼굴을 봤다. 녀석의 날카로운 눈에 몸이 움츠러 드는 것만 같았다.

"아아." 나는 고개를 끄덕였다. "좋아했어."

가와이의 어깨에서 훅 힘이 빠지는 것이 느껴졌다.

"그렇지. 한심한 질문을 했네. 하지만 만약 네가 그렇게 대답하지 않았다면 이번에는 때렸을지도 몰라."

얼굴에서 핏기가 단숨에 사라졌다. 그것을 얼버무리기 위해 나는 장난스럽게 물었다. "왼손으로?"

"왼손으로." 커다란 주먹을 얼굴 앞에 내밀고 가와이가 말했다.

5

아마 평생 잊지 못할 것이다. 그날은 3월 30일이었다.

봄방학에도 물론 야구부 연습은 있다. 아침 9시부터 3시까지가 연습시간이다. 그렇게 정한 사람은 다른 누구도 아닌 작년 가을부터 주장을 맡은 나였다.

연습을 끝낸 후 나는 부실에 혼자 남아 스코어 노트를 정리하고 있었다. 특별히 그날 그 일을 꼭 해야만 했던 것은 아니다. 다만 곧바로 집에 가고 싶지 않다는 마음이 그 무렵 내게 있었다. 그렇다고 동료들과 다른 데 들릴 마음은 없었다.

그런 까닭에 스코어 노트를 정리한다고는 해도 열심히 했던 것도 아니다. 사물함에 숨겨 놓은 게임기를 꺼내 놀거나 FM라디오를 들으면서 시간을 보냈다고 해야 맞는 말이리라.

결국 5시가 넘어서까지 부실에 있었다. 문단속을 하고 운동장을 옆눈으로 보며 정문으로 향했다. 그 시간에도 아직 축구부는 연습을 하고 있었다.

문에 다 왔을 때 바로 앞을 걷고 있는 미야마에 유키코를 발견했다. 늘 옆에 있는 나라사키 가오루가 없었다.

나는 조금 걷는 속도를 높여 쫓아가 말을 걸었다. "지금까지 뭘 했어?"

유키코는 걸음을 멈추고 이쪽을 돌아봤다. "아……. 도서실에 있었어."

평소와 조금도 다름없는 말투가 내게는 조금 의외였다. 갑자기 뒤에서 누가 말을 걸어오면 좀 더 놀랄 거라고 예상했기 때문이다.

"봄방학인데 도서실이 열려 있어?"

"응. 니시하라는 안 가니까 모르지?"

"책 같은 거 안 읽으니까."

우리들은 나란히 걷기 시작했다. 걸으면서 어쩌면 유키코가 나를 기다리고 있었던 게 아닐까 하는 생각을 했다. 그 증거로 내가 이런 시간까지 남아 있는 이유를 물으려고 하지 않았다. 도서실에 서라면 운동부의 동아리실을 내려다볼 수 있다. 야구부실도 그 안에 있다.

유키코가 나를 좋아하는 것 같다고 막연하게 느끼기 시작한 것은 작년 가을 무렵이었다. 그렇다고 해도 확실한 증거가 있는 것도 아니고 그녀가 고백한 것도 아니다. 다만 일상의 사소한 태도와 나를 대하는 방식에 그런 마음이 언뜻언뜻 드러났다. 처음에는 자의식 과잉에서 오는 착각이라고 생각했는데 역시 그것만으로는 설명할 수 없는 뭔가가 있었다. 또한 나라사키 가오루의 행동이 그런 생각을 뒷받침해주었다. 그녀는 드러내놓고 나와 유키코가 단둘이 있는 상황을 적극적으로 만들었기 때문이다. 유키코의 마음을 알아차리고 배려하고 있다고 해석할 수 있었다.

가와이 정도는 아니지만 유키코를 좋아하는 부원은 많았다. 또 그런 부원들의 마음을 이해할 수 있을 정도로 그녀는 매력이 있었다. 그러니 나는 운이 좋은 남자인 셈이다. 물론 기분이 나쁘진 않았다. 그러나 나는 그녀와의 교제를 전혀 생각하지 않았다. 그리고 당연히 거기에는 나름의 이유가 있었다.

하지만 이날, 그 이유가 사라졌다. 마침 사라졌다고 해야 할지도 모른다. 사실은 그것이 나를 집에 돌아가고 싶지 않게 만들었다.

마침 그런 날이었기 때문에 그대로 곧장 역으로 향했으면 될 것을 나는 유키코에게 이렇게 말하고 말았다.

"커피라도 마시고 갈까?"

"응." 유키코는 정말 조금의 틈도 두지 않고 대답했다. 입술보다 오히려 눈이 더 기뻐했다. 그런 모습을 보고 스스로도 한심하다고 여겼지만 어렴풋이 우월감을 느꼈다.

우리들은 역을 통과해 조금 번화한 상가 안에 있는 케이크 가게를 겸한 카페로 들어갔다. 손님 중에서 교복을 입은 것은 우리뿐이었다.

한바탕 부와 부원들의 이야기를 나눴다. 그 후에는 당연하다는 듯 학교와 교사에 대한 불만. 진로에 관한 화제도 조금 나왔다. 유키코는 어학을 공부하고 싶다고 했다. 그녀의 성적이라면 그런 말을 해도 부끄러울 게 없다.

그 카페는 리필을 하면 할인해준다. 내가 두 번째 커피를 주문하자 유키코가 말했다. "요즘 너, 조금 이상해."

"어디가?"

"그냥. 연습 중에도 이상하고. 멍하니 있을 때가 많고 말수도 줄어들고." 유키코가 조심스럽게 나를 봤다. "무슨 일 있어?"

"별로 평소와 다를 게 없는데."

"그럴 리가 없어. ……하루미 짱과 관계있어?"

"없어. 이상한 소리 하지 마."

내가 기어이 거친 목소리를 냈기 때문에 유키코는 깜짝 놀라며 눈을 내리깔았다. 풀죽은 모습을 보고 내가 너무 무례하게 행동했다는 것을 깨달았다. 동시에 정말로 나를 좋아하는구나 하고 다시 인식했다. 그러므로 요즘 내 행동이 평상시와 다르다고 알아차렸으리라. 그래서 아마도 걱정이 되어 부실에 처박혀 돌아가지 않는 나를 기다려준 게 분명하다.

"왜 하루미와 관계가 있다고 생각해?" 나는 말투를 부드럽게 하고 물었다.

"응……. 그냥."

"그래……." 나는 얼음이 든 물컵의 물방울을 손가락으로 닦았다. "사실은 맞아."

"응?" 유키코가 고개를 들었다.

"하루미와 관계가 있어. 조금."

"그렇구나." 그리고 그녀는 조그만 목소리로 물었다. "어떻게?"

"그건 좀 말하기 곤란하지만."

"흠……."

두 잔째 커피가 나왔다. 나는 거기에 우유를 넣고 스푼으로 휘휘 저었다. 대화가 끊겼다.

"아버님이 뭐 하셔?" 내가 물었다.

화제가 엉뚱한 데로 튀어선지 그녀는 놀랐다. "뭐 하시냐니……."

"직업. 아버지 직업."

"아아……. 평범한 샐러리맨. 영업 비슷한 걸 해."

"어, 그거 좋네." 특별한 근거도 없이 내가 말했다.

"너희 아버지는 회사 사장님이잖아." 유키코는 양쪽 손바닥을 엉덩이 밑에 깔고 몸을 흔들면서 나를 봤다. "니시하라제작소라고 했던가."

나는 커피를 마시고 입술을 일그러뜨렸다. "작은 회사야. 동네 공장보다 조금 나은 정도. 하청이지. 우리 아버지는 늘 거래처 사람 안색만 살핀다고."

"그거라면 우리 아버지도 마찬가지야."

"하지만 그것 때문에 가족을 희생하진 않지."

"그야 그렇지만……." 말을 흐린 후 유키코는 이쪽을 살피는 눈빛을 했다. "아버지의 일과도 관계가 있어?"

커피 컵을 든 채 나는 순간 어떻게 할까 생각했다. 가슴에 담아 두고 있는 것을 내뱉고 싶다는 충동에 사로잡혔다. 하지만 결국 나는 그 마음을 억누르기로 했다.

"그만하자. 이런 얘기. 어쨌든 집에 안 좋은 일이 있어서 좀 짜증이 났던 것뿐이야." 커피를 마셨다.

"연습이 끝나고 바로 돌아가지 않는 것도 그 때문이야?"

"그렇지 뭐. 그냥 가고 싶지 않았거든." 나는 얼굴을 찡그렸다. "이럴 때 다른 녀석들은 마음을 풀 방법을 많이 알 텐데. 춤추러 가거나 노래방에 가거나."

"너는 그런 데 가본 적 없어?"

"없진 않은데 잘 안 맞아."

"안 가는 게 좋아. 어울리지 않거든."

"촌스러워서 그렇지. 촌놈이라." 내가 중학교 때 이 지역으로 이사 왔다는 사실을 야구부 사람들은 알고 있다.

"그게 아니야." 유키코가 진지한 표정으로 고개를 흔들었다. "니시하라는 야구하고 있을 때가 제일 멋있어."

대놓고 칭찬을 받아, 나는 당황하며 그녀를 봤다.

"그렇게 생각해." 유키코는 다시 한 번 말했다. 눈가가 붉어져 있다.

나는 컵에 있는 물을 단숨에 마시고 괜히 주위를 둘러봤다. 바로 옆 선반에 있는 스포츠신문이 눈에 들어왔다.

"영화를 보는 방법도 있구나. 그거라면 확실히 시간을 보낼 수 있겠다." 나는 신문 영화 코너를 보면서 말했다.

"지금 갈 거야?" 유키코의 눈이 커졌다.

"응. 지금 가면 마지막 영화를 볼 수 있을 거야." 잠깐의 생각이 진짜로 진행되고 있었다.

"하지만 교복을 입고 가는 건 좋은 생각이 아니야."

"그 점은 걱정하지 마." 옆에 놓인 스포츠 백을 탕탕 두드렸다. "다른 데에 들를지도 모른다는 생각에 늘 갈아입을 옷을 넣어두지."

"어머, 나쁘네."

"이 정도는 아무것도 아니잖아. 그럼, 나는 이제 가봐야겠어." 나는 계산서를 들고 일어났다.

"아⋯⋯. 저기 말이야." 유키코가 불렀다. "나도 갈까?"

허를 찔려 나는 가만히 눈만 깜빡였다. "그건 괜찮지만 너야말로 교복이야."

"잠깐만 기다려." 그렇게 말하고 그녀는 가방을 들고 자리를 떴다. 화장실에 가는 것 같았다.

몇 분 있다가 돌아온 그녀는 빨간 카디건을 입고 있었다. 그 색이 너무 강렬했기 때문에 그 아래에 있는 회색의 플리츠스커트도 교복의 일부로 보이지 않았다. 게다가 그때 깨달은 것인데 그 스커트 길이가 교칙보다 아주 짧았다.

"이 정도면 괜찮지 않을까." 조금 부끄러운 듯 유키코가 말했다.

"자기도 갈아입을 옷을 가지고 다니면서 남 말은."

"그야 여자는 이 정도는 필요하니까."

유키코가 몸을 돌려 출구로 향할 때 스커트 자락이 살짝 벌어졌다. 빨간 옷 때문인지 그녀의 표정도 별안간 화사해 보였다.

귀엽네. 나는 순간 그렇게 생각했다.

터미널 역 화장실에서 나는 청바지로 갈아입고 교복 대신 검은색 블루종을 입었다. 그리고 스포츠 스타일의 짧은 머리를 가리기 위해 모스그린 모자를 썼다. 잘 어울린다면서 유키코는 박수를 쳤다.

짐을 코인로커에 맡기고 맥도널드에서 햄버거와 음료수를 사 영화관에 들어갔다. 상영되기 전에 유키코는 집에 전화를 걸었다. 친구와 영화를 보고 늦게 들어간다고 했다가 어머니에게 혼나는 것 같았다.

"가끔은 늦게 들어가도 괜찮잖아? 이미 영화관에 들어왔다고 하고 끊었어."

"괜찮아?"

"괜찮아. 걱정 마." 유키코가 씩 웃었다.

영화 스토리는 미래를 예견할 수 있는 여성을 주인공으로 한 판타지였다. 하지만 영화 스토리 같은 건, 그다지 내 머릿속에 들어오지 않았다. 옆에 있는 미야마에 유키코만 생각했다. 카페를 나올 때 잠깐 본 그녀의 생기발랄한 표정이나 나를 생각해주는 마음, 그런 것들이 시간이 흐르면서 내 안에서 증폭해 유키코의 진정한 장점을 재발견한 것 같은 느낌이 들었다. 더불어 맞닿은 팔을 통해 전해지는 그녀의 체온과 피부의 탄력이 내 성적 욕구를 자극한 것도 사실이다. 물론 이 무렵 내 정신상태가 극도로 불안정했던 사실도 영향을 주었을 것이다. 어쨌든 이때 나는 함정에 빠져 있었다. 자신 역시 유키코에게 끌리고 있고 그녀라면 잘 지낼 수 있을 거란 착각을 시작했다.

나는 별로 긴장하지도 않은 채 이 정도는 당연하다는 마음으로 그녀의 손을 잡았다. 그녀도 더 세게 내 손을 잡아주었다. 그리고 조금 후 그녀의 머리가 내 어깨 위에 있었다.

그리고 영화가 끝나기 조금 전의 일이다. 우연히 우리 둘의 눈길이 마주쳤다. 유키코는 눈길을 피하려고 하지 않았다. 나는 마치 이끌리듯 그녀의 입술에 키스했다. 주위를 조심할 필요가 없을 정도로 영화관은 한산했고 다른 관객도 모두 커플이었다.

둘 중 하나는 조금 냉정했으면 좋았을 거라고 생각한다. 그런데 우리 둘은 다 이상할 정도로 흥분해있었다. 한쪽의 고양된 마음이 다른 한 사람의 흥분을 유발하는 형태로 알코올을 마신 것도 아닌데 잔뜩 취해 있었다. 영화관을 나와 우리는 몸을 딱 붙이고 밤의 번화가를 하염없이 걸어 다녔다. 이대로 헤어져 돌아가고 싶지 않다는 감정을 서로가 발산하고 있었다.

정신을 차리니 시간은 11시가 되어가고 있었다.

"이제 슬슬 가야겠다." 내가 입을 뗐다. "가족들이 걱정하겠지?"

"혼나겠지. 어쩔 수 없지 뭐." 어깨를 으쓱하고는 유키코는 나를 봤다. "너는 집에 전화 안 해도 돼?"

"지금 하려고 생각했어."

전화 부스를 발견하고 안으로 들어갔다. 유키코도 들어왔다.

전화 버튼을 누르고 있을 때까지는 그대로 돌아갈 생각이었다. 그런데 전화기를 얼굴에 대면서 유키코의 조금 상기된 얼굴을 본 순간 갑자기 마음이 바뀌었다. 스스로도 예측할 수 없었던 충동이었다. 얼마 후 전화를 받은 어머니에게 내가 말했다. 오늘은 안 들어간다고, 요시오카의 집에서 자고 가겠다고.

옆에서 듣고 있던 유키코는 내가 수화기를 놓은 후에도 놀란 표정을 유지했다.

"앞으로 요시오카 군에게 갈 거야?" 그녀가 물었다.

나는 고개를 저었다. "안 가. 이런 시간에 가면 민폐야."

"그럼 어디?"

"어떻게든 할게. 24시간 영업하는 카페도 있고 심야영화도 있고."

"그런 건, 몸에 좋지 않아."

"괜찮아. 하룻밤쯤은." 그리고 나는 유키코의 얼굴에서 살짝 시선을 돌리며 얘기했다. "둘이라면 묵을 데가 있지만."

농담처럼 말했지만 사실은 진심이었다. 또 유키코 역시 농담으로 받아들이지 않을 거라는 계산이 내게는 있었다. 과연 그녀가 순간 숨을 멈추는 게 느껴졌다.

유키코는 곤란한 듯 고개를 살살 흔들었다. "그건 안 되지만……"

반쯤 예상했던 대답이었지만 나는 내심 낙담했다. "그렇지? 그러니까 이 근처 가게에서 어떻게든 알아서 할게."

"정말 집에 안 갈 거야?"

"가고 싶지 않아." 나는 조금 부루퉁하게 말했다. "저기 역까지 바래다줄게."

다시 유키코의 어깨를 안고 나는 걷기 시작했다. 그녀의 손도 내 허리를 감싸고 있었다. 옆에서 보면 벌써 몇 개월은 사귄 연인처럼 보였으리라.

많은 사람이 역으로 향하기 시작했다. 일을 끝내고 잠시 한잔 걸친 샐러리맨이나 학생 같은 젊은이들뿐이었다.

"어디서 잘 정도의 돈은 있어." 미련을 담아 그녀의 귀에 대고 속삭였다. 이때의 심경을 다시 떠올리자 스스로도 구역질이 날 것만 같다. 나는 이 기회를 놓치고 싶지 않다고 생각했다. 앞일을 생각하지도 않고, 상대방의 마음 역시 헤아리려고 하지 않았다. 그리고 자신이 정말 유키코를 좋아하는지 아닌지조차 무시했다. 성욕을 그대로 드러내고 거리에서 여자에게 작업을 거는, 한심한 남자들과 같은 차원에 있었던 것이다.

"안 돼……." 그녀의 대답이었다. "그건 안 돼."

이 말을 듣고도 더욱 끈질기게 매달리는 일은 차마 하지 못했다. 그렇다고 내게 분별이 돌아왔던 것은 아니다. 단순히 대담하지 못했던 것뿐이다.

"그렇지? 안 되겠지?" 나는 그녀의 어깨를 안은 손에 힘을 주었다. "미안해."

유키코는 고개를 숙이고 내내 침묵을 지켰다.

역에서는 내가 차표를 사주었다.

"신경 쓰지 마. 사실은 집까지 바래다줘야 하는데." 차표를 주면서 말했다.

"아니야. 괜찮아."

개찰구는 사람들로 북적였다. 나는 조금 떨어진 곳에서 유키코가 자동개찰기를 통과하는 것을 보기로 했다. 인파 속에 그녀의 빨간 카디건이 묻히는 것을 바라보면서 나는 도대체 이런 데서 무슨 짓을 하고 있나 싶었다.

멍하니 있는 사이에 그녀의 모습은 사라져 보이지 않았다. 그래서 내가 몸을 돌리는데 바로 앞에 유키코가 있었다. 나도 모르게 앗 하는 소리를 지르고 말았다.

"무슨 일이야?" 내가 물었다.

"저기……. 좋아."

"응?"

그러자 유키코는 한 걸음 내게 다가와, 옆을 지나가는 사람의 귀를 걱정하듯, 아래를 본 채 조그맣게 말했다. "같이 자도 좋아."

너무 갑작스러운 일이라 나는 혼란했다. "왜?"

"그러니까……." 그녀는 그대로 입을 닫았다.

나는 그녀의 손을 잡고 인파를 거슬러 걷기 시작했다. 동시에 나는 마음속에서 들려오는 소리에도 귀를 닫았다. 그 소리는 내게

침착해, 다시 생각해, 라고 얘기했다.

어디에 어떤 호텔이 있고, 그곳에 들어가는 수속은 어떻게 해야하는지는 잡지나 심야 프로그램을 보고 알아두었다. 하지만 실제로는 그런 지식이 필요 없을 정도로 간단했다.

우리는 차례대로 샤워를 했다. 유키코가 먼저, 내가 나중에 들어갔다. 욕실에서 나올 때 어쩌면 그녀가 가고 없을지도 모른다는 생각을 했다. 드라마에서 몇 번인가 그런 장면을 봤기 때문인데 그녀는 침대에 들어가 TV를 보고 있었다. 내가 다가가자 머리 위로 이불을 덮어썼다.

나는 TV와 등을 끄고 그녀의 몸에 닿지 않도록 조심하면서 침대로 들어갔다. 그녀가 등을 돌리고 있다는 것을 캄캄한 어둠 속에서도 알 수 있었다.

그로부터 몇 분 동안, 우리들은 그대로 있었다. 둘 다 꼼짝도 하지 않은 채 가만히 있었다.

"춥진 않아?" 내가 물었다.

"조금." 이불 너머에서 유키코의 목소리가 들렸다.

나는 천천히 손을 뻗어 그녀의 등을 만졌다. 그러자 조금 있으니까 그녀가 이쪽으로 몸을 돌렸다. 우리들은 서로 마주 안았다.

둘 다 경험이 없었기 때문에 그 행위를 하는 데는 상당한 시간이 걸렸다. 사람들에게 들은 이야기와 책에서 읽은 것은 아무런 도움이 되지 않았다. 자전거 타는 방법을 적은 책을 보고 자전거를 탈 수는 없는 법이다.

그래도 아침까지 나는 그녀 안에 두 번 사정했다. 하지만 그녀는 쾌감이라고는 조금도 느끼지 못한 것 같았다. 오히려 고통스러워 보였다.

해가 떠오를 때 나는 살짝 잠들었다. 눈을 떴을 때 내 겨드랑이 밑에서 유키코가 나를 올려다보고 있었다.

"안 자도 괜찮아?"

"응……. 저기, 니시하라."

"왜?"

"진심이지?"

그녀의 질문에 나는 꿈에서 깬 것 같았다. 아니, 좀 더 정확하게 말하면 꿈처럼 느껴졌던 것이 사실은 모두 현실이었음을 새삼 깨달았다. 그 순간, 가슴이 좁아드는 것만 같았다.

"당연하지." 그렇게 말하고 나는 그녀의 가녀린 몸을 끌어안았다.

그 후 우리들은 두 번 데이트했다. 물론 섹스는 하지 않았다. 거리를 돌아다니거나 영화를 보거나 하는 건전한 교제였다. 그러나 나는 둘의 사이를 누구에게도 말하지 않았다. 유키코도 입을 다물었던 것 같다. 아무래도 그녀는 야구부 주장이라는 내 입장을 고려했던 듯하다.

솔직히 나는 내 마음을 잘 몰랐다. 지금도 잘 모르겠다. 분명한 것은 내가 그때 그녀를 안은 것은 그녀를 가지고 싶었기 때문이 아니었다. 그때 나는 자포자기 상태로 모든 것에서 도망치고 싶었다. 첫 번째 섹스는 도피 행동으로는 안성맞춤이었다. 거칠게 말하자면 상대가 누구든 괜찮았는지도 모른다.

　물론 그런 일이 먼저 벌어지고 나중에 감정이 따르는 형태도 있을 것이다. 그날 이후 나는 유키코를 소중하게 여겨야 한다고 생각했고 그녀와 함께 있으면 즐거웠고 그녀의 나에 대한 마음을 전보다 더 따뜻하게 느꼈다. 하지만 그것을 애정이라고 부를 수 있는 것인지는 도무지 알 수 없었다. 아무래도 애정은 조금 다른 것 같았다. 혹은 그 연장선상에 존재할지도 모르지만.

　유키코의 죽음을 알았을 때를 나는 수없이 돌아봤다. 그때 느꼈던 감정의 기복이 연인을 잃은 남자의 것으로 어울리는지, 내게는 전혀 자신이 없다. 그리고 그런 자신을 또 다른 자신이 지켜보면서 그런 계산을 하는 것 자체가 최악의 인간이라는 증거라고 귀에서 속삭였다.

6

　방과 후 나는 교실을 나서자마자 3학년 1반 출구 앞에서 기다렸다. 다른 학생보다 훨씬 늦게 미즈무라 히로코가 나왔다. 그녀는 나를 보고 어라, 하는 표정을 지었다.

　"잠깐 얘기하고 싶어." 목소리를 낮춰 나는 말했다.

　히로코의 입장에서 그다지 의외는 아니었던 모양이다. "그럼, 우리 방으로 와"라고 대답했다.

　그녀가 '우리 방'이라고 한 곳은 같은 건물 4층에 있는 제2과학

실험실을 가리켰다. 실험실이라고는 하지만 사실은 평소 거의 사용하지 않는 기구를 보관해두는 창고로, 그 방에 드나드는 것은 부실로 사용하는 천문부 사람 정도였다. 미즈무라 히로코는 천문부 부장이었다.

방 앞까지 왔을 때 나는 히로코의 등에 대고 말했다. "여기서 할게."

히로코는 살짝 눈썹을 치켜떴다. "안에서 얘기하자. 가벼운 얘기가 아닌 것 같은데."

"그렇긴 하지만 여기가 좋겠어." 히로코와 단둘이 되고 싶지 않았다.

"나는 안에서 듣고 싶어." 그녀는 문을 열고 재빨리 안으로 들어가 버렸다.

이 방에 들어오는 것은 처음이었다. 입구 근처 벽에는 철제 앵글이 짜여 있고, 실험용 기구가 들어 있을 종이박스가 빼곡하게 놓여 있었다. 그리고 그곳에 들어가지 못한 것들은 바닥에 아무렇게나 놓여 있었다. 모두 잔뜩 먼지를 덮어쓰고 있다. 안으로 가자 10명 정도가 앉을 수 있는 테이블이 두 개 놓여 있었다. 그 옆에는 천체망원경이 세워져 있었다.

"앉아." 미즈무라 히로코는 내게 파이프의자를 권했다. "커피라도 타올까. 인스턴트지만."

"됐어." 나는 거칠게 의자에 앉았다. "말하고 싶은 것은 유키코 일이야."

"그럴 거라고 생각했어." 히로코는 내 건너편에 앉았다.

"이런 일이 아니었으면 내가 먼저 네게 말 걸 일은 없다고 생각했어."

"어째서 그런 변명을 하지?"

"변명이 아니야. 이번은 특별하다고 말하고 싶은 거지."

"응. 됐어." 히로코는 테이블 위에서 깍지를 꼈다. "소문이 돌더라. 유키코의 임신 이야기."

"설마 네가 퍼뜨리진 않았겠지?"

"의심해?"

"의심하지 않으니까 이렇게 물어보러 왔지. 너, 그 말은 누구에게 들었어?"

"누구에게 듣든 상관없잖아."

"그렇지는 않지. 그런 일은 어지간한 일이 아니면 흘러나오지 않는 말이야. 그걸 안다는 게 아무래도 이상해. 아니면 유키코 본인에게 들었어?"

"그녀와는 그럴 만한 사이가 아니야."

"그럼 누구에게 들었어?"

"말 못해." 미즈무라 히로코가 태연하게 말했다. "하지만 이것만은 보증하지. 내가 사정을 안 루트와 소문의 근원은 달라. 다른 데서 알아봐."

"도통 모르나보네." 나는 테이블을 두드렸다. "소문의 출처가 누구든 상관없어. 내가 알고 싶은 것은 어째서 네가 유키코의 임신을 알고 있느냐는 거지."

그러자 히로코는 잘난 척이라도 하듯 턱을 조금 들고 나를 살피듯 봤다.

"소문이 돌아 화가 났다고 생각했는데 그게 아닌 것 같네. 그럼 왜 니시하라는 그토록 열심히 묻는 거지? 야구부 매니저였던 사람이라? 아니지, 아니야. 그것만으로는 그런 얼굴을 하진 않지."

"어쨌든 상관없잖아!"

"나만 얘기하라는 거야? 그거 너무 뻔뻔하잖아?" 도도한 목소리로 입가에 미소를 지으며 히로코가 말했다. 묘하게 여유로운 표정이 내 신경을 건드렸다.

그 여유를 빼앗고 싶어져 나는 말했다. "내 아이였어."

이 한 마디는 확실히 효과가 있었다. 그 잘난 히로코도 얼굴을 굳히고 멍하니 나를 봤다. 심호흡을 한번 크게 했다.

"그래?" 웃음이 사라진 입술에서 낮은 목소리가 나온다. "유키코와 그런 관계였어?"

"그래."

"언제부터?"

"3월. 3월 마지막 날부터."

조금 시간을 두고 히로코는 깜짝 놀란 표정을 지었다. 그 시기에 내게 무슨 일이 있었는지, 그녀가 가장 잘 알고 있다.

"흥. 그래?" 히로코는 확실히 평정심을 가장하고 있었다. 표정을 지우고 천장을 올려다본 후 작게 숨을 내쉬었다. "그래서 그거 진심이었어?"

핵심을 찔려 나는 당황했다. 물론 진심이었다는 말이 바로 입에서 나가지 못했다. 그 전에 히로코가 손을 흔들며 말했다. "바보 같은 질문이었네. 진심이든 아니든 나와는 상관없는 일인데."

"그렇지." 나는 간신히 표정을 유지하며 대답했다.

히로코는 머리를 쓸어 올리고 조금 느긋한 말투로 말했다. "내게 유키코의 임신 사실을 알려준 사람은 하이토 선생님이야."

"하이토?" 의외의 이름이었다.

"선생님이 천문부 지도교사라는 건 알지? 그래서 어제, 문상이 시작되기 전에 조금 얘기했는데 그때 들었어."

"흠. 그랬어? 그건 그렇고, 너는 그 녀석 마음에 들었나보다." 나는 빈정거리며 말했다. 하지만 그저 빈정대기만 한 게 아니다. 히로코를 대하는 하이토의 태도는 다른 학생과는 확연히 다르다는 것을 나는 전부터 알고 있었다.

히로코는 내 말을 긍정도 부정도 하지 않고 시선을 이리저리 옮겼다.

"뭐, 됐어. 그런 건. 그보다 왜 그 녀석이 그런 사실을 알고 있지?"

"어머니에게 들었다고 선생님이 말했어."

"유키코의 어머님?" 저도 모르게 목소리가 높아졌다. 어머니가 그런 것까지 학교에 알릴 것 같지 않았다.

"그다지 하고 싶지 않았겠지만 사인과도 관계가 있으니까."

"사인이라니, 사고였다며?"

"응. 하지만 그런 몸이 아니었다면 살았을지도 모른대. 부딪친 충격으로 이른바 유산을 한 거지. 그래서 출혈이 심각했다고……." 히로코는 나머지 이야기를 내뱉지 못했다.

"그런 거였나?" 나는 신음했다. 마음에 상처를 입었다는 것을 스스로도 알 수 있었다. "그거 말고 하이토가 또 한 말 없어?"

"다른 건 못 들었어."

"그렇진 않겠지. 이렇게도 말했겠지. 성욕을 못 이겨 경솔한 짓을 저지른 녀석이 있으니까 이런 일이 일어난다……고."

"그건 네 상상에 맡길게." 부정은 하지 않았다.

나는 비틀비틀 일어나 출구를 향해 걷기 시작했다. "참고가 됐어. 듣길 잘했어."

내가 문에 손을 대려고 했을 때 문이 벌컥 열렸다. 눈앞에 나타난 사람은 방금 얘기했던 하이토였다. 하이토는 나를 보자마자 온실에서 독충을 발견한 것 같은 표정을 지었다.

"너는 뭐야? 이런 데서 뭘 하고 있나?" 말하면서 내 뒤로 시선을 던진다. 미즈무라 히로코를 신경 쓰는 것 같다.

"잠깐 얘기 나눈 겁니다. 지금 나가려던 참입니다." 그렇게 말하고 나는 하이토를 밀치듯 하며 방을 나왔다. 복도를 조금 걷고 있는데 녀석이 히로코에게 하는 얘기가 들렸다.

"미즈무라, 무슨 용건이었는지는 모르지만 이런 밀실에서 남학생과 단둘이 되는 것은 가능한 피하는 게 좋아. 아니, 이건 어디까지나 너를 생각해서 하는 말이야." 살짝 기분 나쁜 것 같은 목소리를 내고 있다.

사실은 저 자식, 흑심이 있는 게 아닐까―속으로 악담을 퍼부으며 다시 걷기 시작했다.

7

야구부 연습은 이날도 쉬었다. 문상과 장례식 날 정도는 얌전하게 지내라는 것이 우리 감독의 지시였다. 감독은 나가오카라는 이름의 젊은 교사다.

하굣길, 나는 집과 다른 방향의 전차를 탔다. 유키코가 사고를 당했다는 장소를 봐두고 싶었기 때문이다. 기묘하게도 사고현장의 정확한 위치가 임신 소식과 함께 전해졌다. 아무래도 소문을 퍼뜨리고 있는 사람은 상당히 자세한 정보를 쥐고 있는 듯하다.

내가 내린 역은 좁은 도로와 작은 상점으로 둘러싸인 곳이었다. 그 좁은 도로를 노선버스가 다니고 있어서 아주 복잡한 상태였다. 나는 그 버스 도로를 따라 걷기 시작했다. 도로 옆에는 몇 미터 간격으로 벚나무가 심어져 있었다.

5분 정도 가니 왼쪽으로 중학교가 보였다. 소문에 따르면 사고가 일어난 곳은 이 근처일 터였다. 좌우로 좁은 샛길이 있다. 유키코는 이 오른쪽 길에서 뛰어나와 버스 도로를 달리던 트럭과 접촉했다.

산부인과 병원은 어디에 있나—그렇게 생각하고 주위를 둘러보고 있는데 누가 톡톡 등을 두드렸다. 돌아보니 나라사키 가오루가 서 있었다.

"어라?" 하고 내가 말했다. "어째서 이런 데 있어?"

"이거" 하며 가오루가 내민 것은 작은 꽃다발이었다.

"그래?" 나는 얼굴을 찡그렸다. "남자는 역시 안 된다니까. 그런 걸 전혀 모르니까."

"그런 걸 너무 잘 알아도 이상하지. 사고가 일어난 곳은 저기 모퉁이야." 바로 옆의 오른쪽으로 도는 모퉁이를, 가오루는 턱으로 가리켰다. 옆에 작은 카페가 있다.

"잘 아네."

"그야 유키코 어머니에게 들었거든. 카페 옆이라고."

"어머니를 만났어?"

"오늘은 장례식이었잖아. 어제 문상을 가지 못했던 사람은 6교시를 조퇴하고 가도 좋다고 해서. 그래서 나, 또 갔어. 그리고 부모님과 같은 차를 타고 화장장까지 따라갔어."

화장장이라는 말의 울림이 내 마음을 어둡게 했다. 유키코가, 내 품에서 잠들던 유키코가 정말로 죽었다는 사실을 실감하게 하는 단어였다.

"주고 와야지." 꽃을 안고 가오루는 걷기 시작했다. 그 뒤를 따르면서 가오루는 왜 내가 이곳에 있는지를 묻지 않나 하고 생각했다. 어쩌면 나와 유키코의 사이를 알고 있었을지 모른다.

『멈춤』 표시판 밑에 가오루는 꽃을 놓았다. 유키코에게는 이 표지판이 보이지 않았던가. 아니면 무시하면서까지 이 도로를 건너야 할 이유가 있었을까.

"이 끝에 산부인과가 있어." 좁은 길 안쪽을 가리키며 가오루가 말했다. 그녀도 유키코의 임신 소문을 들었구나, 그때는 그렇게 생각했다.

"알아?"

"응. 우리들 사이에서는 살짝 유명해."

"그 병원이?"

가오루가 고개를 끄덕였다. "여자 선생이고 친절하게 상담해준대. 다른 병원 같은 경우는 설교만 잔뜩 들어야 하는 곳도 꽤 있나봐. 만약 일이 벌어지면 저 병원으로 가자는 느낌이려나."

"흠⋯⋯." 가오루도 성가신 일이 벌어졌던 적이 있을까 생각하면서 나는 그녀의 옆얼굴을 봤다. 그러다나 문득 생각났다. "그 병원, 가오루가 유키코에게 알려준 거야?"

가오루는 잠시 침묵을 지켰지만 슬쩍 곁눈질로 나를 보고 중얼거렸다. "그래."

즉 유키코의 임신에 대해 벌써 알고 있었다는 소리다. 그렇다면 상대가 누군지도 들었을까.

"가오루, 실은 말이야⋯⋯."

"스톱!" 가오루는 내 앞에 손을 내밀었다. "이런 데서 고백하지 않아도 돼."

"역시 알고 있었구나?"

"친구잖아." 가오루가 어깨를 으쓱했다. "유키코의 부모님에게 유키코에게 연인이 있었느냐는 질문을 받았어. 애 아빠가 누군지 알고 싶어 하시는 것 같더라. 하지만 나, 모른다고 했어."

저도 모르게 고맙다는 말을 하려다가 여기서 감사 인사를 하는 것도 이상해 말을 삼켰다.

"부모님은 임신 사실이 소문으로 돌고 있는 것을 모르셔?"

"글쎄. 아직 모르시지 않을까. 무엇보다 부모님 면전에서 그런 말을 할 사람은 없을 테니까. 하지만 언젠가는 아시겠지."

"소문을 흘리는 장본인에 대해 가오루는 짚이는 데 없어?"

"그걸 알면 가만 안 둬." 가오루는 내가 그 장본인이라도 되는 듯 날카롭게 쏘아봤다.

딸랑 하는 종소리가 나서 그쪽을 보니 옆 카페 문이 열리고 마흔 정도의 아주머니가 쓰레받기를 들고 나오고 있었다. 아주머니도 우리들을 봤다.

"얼마 전 죽은 아이의 친구?" 아주머니는 쓰레받기를 든 채 물었다. 꽃을 보고 알아차렸으리라. 나도 가오루도 잠자코 고개만 끄덕였다.

"그랬구나. 불쌍하기도 하지." 아주머니는 짙은 화장을 한 얼굴을 찌푸렸다. "그때는 정말 큰일이었어. 나도 당황했고."

"아주머니, 사고 현장을 보셨어요?"

"부딪치는 건 못 봤어." 찌푸린 얼굴을 가로저었다. "트럭의 브레이크 소리가 아주 크게 났어. 그 후에 뭔가 부딪치는 소리가 들려 놀라서 가게에서 뛰어나왔지. 그랬더니 저쯤에 그 아이가 쓰러져 있었어."

"잠깐만요." 나는 아주머니의 속사포 같은 말을 막고 가오루를 봤다. "이렇게 되었으니 커피라도 마시면서 이야기를 들어볼래?"

가오루는 딱딱한 표정을 짓고 고개를 끄덕였다. "나도 그러고 싶었어."

"마침 잘됐네. 지금은 다른 손님이 없으니까." 아주머니가 싹싹하게 말했다.

『보연인(步恋人)』이라는 한자를 사용하고 읽기는 '프렌드'로 읽는 그 가게는 한때 유행했던 모노톤의 인테리어를 하고 있었다. 거리에 면한 유리창을 따라 테이블이 여섯 개가 있고 안에는 카운터가 있을 뿐이었다. 나와 가오루는 카운터 자리에 앉았다.

"저녁 5시쯤이었나. 그래서 통근이나 통학으로 이 앞길에도 꽤 사람이 많았어. 때문에 사고가 일어났을 때 더 난리였지. 젊은 여자애들은 꺅꺅 소리를 질러댔고 어떻게 좀 해줬으면 했던 남자들도 꽁무니를 빼고. 어쨌든 피가 정말 많이 흘렀거든. 아! 이런 얘기는 안 좋을까."

"괜찮……지?" 나는 가오루에게 말했다.

"계속해주세요." 그녀가 말했다.

아주머니는 물을 마시고 이야기를 재개했다.

"트럭 운전사도 젊은 남자였는데 완전히 넋이 나가서 경찰이나 병원에 연락하는 것도 잊고, 내가 잘못한 게 아니야. 저 여자가 뛰어들었어, 라는 말만 중얼거렸어. 그래서 내가 여기는 내가 보고 있을 테니까 당신, 빨리 전화하라고 했어. 정말로 진짜, 칠칠치 못했다니까."

"유키코의 상태는 어땠나요?" 가오루가 조심스럽게 물었다.

"유키코가 그 아이 이름이구나. 음, 어디를 다쳤는지 잘 모르겠는데 어쨌든 아까 얘기한 대로 출혈이 컸어. 축 늘어져 완전히 움직이지 않았고." 그때의 광경을 떠올렸는지 아주머니는 심각한 표정을 지었다.

"유키코는 왜 도로로 뛰어나왔을까." 벌써 수없이 읊조렸던 의문이 결국 여기서 튀어나왔다.

그러자 아주머니는 놀랄 것도 없다는 듯 말했다. "잘은 모르지만 급한 용무가 있었던 거 아닐까. 그래서 빨리 역으로 가려고."

"그럴까요?" 가오루는 석연치 않다는 얼굴로 물었다.

"그럴 거야. 나는 그렇게 들었어."

"들어요?" 나는 입으로 가져가던 커피 컵을 테이블에 다시 놓았다. "누구에게?"

"함께 있던 여자."

예? 하고 나와 가오루가 동시에 목소리를 올렸다. 아주머니는 놀라 움찔했다.

"같이 있던 사람이 있어요?" 가오루가 새된 목소리로 물었다.

"있었어. 어머, 몰랐어?"

"그게 누군데요?" 나는 일어나 카운터에서 몸을 내밀었다.

"이름은 몰라. 내게는 아는 사람이라고만 했으니까."

"누굴까?" 가오루가 내게 질문을 던졌다. 하지만 물론 나도 짚이는 데는 없다.

나는 아주머니에게 물어봤다. "그 사람은 사고가 일어났을 때 뭘 하고 있었나요?"

"그걸 잘 모르겠어. 하지만 아무래도 그 여자아이 뒤에 있었던 것 같아. 내가 가게에서 나왔을 때 마침 그 사람이 옆 거리에서 나오던 참이었으니까."

"그 사람이 아주머니에게, 유키코가 급한 용무가 있어 달리다가 결국 도로로 나갔다고 설명했나요?"

"응. 구급차가 올 때까지 기다리는 동안에 그런 말을 들었어."

나는 가오루와 얼굴을 마주 봤다. 하지만 그 여자가 누군지, 그녀도 전혀 짚이는 데가 없는 것 같았다.

"그 사람, 어떤 사람이었죠?" 내가 물었다.

아주머니는 눈썹을 잔뜩 늘어뜨리고 고개를 갸웃했다. "어떤 사람이었느냐고 물어도. 나는 사람 얼굴을 잘 기억하지 못해서. 나이는 대체로 마흔…… 중반쯤이려나. 아니면 좀 더 젊을까. 마르고 몸집이 작은 데다 안경을 쓰고 있었는데." 그리고 아주머니는 고개를 흔들었다. "안 되겠다. 더 이상은 무리야. 아무것도 생각나지 않아."

이미지가 떠오르긴 하는데 어디에나 있을 법한 중년 여성이었다.

"그 사람, 그 뒤에 어떻게 되었나요?" 가오루가 질문했다.

"그게 말이야, 구급차가 와서 그 아이를 실어간 후 없어졌어. 덕분에 이어서 출동한 교통과 경관에게 내가 설명해야만 했다고." 아주머니가 살짝 성을 냈다.

유키코와 함께 있던 여자는 도대체 누굴까. 나와 가오루는 돌아오는 전차 안에서 이야기를 해봤지만 둘 다 짐작이 가지 않았다.

"의사에게 가는 거니까 누가 따라간 게 아닐까?"

"말도 안 돼." 가오루는 얼굴을 찡그렸다. "친구가 같이 간다면 모를까."

"친척도 말이 안 되겠지. 그럴 거면 어머니에게 부탁하지."

"같이 가달라고 한 게 아닐 것 같아."

"그럼 왜 그 여자가 같이 있었을까?"

"몰라." 손잡이를 잡고 창밖을 보면서 가오루가 고개를 저었다.

나는 길고 깊은 한숨을 내쉬었다.

집으로 돌아와 현관문을 열자 거실에서 하루미가 뛰어나왔다. 하루미는 홀 중앙에 서서 무시무시한 눈빛으로 나를 노려봤다. 그 눈은 토끼처럼 빨갰고 순식간에 차오른 눈물이 뚝뚝 뺨을 타고 흘러내렸다.

"왜 그래?" 나는 당황하며 물었다.

"오빠는 거짓말쟁이야!" 하루미는 그렇게 소리치고 옆 계단을 달려 올라갔다. 나는 멍하니 그 뒷모습을 지켜볼 뿐이다. 쿵 하고 문이 닫히는 소리가 나고 그 뒤로 엉엉 우는 소리가 이어졌다.

나는 거실로 들어갔다. 식탁을 치우고 있던 어머니가 나를 보고 힘없는 미소를 지었다. "이제 왔니?"

"하루미, 왜 그래?"

어머니가 한숨을 쉬었다. "유키코 일을 알아버렸어."

"알려줬어?"

"그게 아니야. 가와이에게 조금 전 전화가 왔어. 내가 바로 받았으면 되었을 텐데 하루미가 먼저 받았어."

그렇게 된 건가. 나는 알아차렸다. "가와이 녀석이 말했구나."

"어쩔 수 없지. 하루미에게 비밀로 한 걸 몰랐으니까."

"그렇지."

거실 전화로 가와이의 집에 걸었다. 바로 가와이가 받았다.

"미안." 내 목소리를 듣자 녀석은 제일 먼저 이렇게 말했다. "나도 모르게 실수로 말하고 말았어. 하루미 짱의 목소리를 오랜만에 듣는 바람에."

"언젠가는 들킬 거였어. 신경 쓰지 마."

"아니야. 너무 생각이 없었어. 조금만 머리를 굴렸으면 좋았을 텐데. 하루미 짱은 어때?"

"나를 노려보고 소리치고, 지금은 토라져 있어."

"큰일이네. 정말 미안해."

"시간이 흐르면 잊겠지. 그보다 무슨 일이었어?"

"아아, 맞다. 유키코와 관련해 새로운 정보가 들어왔어." 가와이의 말투가 급격히 무거워졌다. "내일 학교에서 말해도 되지만 이런 일은 빨리 하는 게 좋을 것 같아서."

나는 수화기를 꼭 움켜쥐었다. "어떤 정보인데?"

"유키코의 소문을 흘리는 장본인을 알았어."

"정말?" 나도 모르게 목소리가 커졌다. 어머니가 힐끗 이쪽을 본다. 나는 소화기를 가리고 물었다. "어디의 누군데?"

"그게 좀 의외야. 2학년이야."

2학년? 정말 의외였다. "여자야?"

"아니, 남자야. 2학년 3반의 나카노라는 녀석이야. 알아?"

"전혀."

"그래? 나도 그래."

"그 녀석이 소문의 발신지라는 건 확실해?"

"응. 틀림없어."

가와이에 따르면 오늘 학교에서 돌아오는 길, 테니스부 2학년 여학생이 유키코의 임신 얘기를 하고 있는 것을 들었다고 한다. 그 이야기가 너무나 자세했기 때문에 녀석은 그 여학생들에게 누구에게 들었는지 물었다. 야구부 에이스의 얼굴은 운동부 안에서는 신통력을 발휘한다. 그 학생들은 바로 그 자리에서 사고현장 근처에 사는 2학년 3반의 나카노라는 남학생에게 들었다고 대답했다. 그 나카노의 어머니가 아는 사람이 그 사고와 어떤 관계가 있다고 했다.

"내일 점심시간, 나카노를 추궁할 생각이야. 놈을 방으로 데려

와달라고 2학년 부원에게 말해뒀어."

"나도 갈게."

"알았어. 특등석을 준비하지." 가와이의 말에 힘이 들어가 있었다.

전화를 끊은 후 나는 혼자 끄덕였다. 그랬구나, 사고현장 근처에 사는 놈이 있었나. 그렇다면 가능하리라. 어쩌면 그 나카노라는 2학년생은 유키코와 함께 있었던 중년 여자를 봤을지도 모른다.

2층으로 올라가 자신의 방으로 들어가기 전에 하루미의 방을 노크했다. 그러나 대답은 없다. 다시 한 번 노크했다. "하루미, 자니?"

그래도 대답이 없었기 때문에 나는 그 자리를 떠났다. 그런데 내 방문을 열기 직전에 하루미의 목소리가 났다.

"오빠, 정말 싫어!"

나는 아무도 보지 않는데도 외국인 스타마냥 어깨를 크게 들썩이고 저 정도 기운이 있으면 심장은 괜찮겠다, 하고 하루미가 들리지 않도록 중얼거렸다.

8

나카노라는 마른 2학년생은 유키코의 임신 소식을 흘린 걸로 우리에게 혼이 날 줄 알았는지, 부실로 들어왔을 때부터 창백한 얼굴이었다.

"저기…… 우리 어머니의 지인 중에 근처 산부인과를 다니던 아줌마가 있어요. 그래서 그 아줌마가 유키코 선배를 병원에서 본 것 같다는 말을 어머니에게 했어요." 말하는 중간에도 꾸벅꾸벅 고개를 숙인다.

"봤다고? 그 아줌마는 유키코의 얼굴을 아나?" 가오루가 의아하다는 듯 물었다.

"아닙니다. 모를 것 같은데……."

"그럼 어떻게 유키코라는 걸 알았지?" 가와이가 미간에 주름을 잡고 짜증을 냈다.

"똑바로 말해라." 날 선 목소리를 낸 것은 포수 요시오카였다. 우연히 부실에 있다가 취조에 임하게 되었다. 이 녀석에게는 나와 유키코의 관계는 말하지 않았다. 단순히 소문을 흘린 장본인을 족치는 것이 목적이라고 생각하고 있다.

프로레슬러 같은 덩치 탓에 부 안에서도 유난히 인상이 나쁜 요시오카가 노려보자, 나카노는 잔뜩 움츠러들었다.

"아, 그게, 그러니까……."

"침착해." 내가 말했다.

"네가 하고 싶은 얘기는 이거지? 아줌마는 병원에서 유키코를 봤다. 하지만 그 지점에서는 이름이나 다른 정보는 몰랐다."

"그렇습니다."

"그게 언제 일이지?"

"사고가 나기 4,5일 전……일걸요." 나카노가 고개를 기울이고 자신 없이 말했다.

"됐어. 어쨌든 아줌마는 그때 본 젊은 여자의 얼굴을 기억했고 사고 소식을 들은 후 그 사람이 산부인과에서 본 여자라고 말했던 거지?"

"예. 그렇긴 하지만 조금 다릅니다. 아줌마는 병원에서 선배를 본 후 학교에 전화했대요."

"학교에 전화를 했다고?" 우리들이 벌떡 일어났다.

요시오카가 흥분해 나카노의 멱살을 잡았다.

"어이, 좀 제대로 얘기하라고!"

"할게요, 말할게요." 나카노는 목을 흔들며 우는 소리를 했다. "말할 테니까 놔주세요."

"놔줘." 나는 요시오카의 손을 풀었다. "아줌마는 유키코에 대해 몰랐잖아? 그런데 어떻게 슈분칸 학생이라는 걸 알았지?"

"예. 바로 그게 문제입니다. 아줌마는 선배를 병원 대기실에서 봤을 때 너무 어렸기 때문에 도대체 어떤 여자인지 궁금했답니다. 선배가 쇼핑백을 가지고 있었는데 상황을 보다가 그 안을 들여다 보다가……."

거기에 교복 같은 게 들어 있는 것을 발견했다. 아줌마는 호기심에 이끌려 쇼핑백 속을 뒤졌다. 마침내 본 적이 있는 학교 문양을 찾았다. 문무를 겸비한다는 명문, 슈분칸고등학교의 배지는 공부와는 거리가 먼 인간이라도 아는 경우가 있다. 아줌마는 호기심의 망령이 되어 그 젊은 아가씨의 일거수일투족을 주목했다. 마침

내 아가씨가 창구로 불려가는 것을 귀 기울여 들었다. 미야 어쩌구로 들렸다.

아줌마는 집에 돌아와 재빨리 슈분칸고등학교에 전화를 걸었다. 당신 학생이 하굣길에 사복으로 갈아입고 산부인과에 가는 걸 봤는데 부모님은 아실까, 같은 불평을 늘어놓았다. 조사해보겠습니다, 가 학교 측의 대답이었다고 한다.

하지만 그래도 아줌마는 성이 차지 않았다. 2,3일이 지난 후 다시 문의 전화를 학교에 걸었다. 그 건은 어떻게 되었는지 알려고. 이에 대해 학교 측은 이렇게 말했다. 저희가 조사한 바로는 그 병원에 드나드는 학생은 없는 것 같지만 조금 더 조사해볼 생각이다—.

그 후 또 2,3일 후 교통사고가 일어났다. 죽은 사람이 그 학교 학생이라는 것과 임신 초기였다는 사실을 단골 산부인과에서 친한 간호사에게 들어 알았다.

"그래서 그 아줌마는 흥분해 우리 어머니에게 주절주절 떠들었던 겁니다. 그것을 내가…… 아니 제가 어머니에게 듣고 학교에서 말하게 되었습니다."

나카노는 어쩔 줄 몰라 하며 이 정도의 얘기를 간신히 설명했다.

"왜 떠들고 다닌 거야, 이 새끼!" 요시오카가 나카노의 어깨를 잡았다.

"떠들고 다니다니, 그런……." 나카노가 고개를 절레절레 흔들었다. "저, 저는 딱 한 사람에게만 말했습니다. 절대로 비밀로 하라고 했는데 그 녀석이 다른 사람에게 떠든 겁니다."

"시끄러! 어쨌든 네가 원인이잖아!"

"죄송합니다. 죄송합니다." 나카노는 울음을 터뜨릴 것만 같았다.

"안 되겠어. 도저히 용서 못하겠다."

"그만해." 당장이라도 나카노를 때릴 것 같은 요시오카를 나는 말렸다. "이런 소문은 언제든 나게 되어 있어. 그보다 이런 데서 폭력 사태가 벌어지면 돌이킬 수 없어."

"알고 있지만." 요시오카는 손을 뗐지만 그래도 여전히 으, 하고 짐승처럼 으르렁거렸다.

나는 나카노에게 물었다. "아줌마의 밀고에 학교 측은 어떻게 조사했는지 알아?"

"모릅니다. 듣지 못했습니다." 나카노는 계속 고개를 저었다.

나는 떠오른 생각이 있어 나라사키 가오루를 봤다.

그녀는 살짝 고개를 끄덕인 후 나카노를 향해 말했다. "자, 너는 돌아가. 우물쭈물하다가는 고릴라에게 목 졸려 죽을 거야."

그러자 나카노는 그야말로 도망치듯 부실을 나갔다.

"뭐야, 벌써 석방이야?" 요시오카가 불만스럽게 말했다. "좀 더 귀여워 해주려고 했는데."

"우리들은 깔끔하지." 가와이 가즈마사가 말했다. "집요한 건 다들 싫어하니까."

"어이, 정말, 고교야구협회의 눈치를 보는 것도 지긋지긋해." 요시오카는 커다란 몸을 흔들며 부실을 나갔다.

나는 가오루에게 말했다. "지금 이야기로 상황은 대강 파악했어."

"나도." 그녀도 대답했다. "사고가 일어났을 때 유키코와 같이 있었던 중년 여성의 정체 말이야."

"무슨 소리야?" 가와이는 나와 가오루의 얼굴을 번갈아 봤다.

"지금 얘기를 통해 알 수 있는 것은 학교 측이 그 산부인과를 조사했다는 건 확실해. 몇 학년 몇 반의 누군지를. 자, 그런데 말이야, 학교는 어떻게 조사했을 것 같아?"

"병원에 문의한다거나."

"병원은 그런 거 가르쳐주지 않아. 사생활 침해니까. 그런 일은 없었을 거야."

"그 병원이라면 특히 더 그래. 그래서 신용할 수 있으니까." 가오루가 자신만만하게 말한다.

"그렇다면…… 감시하는 수밖에 없지 않나?"

"그렇지." 나는 고개를 끄덕였다. "감시했을 거야. 그래서 그곳에 학생처럼 보이는 여자가 나타나면 질문 공세를 퍼부을 작정이었겠지."

"왜 이런 데 왔지? 왜 평범한 병원에 가면 안 되지? 집 근처 의사에게 가지 않은 이유는? —번화가에서 학생을 발견했을 때의 상황이야, 틀림없이."

"그런 질문을 해야 한다면 감시는 여자가 하는 수밖에 없어. 그래서 학생지도부의 여자라면……."

"미사키 할멈인가?" 가와이 가즈마사가 내뱉듯 말했다.

"연령은 40대 중반, 마르고 몸집이 작은데 안경을 썼다는 것이 카페 아주머니의 증언이었어. 미사키 여사라면 딱 맞아."

"그 녀석이 같이 있었어?" 가와이가 오른쪽 손바닥을 왼손과 탁 마주쳤다.

동시에 나는 또 하나의 의문을 풀었다. 하이토가 왜 유키코의 임신을 알았는지, 라는 의문이다. 별것도 아니었다. 학생지도부 교사는 모두 알고 있었던 것이다.

갑자기 가와이가 눈을 부릅떴다. "잠깐, 유키코가 달려 도로로 뛰어나갔다고 했는데 그거 혹시 미사키 할멈에게서 도망치려던 거 아니었을까?"

"그럴 가능성은 충분해." 내가 말했다. "그 외에 유키코가 그런 곳에서 주위도 살피지 않고 달릴 만한 이유는 없으니까."

"만약 그렇다면 학교 측에도 책임이 있다는 말이야. 가만있을 순 없잖아?" 가와이가 옆에 있던 책상을 두드렸다.

나라사키 가오루도 어떻게 하지, 하고 묻는 눈으로 나를 봤다.

나는 두 사람의 시선을 받으며 생각했다. 유키코의 연인으로서, 진심으로 유키코를 사랑했던 남자로서 어떻게 하면 좋을지 생각했다. 이 두 사람에게 경멸 받고 싶지 않다는 마음이 있는 것도 확실하지만 그보다 더 나를 연인이라고 믿은 채 죽은 유키코에게 보상을 하고 싶었다.

"우선은 사실 관계를 분명히 해야지." 내가 말했다. "행동은 그

다음이야."

"하지만 어떻게 분명히 하지? 학생지도 놈들에게 묻는다고 사실을 얘기할 리 없고."

"사실을 아는 사람은 놈들만이 아니겠지."

"목격자를 찾겠다고?" 가와이가 물었다.

"그런 형사나 할 일을 우리가 할 수 있겠니?" 나는 쓴웃음을 짓고 최대한 심각해지지 않도록 조심하면서 말했다. "유키코의 부모님에게 물어보는 거야. 그게 가장 확실하겠지?"

"어, 그거 안 될 거야. 얘기해주지 않으실 거야."

"그럴까?"

"그럴 거야. 유키코의 임신은 숨기고 싶으실 테니까."

"뭔가 생각이 있는 것 같은데." 가와이 가즈마사가 예리한 눈빛으로 이쪽을 보고 있다. 내 마음을 읽은 듯했다. 그렇다면 기대에 부응하는 대답을 할 수밖에 없다.

"내가 아이 아버지라고 하면 어떨까?"

이 말에 나라사키 가오루의 몸이 굳어졌다. 가와이도 숨을 삼키는 것 같았다. 나는 둘을 향해 고개를 끄덕였다. "그러면 사실을 말해줄 것 같은데."

"진심이야?" 가오루가 드디어 목소리를 냈다.

"진심이야." 내가 대답했다. "모르는 체하고 있는 것은 비겁해."

"좋아!" 가와이가 내 어깨를 두드렸다. "맞아. 정말 좋아했던 여자니까 그렇게 하는 게 당연하지."

나는 순간 시선을 피하고 "그래" 하고 수긍했다.

"언제 갈 거야?" 가오루가 물었다.

"망설이거나 겁을 먹기 전에 가야지." 내가 말했다. "그러니까 오늘밤에 없어. 미안하지만 연습 중간에 빠질게."

"나도 갈게."

"아니, 나 혼자라도 괜찮아."

"하지만……."

"혼자 가게 해라." 가와이가 끼어들었다. "니시하라가 무릎을 꿇는 모습을 보고 싶은 거야?"

가오루가 놀라 물끄러미 내 얼굴을 봤다. 나는 끄덕이면서 그렇구나, 무릎을 꿇는 것 정도는 각오해야만 하겠구나, 하고 생각했다.

9

유키코의 집은 하얀 벽의 고즈넉한 2층집이었다. 문을 지나면 작은 마당이 있고 마당 구석에 수국이 심어져 있었다. 작은 지붕이 달린 곳에서 갈색 문을 열면 현관인데 어른 둘이 나란히 서면 조금 좁겠다 싶은 넓이였다.

나는 그 현관 입구에서 허리부터 위를 앞으로 80도 정도 기울인 자세인 채로 정지했다. 빨간 샌들이 가지런히 놓여 있을 뿐 외출할 때 신는 신은 없었다. 유키코의 신발은 어떻게 했을까, 라는 생각을 문득 했다. 지금도 신발장 안에 들어 있을까.

내가 머리를 숙이고 긴 시간이 흘렀다. 그렇지만 어쩌면 수십 초 정도였을지도 모른다. 고통스러운 시간은 길게 느껴지는 법이니까.

"제가 유키코의…… 아이 아버지입니다."

내가 한 말은 그것뿐이었다. 그 후에는 어머니의 얼굴도 보지 않고 고개를 숙였다. 무릎을 꿇을 각오도 되어 있었지만 그런 짓을 하면 오히려 성의가 가려질 것만 같아 그만두었다.

어머니는 말이 없었다. 온화한 표정을 가진 사람인데 처음 내가 이름을 댔을 때부터 얼굴이 굳어졌다. 어떤 예감이 들었을지도 모른다.

침묵이 나를 조여와 무너뜨릴 것만 같았다. 가만히 있는 게 괴로웠다. 하지만 조금이라도 움직이면 지금까지 멈춰 있던 의미가 사라질 것만 같았다.

"……그래서." 가냘픈 소리가 났다. 나는 고개를 조금 들었다. "돌아가." 이번에는 또렷하게 들렸다. "돌아가줘."

"돌아가겠습니다. 하지만 한 가지만 알려주십시오."

"돌아가. 얘기하고 싶지 않아."

"하지만……." 나는 고개를 들고 유키코의 어머니 얼굴을 봤다. 어머니는 눈물을 흘리고 있었다. 분노와 슬픔과 회한이 그 눈물에 담겨져 있는 것만 같았다. 나는 더는 말을 할 수 없었다.

"돌아가요." 어머니는 옆을 보며 말했다.

"폐를 끼쳤습니다." 나는 머리를 한 번 숙이고 밖으로 나왔다.

씁쓸한 기분을 맛보면서 유키코의 집을 떠났다. 그러나 나보다 더 유키코의 어머니가 괴로울 것이다. 그 괴로움이 전해졌기에 나는 더 이상 그 현관에 머물 수 없었다. 부모라는 건 정말 힘든 거구나. 새삼 그런 생각이 들었다.

무거운 발걸음을 질질 끌며 집으로 돌아왔다. 하루미는 마당에서 꽃에 물을 주고 있었는데 내 모습을 보자 잘 왔냐는 말 한마디 없이 거실 유리문을 통해 안으로 들어가버렸다. 아무래도 완전히 미움을 받는 모양이다.

거실은 들여다보지 않고 곧바로 내 방으로 갔다. 침대에 누워 형광등을 바라보면서 그걸로 된 건가 하고 생각했다. 연인을 임신시킨 남자로서 어울리는 태도였나.

그대로 우두커니 있는데 어머니가 계단 밑에서 식사 준비가 다 되었다고 불렀다. 우리 집에서는 어제와 같은 시간이 흐르고 있다.

아버지가 돌아와 가족 넷이 모두 모인 저녁이 되었다. 하루미는 여전히 부루퉁해 나를 보려고도 하지 않았다. 아버지도 어머니에게 들어 사정을 아는 듯 불쾌한 태도의 딸에게 아무 말도 하지 않았다.

어색한 공기 속에서 각자가 식사를 끝낼 무렵, 전화가 울렸다. 어머니가 재빨리 근처에 있던 무선전화기를 들었다. 그런데 곧바로 의아하다는 표정으로 눈썹을 찌푸렸다. 우리들은 젓가락질을 멈추고 주목했다.

"예. 소이치를 바꾸면 되죠? 잠깐만 기다리세요." 어머니는 송화구를 막고 이쪽을 봤다. "유키코의 아버지라는데."

순간 쿵 하고 가슴이 내려앉았다. 하지만 그런 마음을 겉으로 드러내지 않으려고 조심하면서 전화를 받고 그대로 거실로 갔다.

"여보세요. 전화 바꿨습니다." 소파에 앉아 아버지와 어머니에게 등을 돌리고 나는 말했다.

잠깐 침묵이 흘렀다가 "아아……"라는 묵직한 목소리가 들렸다. "나는 유키코의 아버지입니다." 정중한 말을 써서 놀랐다. 호통을 치리라 생각했기 때문이다.

네, 하고 내가 대답했다.

"아내에게 이야기를 들었네." 여기서 말투가 소년을 대하는 것으로 바뀌었다. 그래도 감정을 최대한 누르려고 하는 게 절절하게 느껴졌다.

네, 하고 내가 대답했다.

"자네와 얘기하고 싶네." 유키코의 아버지가 말했다. "둘이서만."

"예……. 언제가 좋을까요?"

"빠를수록 좋겠지. 자네 지금 나올 수 있겠나?"

"나갈 수 있습니다." 말하고 나서 시계를 봤다. 8시를 넘어서고 있다. "저기, 어디로 가야……."

"그렇지……. 가장 가까운 역이 어디지?"

나는 근처 역 이름을 댔다.

"그래? 그럼 역 앞에서 기다려주게. 지금부터 나가면 30분 정도

걸릴지 모르겠네." 차로 올 모양이다.

알겠다고 하고 전화를 끊었다. 동시에 어머니가 질문을 던졌다. "무슨 일이니?"

"유키코 일로, 잠깐."

"왜 네게?"

"나중에 얘기할게." 나는 일어나 가족을 보지 않으며 문으로 향했다. "가봐야겠어. 잘 먹었습니다."

전차가 도착할 때마다 역 앞은 퇴근하는 사람들로 넘쳤다. 그러나 그들은 혼란을 느낄 필요도 없이 몇 분 후에는 이 자리에서 사라졌다. 걸어서 멀어지는 사람도 있고 다시 버스를 타러 가는 사람도 있다. 물론 카페나 책방에 들어가는 사람도 있다. 그러나 쭉 늘어선 상점 중에서 가장 화려한 네온을 켜고 있는 파친코 가게에 들르는 사람은 내가 보기에는 거의 없었다. 그 가게의 안팎으로 눈에 보이지 않는 차단막이 있는 것만 같았다.

사람들의 인파가 다섯 번쯤 지나간 후 내 앞에 구형 갤랑(GALANT)이 조용히 멈췄다. 그리고 빵 하고 살짝 클랙슨이 울렸다. 내가 허리를 굽혀 들여다보니 하얀 폴로셔츠를 입은 남성이 조수석 도어록을 푸는 게 보였다.

나는 다가가 문을 열었다. "유키코 아버지이신가요?"

금테 안경을 쓴 남성은 앞을 주시한 채 조그맣게 고개를 까딱했다. 나는 조수석에 탔다. 내가 안전벨트를 매는 걸 확인하고 그는 차를 출발시켰다.

차가 움직이는 동안 그는 한 마디도 하지 않았다. 그러므로 당연히 나도 내내 입을 다물고 있을 수밖에 없었다. 이 좁은 공간에 미야마에 씨의 억눌린 분노와 초조함이 가득 차 있는 것만 같았다.

미야마에 씨는 차를 패밀리레스토랑 주차장에 넣었다. 인기척이 없는 곳으로 갈 거라고 생각했기에 의외였다. 그는 차에서 내린 후에도 조용히 걸어갔다. 나는 뒤를 따랐다.

웨이트리스가 안내하려고 했는데 미야마에 씨는 저 자리가 좋겠다며 창가 테이블을 가리켰다. 젊고 힘이 있는 목소리였다. 웨이트리스는 그 자리로 우리를 안내했다.

그녀가 메뉴를 놓기 전에 미야마에 씨가 커피를 주문했기 때문에 나도 따랐다. 한시라도 빨리 본론으로 들어가고 싶어 하는 그의 마음이 전해졌다.

웨이트리스가 멀어지자 우리들은 처음으로 서로 정면으로 마주 봤다. 미야마에 씨의 금테 안경 속에서 나를 보는 눈빛에는 딸을 잃은 아버지가 아니면 볼 수 없는 어두움과 원통함이 깃들어 있었다. 나는 순간 시선을 피했다가 다시 과감하게 그 시선을 마주했다.

"집을 나오기 전 자네 사진을 봤네." 미야마에 씨는 천천히 이야기를 시작했다. "딸이 어떤 남자를 선택했는지 알고 싶어서."

"사진이 있었습니까?"

"아아, 아주 많았어."

"많이?"

"사실은 그 아이가 임신했었다는 것을 알았을 때, 상대가 누군 지 알 방법이 없을까 해서 방안을 샅샅이 뒤졌네. 하지만 아무것 도 나오지 않았어. 발견한 것은 야구부원들의 사진을 모아놓은 간 단한 앨범뿐이었지. 매니저였으니까 이런 사진도 찍었겠구나 하 고 그때는 막연히 생각하고 지나쳤지. 그런데 오늘 자네를 알고 다시 그 앨범을 보니 확실히 자네 사진이 많다는 걸 깨달았네. 부 모란 바보야. 대답을 알려줄 때까지 딸의 마음을 전혀 파악하지 못했어."

담담하게 얘기하는 미야마에 씨의 말은 아마 그가 계산하고 있 는 것 이상으로 내 마음을 깊이 찔렀다. 유키코의 깊은 마음이 또 밝혀졌다.

웨이트리스가 커피를 가져왔다. 미야마에 씨가 블랙으로 마시 기에 나도 그렇게 하기로 했다.

"유키코와는 언제부터?" 미야마에 씨가 물었다.

"3월……입니다." 나는 솔직하게 대답했다. 그런데 이게 정확하 게 전해지지 못했다.

"그래? 그럼 1년 이상 전이네." 그가 이렇게 말한 것이다.

그게 아니라 올해, 라고 정정하려다 다시 말을 삼켰다. 내가 여 기서 사실을 말해도 아무도—유키코조차—좋아하지 않을 거라는 사실을 깨달았던 것이다.

"그래서 알았네. 어쩐지." 미야마에 씨가 뭔가를 납득한 듯 고개를 끄덕였다. "2학년이 되어 야구부 매니저를 한다고 해서 이상하다고 생각했네. 그랬군, 자네가 있었기 때문인가."

그의 설명에 나도 조금 놀랐다. 정말 그랬을지도 모른다는 생각이 들었다.

미야마에 씨가 커피 컵을 들었다. 이때 처음으로 나는 그의 손이 부들부들 떨리고 있다는 사실을 깨달았다. 그 흔들림은 억누르고 있는 것의 크기를, 여실히 증명하고 있었다.

"오늘 자네가 왔다는 이야기를 듣고 조금 구원을 받은 것 같았네." 그는 쥐어짜내듯 말했다. "많은 상상을 했네. 유키코의 상대에 대해. 이상한 남자에게 속았던 건 아닐까. 무슨 사고라도 당한 게 아닐까."

강간을 말하는 것 같다.

"좋은 상상은 조금도 떠오르지 않았네. 나쁜 일만 생각났지. 어쨌든 나쁜 일이 벌어졌으니까. 우리들에게 이 세상에서 가장 나쁜 일이. 정말 뭐라고 표현할 수 없을 정도로 나쁜 일이." 미야마에 씨가 손뿐만 아니라 온몸을 떨었다. 그 목소리는 마치 신음하듯 들렸다.

나는 아무 말도 하지 못하고 그저 가만히 그를 보고만 있었다. 그러는 것이 자신의 의무인 것처럼 느껴졌기 때문이었다.

마침내 그의 떨림이 조금 진정되었다. 그는 물을 한 모금 마셨다.

"임신 사실은 유키코에게 들었나?"

"아닙니다." 나는 고개를 저었다. "전혀 듣지 못했습니다."

"그런가? 자네 몰래 처리할 생각이었던 건가." 미야마에 씨가 분통하다는 듯 입술을 깨물었다. "그럼 자네는 어떻게 알았지?"

"학교에서 소문이 돌았습니다."

"학교에서?" 미야마에 씨가 눈을 크게 뜨더니 후우 하고 한숨을 내쉬었다. "사람 입에 문을 달 도리는 없으니까. 그럼 자네는 소문을 듣고 바로 우리 집에 왔나?"

"그렇습니다. 조금 망설이긴 했습니다만."

수긍하듯 미야마에 씨는 고개를 끄덕였다. "사실은 언젠가 나타나지 않을까 생각했네. 우리가 찾아내 그 상대 남자를 추궁하는 형태를 취하고 싶지 않았으니까. 비겁한 놈을 상대하는 일은 불쾌하고, 그런 남자였다는 것을 아는 것은 유키코에게도 비참한 일이니까."

미야마에 씨가 하는 말은 너무나 지당한 말이라 나는 할 말이 없었다. 다만 오늘의 내 행동이 잘못되지 않았다는 것만은 확실한 듯하다.

"그러나 솔직히 '나타나지 않겠지' 하고 생각했네. 그러기 위해서는 상당한 각오와 용기가 필요할 테니까. 입만 다물고 있으면 아무도 모르고 끝날 공산이 크지. 고백하면 엄청난 리스크를 짊어져야 하네. 그런데 자네는 왔어. 그렇게 결심하기까지 얼마나 많은 갈등이 있었을지 알기에 자네의 행동에는 그만한 가치가 있다고 나는 평가하네. 유키코의 상대가 그런 청년이어서 다행이라고 생각해."

"하지만" 하고 그는 계속했다. "그렇다고 해도 자네를 용서할 수 없는 우리 마음도 이해해주게. 나와 아내에게 유키코는 보물이었네. 그 아이를 죽음으로 몰고 간 모든 원인을 우리는 증오하네. 자네 입장에서는 사고와 자신은 전혀 관계가 없다고 할지 모르지. 아니, 객관적으로는 분명 그렇지. 그러나 유키코가 죽은 후 나와 아내가 나눈 원망의 말들 중에는 딸을 임신시킨 남자에 관한 것도 상당했네."

나는 고개를 숙이고 그의 말을 듣고 있었다. 조용한 말에는 호통을 치는 것과는 또 다른 위력이 있었다.

"자네는" 하고 미야마에 씨가 말했기 때문에 나는 고개를 들었다. 그가 침을 삼켰다. "유키코를 얼마나 진심으로 생각했나?"

"얼마나……라니?"

"그러니까 장래까지 생각했나?"

나는 헉 하고 숨을 들이켜고 그것을 폐 안에 잠시 담으면서 생각했다. 그리고 내뱉을 때는 대답이 정해져 있었다.

"막연하지만 생각은 했습니다. 그녀와는 언제까지나." 입술을 핥았다. "함께 있고 싶었습니다. 언제까지나."

"그랬군." 그는 일단 만족한 듯 보였는데 엄격한 표정으로 말을 이었다. "하지만 아이가 생겨도 괜찮다고 생각하진 않았겠지?"

뼈아픈 질문이었다. 나는 "예" 하고 대답했다.

"그렇다면 왜……." 미야마에 씨가 테이블 끝을 잡았다. 그 손에 나온 혈관 하나하나가 나에 대한 분노로 부풀어 있었다. "어째서 성인이 될 때까지…… 정말 장래를 정할 때까지 기다리지 못했나?"

나는 입을 다물었다. 하지만 마음속으로는 미야마에 씨에게 반론했다. 만약 정말 서로 사랑하면 결코 참을 수 없다고. 하지만 그런 말을 할 자격이 내게는 없었다.

미야마에 씨는 한동안 나를 노려봤다. 나는 그의 시선을 이마 언저리로 받으면서 테이블을 응시하고 있었다.

얼마 후 미야마에 씨가 낮게 말했다. "이 정도로…… 끝낼까."

나는 시선을 들었다. 그는 남은 커피를 마시고 고개를 살살 흔들었다.

"자네에게 소리나 칠 작정이었는데 어쩐지 그것도 의미가 없다는 생각이 드는군. 어쨌든 유키코는 돌아오지 않으니까. 게다가 유키코가 죽어서 슬픈 건 자네도 마찬가지야. 슬퍼하는 사람을 추궁하는 일은 슬프지. 더구나 자네처럼 성의를 보여준 사람이라면." 미야마에 씨는 얼굴을 문지르고 그 손으로 테이블 끝에 놓여 있던 계산서를 들었다. 그런데 일어나려고 하다가 문득 생각났다는 얼굴로 나를 봤다. "아내 말로는 자네도 물어볼 게 있다고 하던데."

"예. 있습니다." 내가 말했다. "사고에 학교 측 사람이 어떤 식으로 연관되어 있는지에 관한 겁니다. 뭔가 아시는 게 없으십니까?"

이 순간, 미야마에 씨의 안경 속에 있던 눈이 지금과는 다른 빛

을 드러냈다. 그는 나를 가만히 응시하며 물었다. "자네는 아무것
도 모르나?"

"학생지도부 선생이 옆에 있었던 게 아닐까 하는 소문을 들었을
뿐입니다. 하지만 도대체 무슨 일이 있었는지……."

"그래? 유키코의 임신 소문은 있어도 그런 말은 돌지 않는다는
말인가."

"뭔가 아시는 게 있으시면 알려주십시오."

그러자 미야마에 씨는 가만히 내 얼굴을 바라보고 두세 번 고개
를 끄덕였다.

"괜찮겠지. 자네에게 말해도." 미야마에 씨는 일으켰던 몸을 다
시 자리에 내려놓았다.

10

다음 날 금요일 6교시는 고전이었다. 교사는 미사키 후지에다.
나는 이 시간을 아침부터 기다렸다.

미사키 후지에는 취향이 의심스러운 옅은 베이지색 투피스 차
림으로 나타났다. 옆구리에 교재를 끼고 조금 고양이처럼 등을 구
부리고 교단으로 향한다. 교단에 서기 전, 딱 한 번 안경 렌즈를
번뜩거리며 학생 전원을 둘러봤다.

차렷, 경례. 착석 후 미사키는 칠판을 보고 얼굴을 찌푸렸다.
"오늘 당번, 칠판을 엉망으로 닦았네. 마지막 시간이라고 대충하

면 안 되지."

킥킥거리고 웃는 소리가 흘러나왔다. 다양한 의미가 포함된 웃음이었다.

"알아들었니? 대답은?" 미사키의 눈이 치켜 올라갔다.

"네" 하고 두꺼운 목소리가 교실 안에서 들려왔다. 웃음이 또 일었다. 미사키 후미에는 전혀 재미있지 않다는 얼굴을 하고 있다.

"그럼 오늘은 36페이지부터." 미사키가 마른 목소리로 말했다.

나는 심호흡을 했다. 마지막으로 다시 한 번 마음을 다졌다. 각오는 했다. 이제는 주사위를 던질 차례이다.

"선생님." 나는 손을 들었다.

미사키는 허를 찔린 표정으로 이쪽을 봤다. 다른 학생의 시선도 내게 쏟아졌다.

"뭐지?" 미사키는 의아한 표정으로 물었다.

내가 일어났다. "선생님에게 질문하고 싶은 게 있습니다. 지금 여기서 대답해주십시오."

미사키는 순간 움찔했지만 곧 자세를 바로잡았다. "수업에 관한 질문인가?"

"아닙니다."

"그렇다면 나중에 교무실로 와라."

"아닙니다. 여기서 대답해주세요. 증인이 필요합니다. 모두……." 나는 멍하니 있는 반 아이들에게 말했다. "증인이 되어줘."

학생들은 갑작스러운 일에 놀라 수군수군 옆 사람과 이야기를 나누기 시작했다. 하지만 그들 누구도 내 진의를 알 리가 없다.

"조용해!" 왁자지껄해진 학생들에게 주의를 주면서 미사키가 나를 봤다. "나중에 해라. 지금은 수업 중이야."

"도망치시려는 겁니까?"

"수업 중이라고 했다." 중년의 고전 교사는 칠판 쪽을 보고 분필로 그곳에 뭔가를 적었다. 학생들은 그대로 서 있는 나를 신경 쓰면서도 노트나 교과서를 펼치기 시작했다.

"미야마에의 일입니다." 나는 미사키 후지에의 등을 보고 말했다. 그 대단한 미사키의 손도 멈췄다. 천천히 이쪽을 돌아본다. 그 험악한 얼굴을 보고 내가 말을 계속했다. "그녀는 스기타산부인과에서 돌아오는 길에 도로로 뛰어나와 트럭에 치였습니다. 왜 그녀가 그렇게 서둘렀는가, 선생님은 아시죠? 그 말을 해주십시오."

미사키의 얼굴이 험상궂게 일그러졌다. 가슴이 크게 위아래로 오르내렸다.

"그런 걸 내가 어떻게 알겠니?"

"그야 당사자이니까요. 당사자시죠? 저는 그렇게 들었습니다."

"누구에게?"

"누구든 상관없지 않습니까? 그날, 선생님은 병원 근처를 지키고 있었습니다. 우리 학생이 드나든다는 민원을 받았기 때문입니다. 그렇죠?"

미사키의 얼굴이 붉어졌다. 입술을 여러 번 핥은 후 신음하듯 말했다.

"앉아라. 나중에 듣지."

"증인이 필요하다고 하지 않았습니까. 병원 앞에서 지키고 있었는데 미야마에가 나타났다. 당신은…… 선생님은 모습을 드러내고 그녀를 추궁하려고 했다. 하지만 그녀는 큰일이다 싶어서 그전에 도망쳤다. 그리고 선생님은 그 뒤를 쫓았다."

주위 학생들이 웅성거리기 시작했다. "정말?" 하고 내게 직접 묻는 녀석도 있었다.

"정신없이 도망치다가 그녀는 사고를 당했다. 당신이 쫓지 않았다면 그녀는 도망칠 필요가 없었다. 애당초 그 자리를 감시하지 않았다면 죽을 리도 없다. 그러니 대답해주십시오. 학생의 사생활을 그렇게 감시할 권리가 당신들에게 있습니까? 그 결과 학생이 죽었는데도 모른 척할 수 있습니까?"

조금 전까지 붉은 기를 띠고 있던 미사키의 얼굴이 이번에는 표백된 것처럼 하얘졌다. 움푹 팬 눈두덩 안에서 매우 무섭게 나를 노려보고 있다.

"입 다물어라." 일그러진 얼굴로 미사키가 말했다. "무슨…… 무슨 말도 안 되는 말을……. 누구에게 들었는지는 모르지만 너…… 너와는 관계가 없잖아."

"관계있습니다. 왜냐면……." 나는 심호흡을 했다. 다음 한 마디가 내 장래에 크게 영향을 줄 것이라는 점은 충분히 알고 있었다. 그러나 나는 어젯밤 내내 생각하고 각오했다. 내가 말했다. "미야마에의 임신 상대가 저이기 때문입니다."

교실 안의 시간이 순간 멈춘 것만 같았다. 그 기묘한 공백 후 전원이 소란을 피우기 시작했다. 휘파람을 부는 녀석까지 있었다. 하지만 이번에는 미사키 후지에도 그들에게 주의를 주지 않았다. 그럴 상황이 아니었다.

"니, 니시하라……. 그건…… 그게…… 정말인가?"

"정말입니다." 내가 말했다. "이번에는 선생님이 대답할 차례입니다. 도망치는 미야마를 쫓은 게 사실입니까?"

미사키의 일그러진 얼굴을 보고 있으니까 내가 오히려 냉정해지는 것 같았다. 주위 학생 하나하나의 표정을 분석할 여유도 있었다. 대부분의 아이는 웃고 있었다. 학생이 학교 측을 공격하는 장면은 자신에게 불이 튀지 않는 한 언제나 즐거운 여흥이다.

"잠…… 잠깐만 기다려." 온몸으로 호흡 곤란을 드러내면서 미사키는 말하고 정신없이 교과서와 교재를 안고 교실을 나가려고 했다.

"도망치는 겁니까!" 나는 그 등에 대고 소리를 질렀다. 그러나 이 도발에도 응하지 않고 미사키는 잠깐 걸음을 멈췄을 뿐 그대로 복도로 나갔다.

미사키가 사라지자 지금까지 시끌벅적했던 교실이 조용해졌다. 평소와는 정반대였다. 원인은 명백했다. 모두가 숨을 죽이고 내모습을 살피고 있기 때문이다.

우두커니 서 있다고 별수가 없었기 때문에 나는 자리에 앉았다. 모두가 이쪽을 흘깃흘깃 훔쳐보고 있다. 그러나 말을 걸어오는 사

람은 없었다. 내 주위에 말 걸기 힘든 분위기가 형성되고 있을지
도 모른다.

조금 있으니 담임인 이시베가 왔다. "니시하라, 잠깐 와라."

나는 잠자코 일어났다.

작은 회의 책상과 파이프의자, 그것이 학생지도부실의 무대장
치였다. 소도구는 성적표를 비롯한 각종 파일들. 그리고 출연자는
학생지도부장 하이토와 담임인 이시베 둘이었다.

"미사키 선생님은 어디 가셨습니까?" 내가 의자에 앉자마자 물
었다.

하이토의 왼쪽 눈썹이 꿈틀거렸다. "뭐지, 그 말투는?"

"저는 미사키 선생님에게 질문했습니다. 미야마에에 대해. 대답
해주지 않으면 곤란한데."

"어이, 니시하라." 하이토는 지옥의 바닥에서 들려오는 것 같은
낮은 소리를 냈다. "너, 그런 말을 할 자격이 있다고 생각하는 거
냐. 미야마에가 죽은 가장 근본적인 이유가 뭐라고 생각하나."

"사고 원인은 미야마에가 도로로 뛰어나갔기 때문이죠. 그리고
그 녀석이 뛰어나간 것은 미사키가 쫓아갔기 때문이고."

하이토는 테이블을 내리쳤다. 옆자리의 이시베는 5센티미터쯤
뛰어올랐다.

"원인을 만든 건 너잖아?" 하이토가 눈을 부릅뜨고 말했다. "네
가 한때의 욕망에 경솔한 짓을 저질렀기 때문에 미야마에가 그런

식으로 병원에 가야만 했어. 안 그래?"

"남자로서 책임을 통감합니다. 그래서 이름을 밝혔죠." 나는 하이토를 노려봤다. "하지만 미야마에를 죽인 사람은 미사키입니다."

"교사를 존칭도 없이 부르지 마라. 너, 책임을 느낀다고 했는데 미야마에 부모님 앞에 나설 수 있겠나? 못하지?"

"흥" 하고 나는 콧방귀를 꼈다. "어제 만났습니다."

"만났어?" 하이토가 미간의 주름을 잡고 가는 눈으로 나를 봤다. 그리고 천천히 고개를 끄덕였다. "그랬나? 미사키 선생에 대해 그쪽에서 들었나?"

나는 침묵했다. 하이토는 옆을 보고 한숨을 쉰 다음 중얼거렸다. "그쪽 부모도 참."

"미사키…… 선생님이 미야마에를 쫓았다는 것을 인정하시는 거죠."

하지만 하이토는 바로 답하지 않고 책상 위에서 손깍지를 끼고 몸을 내밀었다.

"잘 들어, 니시하라. 미야마에의 부모님이 네게 어떤 설명을 했는지는 모르겠어. 하지만 그 사고는 불가항력이야. 미사키 선생에게는 어떤 과실도 없어."

"쫓아가지 말았어야……."

여기서 또 하이토가 책상을 내리쳤다.

"쫓아간 것은 미야마에가 도망쳤기 때문이야. 도망치려고 했다는 것은 본인들이 잘못했다고 생각했다는 거 아닌가?"

여기서 본인들 안에는 당연히 나도 포함되리라.

"임신은 미야마에의 개인적인 문제입니다." 나는 그렇게 말하고 고개를 저었다. "미야마에와 제 문제입니다. 학교 사람에게 감시당할 이유는 없습니다. 그런 행위는 사생활 침해입니다."

"건방진 소리 하지 마. 아이가 생기면 결국 임신중절을 시킬 수밖에 없는 덜 떨어진 인간 주제에."

"낳으면 제대로 된 사람입니까?"

"니시하라!"

하이토가 양손을 짚고 책상에서 일어났을 때 문을 노크하는 소리가 들렸다. 이시베가 나가려고 하자 그를 제지하고 하이토가 걸어갔다.

문이 조금 열리고 그 너머에 있는 사람 그림자—아마도 학생지도부 선생이겠지—가 소곤소곤 뭔가를 하이토에게 속삭였다.

"알겠습니다. 이리로 안내해주세요." 그렇게 말하고 하이토는 이쪽으로 돌아오면서 나를 보고 기묘한 표정을 지었다. 얼굴은 화를 내고 있는데 눈에는 살짝 웃음기가 비친 것 같았다.

나는 안 좋은 예감을 했다.

얼마 후 문이 열리고 학생지도부 교사의 모습이 나타났다. 그리고 그 뒤를 따라 축 처져 들어온 사람은 다름 아니라 내 아버지였다.

이날 우리들이 집에 돌아간 것은 밤 9시가 지나서였다. 나는 저녁을 먹을 마음이 도저히 생기지 않아 자기 방에 틀어박혔다.

하이토가 하는 한 마디 한 마디를 아버지는 그저 잠자코 듣고만 있었다. 이런 일을 당하게 해 미안하지만 그 어떤 일에도 반론해주지 않는 아버지가 불만이었던 것도 사실이다. 반론할 여지가 없었을지도 모르지만 학교 측의 과실을 공격하는 정도의 발언은 가능했을 것이다. 나는 옆에서 입술을 깨물고 아버지가 내내 머리를 조아리는 모습에서 시선을 돌렸다.

하이토가 이야기를 이어가는 방식은 실로 교활하고 교묘했다. 니시하라의 장래를 생각해 학교 입장에서 이번 일을 크게 다룰 생각은 없다, 우리끼리 그냥 묻자, 같은 얘기를 아버지에게 했던 것이다. 한심한 일이다. 이 일이 세상에 알려져 가장 곤란한 사람은 놈들인데 마치 은혜라도 베푼다는 태도로 입막음을 하려는 것이다. 이것은 미야마에 가족에게도 했던 것과 같은 작전이다. 그리고 미야마에 유키코의 부모님은, 그리고 내 아버지도 학교 측의 계략을 알더라도 어쩔 도리가 없다.

학교를 나온 후 우리들은 미야마에의 집으로 갔다. 유키코의 어머니는 어제보다 훨씬 따뜻하게 응대해주었다. 아버지 옆에서 나는 어제와 마찬가지로 고개를 숙였다.

아버지는 내게 거의 말을 하지 않는데 미야마에의 집에서 돌아오는 전차 안에서 말했다.

"자신이라고 나서기까지 상당히 망설였겠구나."

"그렇지." 내가 대답했다.

"그랬겠지." 아버지는 한숨을 섞어가며 말했다. 그러나 이 한 마디가 오늘 벌어진 일련의 불쾌한 사건 중에서 유일한 구원이 되었던 것도 사실이다.

아버지는 끝까지 잔소리를 하지 않았다.

나는 늘 하던 대로 침대에 누워 내가 한 일을 회상했다. 내 행동은 유키코의 연인으로 어울리는 것이었나. 만약 저세상이라는 게 있어서 그곳에서 유키코가 보고 있다면 조금이라도 만족해줄까. 그리고 내가 받은 상처는 내가 저지른 죄로 보건대 타당한 것일까.

아니, 아직 멀었다고 생각했다. 죗값을 치르기에는 아직 멀었다.

그런데 이제 뭘 더 해야 좋을까.

11

다음 날 아침 식사는 마치 모래를 씹는 것 같았다. 빵도 커피도 햄과 달걀도 아무 맛이 나지 않았다. 아버지도 하루미도 없었고 어머니도 부엌에 틀어박혀 나오지 않았다.

학교에 가자 나를 둘러싼 주위 공기가 어제와는 완전히 바뀌어 있었다. 나를 보고 수군거리는 사람이 있다. 멀리서 밝히는 놈이라고 말하는 녀석도 있다. 그리고 나를 피하는 사람이 있다. 교사들도 내게서 시선을 돌렸다.

물론 호의적인 녀석들도 많았다. 예를 들어 나라사키 가오루와 가와이 가즈마사 등이다.

"니시하라는 용기가 있다고들 해." 가오루는 조금 흥분해 반의 반응을 보고했다. 식당에서 점심을 먹고 있을 때였다. 오늘은 토요일이라 1시부터 야구부 연습이 있다. 볼을 쥐는 것은 그럭저럭 오랜만이다.

"보통 그렇게 나서진 않잖아. 정말 유키코를 좋아했나보다고 여자아이들은 감동받았어."

"감동 받을 일은 아니야."

"하지만 나는 못해." 가와이가 옆에서 말했다. "배워야겠어. 유키코가 니시하라를 선택한 이유를 이걸로 확실히 알았어."

"대단한 일이 아니야. 제발 그렇게 난리 치지 말아줘."

"난리 치는 게 아니야. 계기가 된 건 사실이지만."

"계기?" 내가 가오루를 봤다.

"우리들, 좀 더 화를 냈어야 한다고 모두들 말했어. 특히 유키코는 우리 반 학생이었으니까."

"무슨 짓을 할 셈이야?" 가와이가 물었다.

"하고 싶은데……." 가오루가 고개를 저었다. "막상 하려니까 좀처럼. 벌써 3학년이고 수험도 있어서 선생님 눈 밖에 나는 걸 싫어하지. 결국 아무것도 못할 거야."

"그야 당연하지." 내가 말했다. "나는 스스로를 납득시키기 위해 그런 일을 한 거야. 별로 학교를 개혁하겠다는 마음은 없어. 어차피 내년에는 졸업인데."

"그런 의미라면." 가와이가 말했다. "나도 뭔가 해두고 싶네. 유키코를 위해 하나쯤은. 그렇게 나를 납득시키고 싶어."

"응. 맞아. 유키코가 죽은 이유를 알면서도 아무것도 안 하고 끝나면 틀림없이 나중에 자기혐오에 빠질 거야."

"결국 나 자신을 위해 뭔가 하고 싶다는 말인데." 가와이가 나를 봤다. "뭐, 그것도 괜찮지 않을까."

"그렇지." 내가 대답했다. 나도 마찬가지였다.

야구부 역시 부원들이 나에 대한 소문을 들은 듯했다. 그러나 다행히 부정적인 효과는 느껴지지 않았다. 오히려 평소보다 더 기합이 든 표정으로 내 지시를 들었다. 이상한 일이라고 나는 생각했다.

슈분칸고교의 하교 시간은 월요일부터 금요일까지 5시 반, 토요일은 3시로 정해져 있다. 그러나 야구부에서는 그보다 최소 한 시간은 더 연습하는 것이 평소 습관이다. 여름 지역예선이 다가오는 지금 같은 계절은 좀 연장하는 경우도 많다. 학교 측에서 괜히 참견해 시끄럽게 하지는 않았다.

이날, 나는 5시까지 훈련을 연장하기로 했다. 집합할 때 이 사실을 발표했는데 부원들은 별다른 불만을 보이지 않았다.

운동장에 갑자기 방해꾼이 나타난 것은 4시가 지났을 무렵이었다.

감색의 촌스러운 정장을 입은 중년의 여교사가 홈을 향해 걸어온 것이다. 미사키 후지에였다. 나를 비롯한 부원들은 모두 미사키를 발견하자마자 움직임을 멈췄다. 불온한 공기가 운동장 위에 감돌기 시작했다.

"주장이 누구지?" 3루 옆에 서서 칠판을 긁는 것 같은 목소리로 중년 여교사가 물었다. 유키코의 문상이 있던 날에도 같은 질문을 했던 터이다. 주장이 나라는 사실을 알면서도 일부러 모르는 척하고 있으리라. 유격수 포지션에 있던 나는 모자를 벗으면서 다가갔다. 그것은 단순한 습관으로 이 여교사에 대해 예의를 갖추려고 했던 것은 추호도 아니다.

미사키는 살짝 몸을 움츠렸다. 목이 꿈틀거린 것은 침을 삼켰기 때문일지도 모른다.

"하교 시각이야. 조금 전에 방송했는데 못 들었니?" 가슴을 최대한 펴고 나를 올려다보며 그렇게 말했다.

"곧 대회가 있어서요." 나는 가능한 심드렁하게 들리도록 말했다.

"그런 건 모르겠다. 하교 시각은 제대로 지켜라."

"왜 갑자기 그런 말을 하시죠?" 나는 다시 태세를 갖추고 미사키 후지에를 내려다봤다. "지금까지 그런 말을 못 들었는데."

"지금까지가 이상했던 거지. 앞으로는 꼭 지켜라."

"내가 원인인가요? 내가 마음에 안 들어 지금 괴롭히시는 겁니까?"

미사키 후지에는 가는 눈썹을 예리하게 치켜세웠다. "너하고는 상관없는 일이다. 규칙이니까 말하는 거야."

"연습을 못하면 곤란합니다."

"정해진 시간까지 하면 되잖아?" 변함없이 금속적인 목소리로 소리를 친다.

나는 지긋지긋하다는 표정을 지었다. "그러니까 그거로는 부족하다고요."

"교칙을 어기면서까지 시합에 이길 필요는 없어."

우리들이 이야기를 나누고 있으니 가와이가 마운드에서 다가왔다.

"어이, 니시하라. 빨리 하자."

"안 된다고!" 미사키가 안경 속의 눈을 부릅떴다. "빨리 정리하고 돌아가!"

"거 참 시끄럽네." 가와이가 얼굴을 찡그리고 일부러 왼쪽 귀를 만졌다. "너무 서둘러 돌아가다가는 또 교통사고를 당할지 모르는데."

이 말에 미사키의 얼굴이 굳었다. 눈의 혈관 하나하나가 극명하게 보일 정도로 눈이 크게 벌어졌다.

바로 옆에서 또 목소리가 들렸다.

"학생을 죽이고도 참 잘도 얼굴을 들고 다니네."

3루를 지키고 있던 3학년 부원이 중얼거렸던 것이다. 미사키 후지에는 충혈된 눈으로 노려봤지만 삼루수는 글러브를 두드리며 무시했다.

"어두워지면 그만하겠습니다." 나는 그렇게 말하고 몸을 돌렸다. 유격수 포지션으로 돌아와 모두에게 소리친다. "자, 시작!"

가와이도 싱글싱글 웃으면서 마운드로 돌아왔다.

미사키 후지에는 한참을 그대로 서 있었다. 그곳으로 3루를 스치는 타구가 날아왔다. 그녀는 놀라 뛰어올랐다. 공을 보내고 있는 부원이 일부러 한 게 틀림없었다.

땅볼을 놓친 삼루수가 혀를 찼다. "거, 방해되네."

미사키는 더는 못 참겠다는 듯 뛰어 사라졌다. 그 모습을 보고 부원들이 웃음을 터뜨렸다.

"다음에 오면 타자 위치에라도 세울까. 있는 힘껏 강속구를 던져주게."

가와이가 말하자 모두가 낄낄대고 웃었다.

밖의 상황이 이상하다고 깨달았는지 부실에 있던 가오루가 밖으로 나와선 동그랗게 눈을 떴다.

"왜 그래? 모두 왜 웃어?"

"새를 쫓았어." 포수인 요시오카가 말했다. 이 말에도 모두 웃음을 터뜨렸다.

그 후로 몇 분 후 다시 훼방꾼이 나타났다.

그런데 이번에는 미사키 후지에가 아니었다. 하이토가 우리 감독인 나가오카를 데리고 나타났던 것이다. 내가 움직임을 멈추고 두 교사를 주시했다. 그들을 비교하면 마치 아버지와 아들 같다. 나가오카 교사는 신임 교사로 올해 정년퇴직한 전 감독으로부터 막 바통을 이어받았을 뿐이다. 아직 23살이라 보기에는 요시오카보다 어려 보였다.

젊은 수학 교사이기도 한 나가오카 감독이 이쪽을 보고 손짓을 했기 때문에 나는 달려갔다.

"오늘은 이걸로 되었으니 돌아가라." 감독은 찜찜한 표정으로 말했다.

하이토는 뒤에서 젊은 교사의 지도 상황을 체크하듯 보고 있다.

"하지만 이제 슬슬 본격적으로 연습해야 합니다."

"벼락치기는 아무 도움이 안 되는 법이지." 하이토가 옆에서 끼어들었다. "공부도 스포츠도 마찬가지야."

나는 하이토를 완전히 무시하고 감독의 얼굴을 봤다. 그러나 감독은 미안하다는 듯 눈 아래의 근육을 늘어뜨리고 있을 뿐이다.

"일단 오늘은 돌아가라." 가는 목소리로 감독이 말했다.

"다음 주부터는 괜찮습니까?" 신임 교사에게 이런 걸 물어봤자 소용없다는 걸 잘 알면서도 나는 기어이 입 밖에 내고 말았다. 과연 감독은 곤란한 표정을 지었다.

여기서 대답한 사람이 하이토였다. "다음 주에도 그다음 주도 안 된다. 하교 시각은 교칙으로 정해져 있으니까."

어쩔 수 없이 나는 꼴 보기 싫은 지학 교사를 봤다.

"그럼 신청서를 내겠습니다. 그러면 늦어도 괜찮죠?"

"신청서? 무슨 신청서?"

"시간을 연장해 연습하겠다는 신청서입니다. 됐죠? 천문부도 하는 일인데." 하이토가 천문부 지도교사라는 것을 잘 알고 하는 말이었다. 녀석은 불쾌한 기분을 노골적으로 얼굴에 드러냈다.

"낮에 별을 볼 수 있겠나?" 입가를 일그러뜨리며 하이토가 말했다. "어쩔 수 없는 사정이라 인정하는 거야. 그리고 천문부는 활동 시간을 바꾸는 거지 연장하는 게 아니다."

이런 설교가 벌어지면 이 녀석을 이긴다는 게 쉽지 않았다. 나는 다음 말을 찾는 대신 하이토에게서 시선을 피했다. 그것이 패배 선언이 되었다.

"알았으면 빨리 정리하고 돌아가." 다른 부원을 둘러보며 하이토가 명령했다. 부원들은 어쩔 수 없다는 듯 어슬렁어슬렁 부실로 물러났다.

"정말 열 받네. 그 거지 같은 할멈." 내가 부실로 들어가자 요시오카가 울부짖고 있었다. "미야마에를 죽게 하고 그런 태도를 보이다니. 아아, 열 받아." 스파이크를 신은 채 사물함을 발로 찼다. 사물함이 안으로 푹 팬다.

"그만해!" 가와이가 요시오카를 말렸다. "가장 화가 날 사람은 니시하라야."

"아아, 그렇지. 니시하라의 속은 지금 내가 상상할 수 없을 정도로 답답하겠지. 어이, 니시하라. 이 사물함, 때려 부숴도 돼."

"이제 보니." 나는 의자에 앉았다. "하이토와 미사키의 목적은 알겠어. 녀석들은 내 우위에 서려는 거야. 자신들을 거스르면 편안히 지낼 수 없다는 시위지."

"그런가? 그래서 일부러." 요시오카가 오른손 주먹을 왼손에 댔다. 관절이 우두둑 소리를 냈다.

"미안해. 나 때문에."

"네가 사과할 일이 아니야." 가와이가 말했다. "너는 아무것도 잘못한 게 없어."

"맞아. 신경 쓰지 마." 요시오카는 동의하고 코 밑을 문질렀다. "미야마에와의 사이를 우리한테까지 숨긴 것은 좀 질이 나쁘지만."

나는 입을 다문 채 살짝 웃었다. 숨긴 게 아니라 숨길 만한 사이가 아니었는데.

"그건 그렇고 그 두 사람, 결속이 엄청 단단하네." 이렇게 말한 사람은 아까 3루를 지키고 있던 곤도라는 3학년 부원이다.

"그 두 사람?" 내가 물었다.

"하이토와 미사키 할멈 말이야. 하이토는 미사키를 완전히 감싸고 있는 것 같아."

"뭐야? 몰라?" 요시오카가 말했다. "미사키는 하이토의 제자야. 그리고 하이토를 엄청 존경한데. 미사키가 저렇게 혼자 지내는 것도 하이토가 독신을 유지하고 있기 때문이라던데."

"자, 그럼 혹시." 곤도가 목소리를 낮춘다. "둘이 그렇고 그런 사이 아니야? 가능하잖아."

"그렇고 그런? 남녀 관계?"

"맞아." 곤도는 입술을 핥았다.

"어이, 그런 거 상상하게 하지 마. 기분 나빠. 꿈에라도 나오면 어떻게 할 거야?"

"어때, 상상해봐. 하이토의 늘어진 그게, 미사키의 주름진 그곳에 들어가는 거야."

"주름이 너무 많아 어디가 어딘지 모르는 지경이겠지."

곤도와 요시오카의 외설적인 농담에 다른 부원들도 입을 벌리고 웃었다. 나도 가와이도 웃었다. 더러운 욕설이라도 퍼부어 묵은 체증을 조금이라도 씻으려는 마음이 모두의 얼굴에 나타났다.

그날 밤, 우리 집에 전화가 몇 통 왔다. 모두 내게 걸려온 것이었다. 처음은 신문부 사람이었다. 그래서 나는 처음으로 우리 학교에 그런 부가 있다는 것을 알았다.

"대대적으로 다루고 싶어." 신문부원은 가느다란 목소리로 말했다. "아주 중요한 문제가 많이 포함되어 있는 사건이라고 생각해. 학생의 사생활이나 연애의 자유나, 그리고 용기 있는 행동이라거나. 모두 학교에 불만을 가지고 있어서 항의하기에 절호의 기회라고 생각해."

"미안해." 내가 말했다. "그런 데 흥미가 없어."

"응? 그럼 왜 학교를 비난했어?"

"화가 났기 때문이지. 그래서 비난했어. 뒤에서 수군거리는 게 싫어서 모두 앞에서 한 거야. 그것뿐이야. 이번 일로 다른 학생들이 어떻게 생각할지는 모르겠고 학교가 바뀌는 문제에도 관심은 없어."

"하지만 결과적으로 개혁의 계기를 만들었어."

"어쨌든 어려운 얘기는 좀 봐주라." 상대가 뭐라고 하기 전에 내가 먼저 전화를 끊었다.

이것 말고도 또 두 통, 내 행동에 감격했다는 내용의 전화가 왔다. 나는 고맙다고 대답했다.

나머지는 장난이나 괴롭히려는 전화였다. "너무 폼 잡지 마"라고만 말하고 끊은 것도 있고 말이 없는 전화도 있었다. "미야마에의 몸은 어땠어? 어떤 체위로 했어?"라는 변태적인 것도 있었다. 그다지 큰 피해는 없지만 당분간 계속될 수도 있으리라고 생각하니 우울해졌다.

전화 공세가 일단락된 후 방에 있는데 누군가 노크했다.

"오빠, 안 자?" 하루미의 목소리였다.

아직 안 잔다고 대답하고 조심스럽게 문이 열렸다. 하루미가 풀이 죽은 채 들어왔다.

"왜 그래?" 내가 묻자 하루미가 입을 꾹 다물었다. 곧 양쪽 눈에 눈물이 차오르더니 뚝뚝 뺨을 타고 떨어졌다.

"오빠, 미안해……." 흐느끼면서 하루미가 말했다. "유키코 언니가 오빠의 연인이었다니, 나 전혀 모르고……. 유키코 언니가 죽어서 제일 슬픈 사람이 오빠였는데 내가 멋대로 말하고."

아무래도 부모님이 얘기한 모양이다.

"괜찮아. 신경 쓰지 않아도."

"하지만, 하지만." 하루미는 티셔츠 소매를 잡아당겨 눈물을 닦았다. "오빠가 불쌍해. 결혼할 생각이었지?"

"……아아." 하루미의 눈물을 보니 부정적인 말은 도무지 할 수 없었다.

"정말 미안해. 그 말이 하고 싶었어."

"이제 괜찮아."

"응……. 그럼 잘 자."

"잘 자."

하루미가 나가자 나도 침대로 들어갔다. 그러나 머리가 너무 맑아 좀처럼 잘 수 없었다. 하루미의 눈물을 떠올리자 위가 아파왔다.

12

다음 주 월요일, 미사키 후지에의 수업이 보이콧되는 사건이 일어났다.

미야마에 유키코가 있던 3학년 2반에서였다. 그렇다고 전원이 보이콧에 참가한 건 아니다. 미사키 후지에가 평소와 마찬가지로 고전 수업을 하려고 교실에 왔는데 4분의 1 이상의 책상이 비어 있었다. 미사키는 무슨 일이냐고 학생들에게 물었다. 그러나 아무도 대답하지 않았다.

비어있던 책상 하나에 하얀 종이가 놓여 있었다. 미사키가 그 종이를 들었다. 거기에는 다음과 같이 적혀 있었다.

『당신이 미야마에 유키코의 묘에 가서 사과하면 우리는 돌아오겠다.』

미사키 후지에는 그 종이를 쥐고 무시무시한 표정으로 후다닥 교실을 뛰어나갔다.

"엄청난 얼굴이었어. 눈이 시뻘겠다고. 공포영화 못지않았어. 나, 솔직히 오줌 쌀 뻔했어." 내게 상황을 알려준 2반 남학생은 이렇게 표현했다.

교실을 뛰어나간 미사키 후지에는 교무실에 있던 선생들의 협력을 받아 보이콧한 학생들을 찾았다. 학생들은 의외로 쉽게 발견되었다. 학교에서 수백 미터 떨어진 카페에 있었던 것이다. 가게 주인은 오늘 학교가 빨리 끝났나 생각했다고 한다.

그곳에는 12명의 여학생이 있었다. 3학년 2반의 여학생이 20명이니까 60퍼센트가 이 보이콧에 참가했다는 말이 된다. 그중에는 나라사키 가오루도 있었다. 남자는 한 명도 없었다.

12명의 여고생은 교정에 세워졌다. 전교생이 4교시 수업 중에 그녀들의 모습을 보게 되었다.

학생지도부의 두 교사가 노려보는 가운데 하이토가 그녀들에게 설교를 했다. 이때의 상황은 나도 교실에서 봤는데 만약 그 모습을 일부러 학생들에게 보여줄 심산이었다면 그 생각은 완전히 빗나갔다. 교정에 줄을 선 여학생들은 전혀 반성하지 않은 태도였고 하이토의 말도 전혀 듣는 모습이 아니었다. 이따금 하얀 이를 보이고 웃는 사람까지 있었다. 그러다가 종소리가 울려 점심시간이 시작되었기 때문에 하이토도 더는 여학생들을 세워놓을 수 없어 어쩔 수 없다는 느낌으로 놓아주었다. 학생지도부로서는 매우 찝

찜한 마무리였다.

"우리들, 미사키 여사와 얘기하고 싶다고 요구했어." 점심시간에 살짝 얼굴을 빨갛게 물들이고 가오루가 말했다. "그 요구를 들어주면 수업 보이콧한 벌을 받겠다고 했어."

"녀석들, 뭐라고 했어?" 가와이가 물었다.

"내빼려던데. 그럴 필요는 없다고."

"녀석들, 아무래도 유야무야시키려는 거야." 내가 말했다.

"유야무야라니, 그렇게는 안 둘 거야." 가오루가 힘을 주어 말한다. "일단 미사키 여사에게 사과를 받아야지. 유키코의 영전에. 우선 그게 첫 번째 목표야."

"다른 11명의 여자애들도 같은 의견이야?"

"두셋 정도가 그래. 나머지는 그냥 구경꾼이지. 하지만 괜찮아. 구경꾼 파워라는 게 의외로 장난 아니거든."

"그럴지도 모르지." 내가 대답했다.

확실히 가오루의 말이 맞을지 모른다. 무엇보다 그 후 여러 분야에서 다양한 학생들이 행동을 일으키기 시작했기 때문이다. 갑자기 모두가 교육개혁에 눈을 떴다고는 할 수 없으므로 일종의 붐이었다고 해야 할까.

1학년은 복장 문제나 학교에 의한 생활 관리 문제에 대해 서명운동을 시작했다. 그들은 앞으로 2년 이상 학교에 있어야 하기 때문에 이럴 때 하고 싶은 이야기를 해야겠다고 작정한 듯했다. 2학년은 일단 각자 하고 싶은 일을 하기 시작했다. 교칙을 위반하는 것이 행동의 기본자세인 듯하다. 지금은 학생지도부의 상황이 안 좋기 때문에 그다지 시끄럽게 굴지 않으리라는 계산이 작동한 것이리라.

그들과 비교하면 가장 중요한 3학년은 매우 얌전했다. 수험 공부가 한창인데 그런 일을 하고 있을 시간이 있겠느냐고 생각하는 학생이 압도적인 다수였던 것이다. 그 증거로 때때로 집에 걸려오는 전화 중에 "네가 이상한 짓을 해서 미사키 선생의 수업을 제대로 듣지 못하게 되었다"는 항의가 있다. 무엇보다 수업이 방해를 받고 있다는 것은 미사키 후지에에 대해서만은 분노를 드러내는 3학년생도 적지 않다는 말일지도 모른다.

시노다 스스무가 내게 말을 걸어온 것은 이렇게 학교가 이상한 분위기에 휩싸여 있을 때였다.

시노다는 그다지 행실이 좋지 않은 것으로 알려진 학생이었다. 그렇다고 불량 서클에 들어간 것도 아니다. 이 남자가 학교의 감시망에 들어간 계기는 2학년 여름 아르바이트 때문이다. 단순한 아르바이트가 아니다. 시노다가 한 일은 트럭 운전사였다. 게다가 무면허 운전. 나이를 속이고 이력서까지 거짓으로 작성해 고용되었던 것이다. 그것이 검문에 걸려 들켰는데 퇴학까지 가지 않은 것은 폭주족 같은 것과 달리 근로가 목적이었기 때문에 정상참작의 여지가 있다고 판단되었던 것 같다. 나와는 반은 다르지만 몇 번쯤 이야기를 나눈 적 있다.

"잠깐 할 얘기가 있어. 좀 보자." 방과 후 내가 부실을 향해 걷고 있는데 시노다가 쫓아와 말했다.

"뭔데?" 내가 물었다.

"좀 복잡한 얘기라 서서 하기는 어려워. 오늘 연습 끝내고 이리로 와줘." 그렇게 말하고 녀석이 내민 것은 카페 성냥갑이었다. 여기서 걸어 15분 정도 걸리는 곳이었다. 몰래 오토바이로 등교하는 녀석들이 주차장 대신 사용하는 가게이다.

"무슨 얘긴데?"

"한마디로 설명하기 힘들다니까." 시노다는 수염이 아무렇게나 난 턱을 문질렀다. "아아, 간단하게 말하면 매스컴 얘기야."

"매스컴?" 살짝 안 좋은 예감이 들었다.

"미야마에 사건 말이야, 매스컴이 냄새를 맡았다는 이야기를 들었어."

"흠." 그건 내가 우려했던 일이었다. 너무 소동이 커지면 야구부 활동에 지장이 생긴다. 불상사까지는 아니므로 공식 시합의 출전 정지까지는 아니겠지만.

"알았어. 그럼 6시 반에 갈게."

"기다릴게." 시노다가 씩 웃었다.

얼마 전 하이토 일당에게 제지를 받아 연습은 5시 반이면 끝났다. 부족한 감이 있지만 지금은 어쩔 수 없다. 각자의 개인 연습을 기대할 뿐이다.

부원들과 헤어져 혼자 역과는 반대 방향으로 걸어가자 앞에서 세 명의 여학생이 왔다. 하나는 천체망원경을 안고 있다. 그리고 제일 앞서 걷고 있는 것은 미즈무라 히로코였다. 나는 걸음을 멈추고 말았다. 그녀도 발을 멈췄다.

"너희들, 먼저 가." 후배들로 보이는 둘에게 히로코가 지시했다. 두 여학생은 나를 힐끔 보면서 후다닥 사라졌다.

"저 애들도 니시하라 소문은 잘 알아." 후배들을 바라보면서 히로코가 다가왔다. "용기 있는 사람이라고 칭찬하더라. 정말로 애인을 좋아했던 것 같다고."

나는 히로코의 얼굴을 봤다. 그녀는 내 안의 무언가를 통찰이라도 하는 듯 가늘고 긴 눈을 똑바로 뜨고 있다.

"너는 어떻게 생각해?" 내가 물었다.

"내가 어떻게 생각하는지가 니시하라와 무슨 상관이야?"

"관계는 없어. 그저 물어보고 싶었을 뿐이야. 대답하고 싶지 않으면 안 해도 돼."

"아니, 대답 못할 것도 없어. 하지만 잘 모르겠다는 거지."

"몰라? 뭘?"

"니시하라의 마음 말이야." 히로코가 말했다. "용기 있는 행동이라는 건 알겠어. 하지만 이렇게도 생각되더라. 정말 유키코를 좋아했다고 해도 그렇게까지 할 수 있을 것 같진 않아."

나는 턱을 당기고 조심스럽게 그녀를 봤다. "무슨 말을 하고 싶은 거야?"

"그냥. 그것뿐이야. 하지만 이상하잖아. 소문에 따르면 니시하라와 유키코는 아주 오래 전부터 사귀었다더라. 그럴 리가 없을 텐데." 히로코가 살짝 고개를 기울였다. 긴 머리가 찰랑찰랑 어깨 위로 흘러내렸다. "머플러에 대한 소문도 들었어. 지난겨울에 니시하라가 하고 있던 머플러, 작년 크리스마스 때 유키코에게서 받은 거라더라."

나는 입술을 깨물었다. 그 소문에는 짚이는 구석이 있었다. 3학년 2반 여학생에게 유키코에게 무슨 선물을 받은 적이 없느냐는 질문을 받고 크리스마스 때 머플러를 받았다고 얘기하고 말았다. 1년 이상이나 교제를 했는데 그런 선물 교환이 하나도 없다고 하면 부자연스럽다고 순간적으로 생각했기 때문이었는데 그 대답이 경솔했다. 소문이 되어 퍼질 것도 고려해야 했다. 물론 그 겨울 내가 두르고 다닌 머플러는 유키코에게 받은 게 아니었다.

내가 아무 말도 하지 못하고 있자 히로코는 천천히 걷기 시작했다.

"뭐, 그런 건 괜찮아. 그럼, 나는 이제 갈게."

"잠깐 기다려." 나는 그녀를 불러 세웠다.

"왜?" 그녀가 돌아봤다.

나는 잠시 망설인 후 말했다. "유키코는 말려든 거야."

"무슨 소리야?"

"그때 나는 자포자기 상태였어. 정신을 차려보니 옆에 유키코가 있었어. 그것뿐이야."

"그래……." 히로코는 얼굴을 조금 기울였다. "유키코는 너를 좋아했지?"

"그런 것 같아."

"그랬구나. 역시. 그런 게 아닐까 생각했어. 이제 알았어." 그리고 히로코는 내 눈을 들여다봤다. "왜 나한테 얘기하는 거야?"

"머플러가 있잖아." 내가 말했다. "네가 괜한 말을 하는 게 싫어서."

"내가 떠들 것 같아?"

"모르겠어. 그럼 부탁할게. 머플러 얘기는 하지 말아줘."

"아무한테도 말할 생각 없어." 히로코는 얼굴을 싹 돌리고 다시 걷기 시작하려고 하다가 다시 돌아봤다. "어디 가려고 하는지 모르겠지만 다른 데 가려면 조심해. 상당히 느슨해지긴 했지만 선생님들의 감시, 완전히 없어진 건 아니니까."

"조심할게." 내가 살짝 손을 들었다.

걸으면서 나는 내심 안도하고 있는 자신을 발견했다. 나는 역시 히로코가 알아줬으면 하는 마음이 있었던 것이다. 유키코에 대한 마음이 진짜가 아니라는 사실을. 그런 생각이 드니 다시 자기혐오의 물결이 내 가슴으로 파고들었다.

시노다가 지정한 카페에 도착한 것은 약속 시각보다도 5분이나 빨랐지만 녀석은 이미 구석 테이블에 있었다. 의외로 건실한 남자일지 모른다.

"매스컴이 냄새를 맡고 돌아다닌다는 게 정말인가?" 앉아 커피를 주문한 후 나는 바로 본론으로 들어갔다.

"잠깐 들은 얘기인데." 시노다가 말했다. "어떻게 냄새를 맡았는지는 모르지만 학교로 전화한 잡지사가 있다고 해. 자세한 얘기를 들려달라고. 물론 학교 측은 얼버무렸지만."

학교 안에서 이렇게 소란스러우니 학생 입에서 외부로 흘렀다고 해도 이상할 게 없다. 당연한 일이다.

"그 이야기, 누구에게 들었어?"

"교무실에 갔을 때 교사들이 수군거리고 있던 것을 우연히 들었어."

"흠. 그래서?"

"그래서라니."

시노다가 가방 안에서 담배를 꺼내 가지고 있던 라이터로 불을 붙이고 깊이 빨아들였다. 그리고 내게도 권했다.

"한 대 어때?"

"아냐, 나는 됐어."

"사양하지 마."

"그게 아니라 담배는 안 피워. 그보다 계속 얘기해봐."

"응……." 시노다는 내밀었던 담뱃갑을 다시 테이블에 놓았다. "매스컴이……."

"매스컴이 냄새를 맡았다는 얘기에 교사들 중에는 잔뜩 겁을 먹은 사람도 있어. 세상에 알려진 다음에 서둘러 기자회견 같은 걸 하는 것은 꼴불견이니까."

"그야 그렇지."

"그래서 들키기 전에 적당히 손을 쓰자는 의견이 있는 것 같아.

어쩔 셈인지, 알아?"

"아니. 어쩔 건데?"

"야구부의, 여름 지역예선 출장을 사퇴시킨다."

"뭐?" 내가 얼굴을 찌푸렸다. "왜 거기서 야구부가 나와?"

"그게 트릭이야. 이대로 지금 사건이 매스컴에서 다뤄지면 아무래도 학교 측의 학생지도방침이 문제시돼. 그런데 먼저 야구부 출장 사퇴라는 방법을 쓰면 사고 책임이 야구부 측에 있는 것 같은 착각을 일으키지. 즉 학생의 불순한 이성교제 쪽으로 세상의 눈을 호도하는 게 목적이야. 여학생을 임신시켰다는 사실이 출장 정치처분을 내릴 정도의 죄인지 아닌지가 의논의 중심이 되지. 거기에는 미사키 할멈에 대한 얘기는 하나도 나오지 않지."

그런 거구나. 나는 혀를 찼다.

"그런 짓을 하면 내가 미사키 할멈이 한 일을 매스컴에 털어놓을 거야."

"네가 하지 않아도 누군가는 하겠지만 그때는 늦어. 출장 사퇴신청을 한 후야."

"그런가……."

"자, 중대한 문제지?" 그렇게 말하고 시노다는 일어나 화장실쪽으로 걸어갔다. 테이블의 재떨이에 불이 붙은 담배가 놓여 있었다. 거기에서 나오는 연기를 보면서 나는 녀석의 말을 반추했다. 학교 측이 일부러 이번 일을 세상에 공표할 것 같진 않지만 어차피 들통이 난다면 일시적인 방편을 쓸 것이다.

그러나 지역예선 출장 사퇴만은 무슨 짓을 해서라도 막아야만 했다. 그리 강한 팀은 아니지만 우리들은 그것을 위해 최선을 다해온 것이다. 나 때문에 모두의 노력을 희생시킬 수는 없다.

게다가 하루미가 있다.

하루미는 우리들의 시합을 최고의 즐거움으로 기다린다. 만약 경기에 나갈 수 없다는 사실을 안다면 얼마나 슬퍼할지 상상할 수도 없다. 그 충격은 어쩌면 우리들 자신보다 클지도 모른다.

시노다가 손을 닦으면서 돌아왔다.

"어때? 무슨 좋은 방법이라도 생각했어?"

"아니." 나는 고개를 저었다. "이 이야기, 얼마나 신빙성이 있어?"

"그건 나도 몰라. 선생들이 떠드는 걸 주워들은 게 전부니까. 그리고 정말 할지 안 할지도 모르고. 학교 측에서는 불순한 이성교제라고 해도 세상에 알려지는 걸 원치는 않을 테니까."

"그럴지도 모르지만……." 다시 담배로 손을 뻗는 시노다를 봤다. "그건 그렇고 얘기를 해줘서 고마워."

"도움이 되었을지 모르겠다. 하지만 나도 선생들의 처리 방식에는 진저리가 나니까. 빨리 졸업해야지." 시노다는 기분 좋게 연기를 뱉었다.

시노다로부터 들은 이야기는 나를 우울하게 만들었다. 지역예선 출장 사퇴라는 시끄러운 일을 학교 측이 생각하고 있다면 어떻게든 손을 써야만 한다. 그러나 구체적으로 어떤 방법을 쓰면 좋을지 전혀 모르겠다. 9회 말 노 아웃 만루보다 성가신 상황이었다.

학생들에게 눈을 돌리면 여전히 1학년은 학교 개혁의 서명운동을 계속하고 있었고, 2학년은 교칙 파괴에 열을 올리고 있었다. 오토바이 통학하고 있던 학생이 선생에게 발각되어 정문 앞에서 난투극에 이르는 소동까지 벌인 일도 있었다. 달려온 하이토 일당에게 옆에 있던 학생들은 '퇴장' 콜을 되풀이했다.

3학년은 대부분이 유키코의 죽음을 잊은 것 같았다. 물론 기억하고는 있겠지만 그런 건 잊어도 좋으니까 화학방정식을 하나라도 더 외우고 싶다는 분위기가 강했다. 그래도 나라사키 가오루를 비롯한 일부 여학생만은 끈질기게 미사키 후지에를 공격했다.

나는 하이토 일당이 언제 시노다가 했던 말을 실행에 옮길지 몰라 제정신이 아니었다. 그 전에 내가 퇴부 원서를 내야하는 게 아닐까 고민도 했다. 하지만 내가 야구부를 그만두면 다른 형태로 하루미에게 충격을 주게 된다.

나는 도대체 어떻게 해야만 하나—아무런 결론을 내지 못한 채 그저 시간만 흘러갔다.

다음 사건이 일어난 것은 내가 그렇게 매일을 보내고 있을 때였다. 그 사건은 미야마에 유키코의 죽음보다 훨씬 충격적이었고 게다가 많은 사람을 혼란에 넣을 조짐을 내포하고 있었다.

유키코의 죽음에서 약 3주가 지나고 있었다.

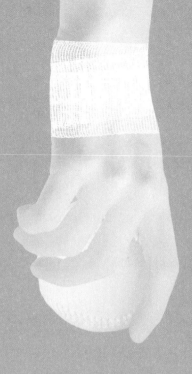

제2장

1

정문을 지나는 순간 상황이 이상하다는 걸 깨달았다.

항상 한 대도 주차되어 있지 않은 내빈 주차장에 경찰차 두 대와 낯선 세단이 두 대, 그리고 왜건이 한 대 세워져 있었기 때문이다.

게다가 나는 또 다른 이변을 느꼈다.

주위를 둘러보니 많은 학생이 이쪽을 바라보고 있었던 것이다. 그들은 바로 눈을 피했는데 나를 본 것은 틀림없었다.

나는 속도를 높여 교실로 향하려고 했다. 그런데 학교 건물 입구에 다음과 같은 종이가 붙어 있었다.

『3학년 3반 학생은 음악실로 가도록. 이시베』

무슨 일이지—내가 그 전단지 앞에서 머뭇거리고 있는데 옆에 있던 여학생들의 말이 들렸다.

"3학년 3반 교실에서 살인이 일어났대."

"어머, 거짓말!"

"진짜야! 살해당한 사람이 말이야, 미사키 선생님이래."

나는 숨을 삼키고 그녀 쪽을 봤다. "어이, 그게 정말이야?"

그러자 한 여학생 얼굴에 순식간에 두려움이 퍼졌다. 내가 누군지 알고 있는 듯하다. 뒷걸음을 치더니 몸을 휙 돌려 재빨리 사라지고 말았다.

정신을 차리니 주위에 있던 학생들이 나를 보고 있었다. 금방 이루어진 대화를 듣고 있었으리라. 그러나 그들도 나와 눈이 마주치지 않도록 하며 각자의 교실로 도망갔다.

나는 계단을 뛰어올라 음악실로 향했다. 음악실 문은 열려 있었고 안은 소란스러웠다.

그런데 그 소란스러움이 순식간에 사라졌다. 내가 들어간 순간이었다. 마치 비디오플레이어에서 멈춤 버튼을 누른 것처럼 동급생들은 각자 그대로 멈췄다. 그들은 공통적으로 나를 보려고 하지 않았다. 그러나 물론 무시하는 것은 아니다.

그때 뒤에서 학생 하나가 들어왔다.

"어이, 나카오가 형사에게 불려간 것 같아."

요시다라는 학생은 그렇게 말하고 실내를 둘러봤는데 옆에 서 있는 사람이 나라는 것을 알고 서둘러 입을 다물었다.

나는 몸집이 작은 요시다 앞에 섰다. "왜 나카오가 불려갔어?"

요시다는 어깨를 움츠리고 입 안에서 중얼거렸다. "나카오가 처음 발견했대."

"발견해? 뭘?"

"시체 말이야. 당연하잖아."

"미사키의 시체?"

"……아아." 요시다는 조심스레 힐끗 나를 보고 또 고개를 숙였다.

"살해당했어?" 내가 물었다.

"그런 것 같은데……."

"왜 살해되었다는 걸 알아?"

"몰라. 내가 본 게 아니니까." 요시다가 걷기 시작했다.

나는 다른 학생들에게 시선을 돌렸다. "시체를 본 사람이 또 있어?"

모두 이쪽을 의식하고는 있지만 얼굴을 돌리진 않았다. 그런데 딱 한 사람만 순간 눈을 든 여학생이 있었다. 에지마라는 학생으로 성적이 좋고 성격이 강한 것으로 알려져 있다. 나는 곧바로 그녀의 자리까지 걸어갔다.

"시체를 발견했어?" 의자에 앉아 있는 그녀를 내려다봤다.

에지마는 살짝 망설였지만 마침내 고개를 살짝 끄덕였다.

"살짝 봤어."

"어땠어?"

"어땠다니……." 에지마는 눈동자를 분주하게 움직인 후 나를 봤다. "냄새가 지독했어. 교실에 들어갈 때부터."

"냄새?"

"똥냄새라고." 뒤에 있던 남학생이 말했다.

나는 그쪽을 슬쩍 보고 다시 에지마에게로 시선을 떨어뜨렸다. "그랬어?"

그녀는 다시 살짝 고개를 끄덕였다. "흘린 것 같아. 그 사람."

나는 저도 모르게 얼굴을 찡그렸다. 냄새에 관한 정보를 들음으로써 교실에 시체가 있었다는 말에 현실감이 더해진 듯했다.

"시체는 바닥에 쓰러져 있었어?"

"응."

"살해당해서?"

"아마도." 에지마가 대답했다. "목을 졸린 게 아닐까. 그러면 죽을 때 용변을 본다는 얘기를 들었으니까. 게다가……."

"게다가?" 내가 물었다.

에지마는 훅 하고 숨을 내뱉었다. "미사키 선생의 목에 파란 리본이 감겨 있었어. 우리들이 체육시간에 사용하는 거."

"아, 그거." 머리띠로 쓰거나 머리가 긴 여학생이 머리를 묶기 위해 사용하는 것이다. 범인은 그런 걸로 목을 졸랐나.

"정말 미사키였어?"

"응. 처음 봤을 때는 모르는 여자라고 생각했지만."

"시체가 되면 인상이 상당히 달라지니까."

"그도 그렇지만." 에지마는 그렇게 말하고 머리를 쓸어 넘겼다. "늘 하는 금테 안경을 안 쓰고 있었어. 게다가 복장이 평소와는 달랐어."

"어떻게?"

"그 사람 늘, 베이지나 칙칙한 갈색 같은 아줌마 취향의 옷을 입지 않아? 하지만 오늘은 오렌지와 어두운 브라운의 체크무늬 정장이었어. 정말 세련된 옷이었다고."

"흠." 한껏 멋을 부리고 살해된 것이다. "왜 우리 교실에서 살해된 거지?"

"그건……." 알 리가 없지, 라는 말을 하는 대신 에지마는 내 눈을 봤다. 그녀의 눈은 그 이유는 네가 제일 잘 알고 있잖아, 라고 말하는 것만 같았다.

이쯤에서 나도 모두가 왜 그런 눈으로 나를 봤는지 알 수 있었다. 미사키 후지에를 죽일 동기를 가진 사람이라고 하면 다들 바로 내 이름을 꼽을 것이다.

"고마워." 나는 에지마에게 인사하고 빈자리를 찾아 앉았다. 그와 동시에 다른 학생들도 움직이기 시작했다. 큰 소리로 떠드는 아이도 있다. 그러나 여기저기서 속삭이는 소리가 들렸다. 내게 이야기를 거는 사람은 없었다.

나는 미사키 후지에가 살해되었다는 게 여전히 실감이 나질 않았다. 내 주변에서 살인사건이 일어날 거라고는 꿈에도 생각하지 못했고 그 피해자가 미사키 후지에, 게다가 하필 이럴 때 미사키 후지에라는 것은 너무나 타이밍이 절묘했다.

우리 교실에서 살해되었다는 점이 더 걸렸다. 범인은 내게 죄를 덮어씌우려고 이런 장소를 선택한 게 아닐까.

그러고 있는데 종소리가 울렸고 담임인 이시베가 창백한 얼굴로 들어왔다. 이시베의 뒤에는 처음으로 사체를 발견한 나카오가 있었다. 이쪽도 담임교사 못지않게 안색이 안 좋았다.

"출석번호 1번부터 5번까지는 지금부터 나와 같이 3반 교실로 간다. 10분이 지나면 6번부터 10번이 와라. 그렇게 10분마다 5명씩 오도록. 알겠나?"

이시베는 그렇게 말하고 일어난 다섯 명의 학생을 데리고 방을 나갔다.

나는 나카오에게 다가갔다. 이 녀석 역시 나를 보고 떨기 시작했다.

"형사가 뭘 물었어?"

"별로…… 대단한 건 아니었어."

"어떤 건데? 말해봐."

주위 녀석들이 군침을 삼키고 우리들의 대화에 귀를 기울이고 있었다. 하지만 그런 걸 신경 쓰고 있을 때가 아니다.

나카오가 무거운 입을 열었다.

"시체를 발견했을 때의 상황 같은 거지. 나는 너무 놀라 교실을 뛰어나왔기 때문에 거의 보지 못했다고 말했어."

"그리고?"

"사건에 대해. 뭔가 짐작 가는 거라도 있느냐고……."

"뭐라고 대답했어?"

하지만 나카오는 대각선 아래를 본 채 대답하지 않았다. 나는 녀석의 하얀 목덜미를 보면서 말했다.

"미야마에의 일로 니시하라가 미사키를 증오하고 있다고?"

나카오는 침묵을 지켰다.

"말해봐." 나는 녀석의 어깨를 잡았다.

"이거 놔." 마치 불결한 것을 피하기라도 하듯 나카오는 자리에서 일어났다. "사실이잖아?" 입술을 내밀며 녀석은 곁눈질로 이쪽을 봤다.

내 오른손이 나카오의 멱살을 잡으려고 하는 것을 간신히 참았다. 어금니를 물고 마음을 진정시키기 위해 천천히 고개를 끄덕였다.

"맞아. 사실이야. 나는 미사키를 증오했어." 그대로 주위에 있는 학생을 둘러봤다. "하지만 나는 하지 않았어."

나는 자리에 앉았다. 모두 한 마디도 하지 않았다.

10분이 지나 다음 다섯 명이 나갔다. 그리고 또 10분이 지나 다섯 명이 나갔을 때는 실내에 조그만 수런거림이 돌아왔다. 그렇지만 나간 사람들이 한 명도 돌아오지 않았기 때문에 사람은 줄어들기만 했다. 공기는 점차 차갑고 무거워져 갔다.

마침내 우리들이 나갈 차례가 되었다. 우리 학교는 남녀를 뒤섞어 출석번호를 매기고 있다. 나와 함께 교실로 향한 것은 남녀 각각 두 명씩이었다.

3반 교실 앞까지 가자 이시베와 처음 보는 남자가 서 있었다. 각지고 커다란 얼굴과 그 얼굴에 못지않은 폭과 두께의 떡 벌어진 체구를 가지고 있었다.

"교실에 들어가면 안에 있는 경관의 지시에 따라 자신의 책상과 사물함 등을 조사하세요. 이상이 있으면 아무리 사소한 것이라도 경관에게 말하도록." 각진 얼굴의, 아무래도 형사인 것 같은 남자가 또렷한 목소리로 말했다.

교실 안에는 아직 악취가 남아 있었다. 제복경관을 포함해 몇 명의 남자들이 어떤 작업을 하거나 이쪽을 보고 귀엣말을 하고 있다. 우리들은 제복경관의 지시에 따라 소지품을 체크했다. 나는 책상 속에는 아무것도 넣어두지 않았고 사물함은 잠가 두었다. 게다가 내용물은 체육관용 운동화 정도이다. 당연히 아무런 이상도 없었다.

"교실 상황을 보고 뭔가 깨달은 게 있으면 말해주세요." 제복경관이 말한다.

그래서 나는 교실을 둘러봤지만 평소 찬찬히 살핀 적이 없기 때문에 뭐가 이상하고 뭐가 정상인지 잘 알 수 없었다. 가장 앞쪽 창가 바닥에 하얀 사람 형태가 그려져 있는 것이 유일한 이상이었다.

"저기……." 뒤에 놓여 있던 사물함을 보던 이토라는 남학생이 중얼거렸다.

"왜 그래?" 경관이 물었다.

"이 사전, 제 것이 아닙니다. 그리고 이 책 두 권도." 이토는 자기 사물함에서 두꺼운 영어사전과 참고서 두 권을 꺼냈다.

"잠깐만." 경관은 교실 앞으로 가 양복을 입은 남자를 데려왔다. 수영부원처럼 잘 그을린 남자였다. 몸도 아주 단단했다.

"마지막으로 사물함 안을 본 건?" 구릿빛 피부의 형사가 말했다.

"어제 방과 후입니다."

"열쇠는?"

"잠그지 않았습니다."

"왜?"

"왜라니……." 이토가 머리를 긁었다. "귀찮으니까요. 거의 비어 있고."

높이도 깊이도 50센티미터가 채 되지 않는 사물함은 그다지 도움이 되지 않아 학생들의 평판이 나빴다.

"늘 잠그지 않는구나."

"아, 예……."

"없어진 건 없니?"

"예. 없어진 건 없습니다."

"흠." 형사는 팔짱을 끼고 뭔가를 생각하더니 고개를 한 번 끄덕이고 이토에게 말했다. "알았다. 일단 네 이름을 얘기해주겠니? 그리고 연락처도."

기가 약한 이토는 이 말만으로도 뺨을 씰룩거렸다.

교실을 나오자 일단 이과실에서 대기하라고 이시베가 말했다. 그랬구나, 그래서 먼저 갔던 애들이 음악실로 돌아오지 않았던 것이다. 정보를 교환하지 못하도록 하기 위한 배려이리라.

"아, 니시하라는 잠깐 기다려라." 내가 걷기 시작하려고 하자 이
시베가 서둘러 말했다.

"잠깐 물어볼 게 있다." 옆에 있던 각진 얼굴의 형사가 말했다.
"괜찮지?"

나는 슬쩍 이시베를 봤다. 우리들 담임교사는 아래를 보고 입을
막고 있었다.

"괜찮습니다." 내가 말했다. 어차피 언젠가는 거쳐야 할 수순이다.

각진 얼굴의 형사는 고개를 끄덕이고 교실 문을 열어 누군가를
불렀다. 조금 전의 구릿빛 피부의 형사가 나왔다.

"자, 갈까?" 각진 얼굴의 형사는 친근하게 내 어깨에 손을 올
렸다.

우리들은 소회의실로 갔다. 안에는 아무도 없었다. 작은 책상을
끼고 나와 둘이 마주 앉았다.

"아, 자기소개부터 할까. 나는 현경본부 수사1과 사야마라고 한
다. 이쪽은 관할의 미조구치 순사부장."

"잘 부탁한다." 미조구치 순사부장이 말했다. 각진 얼굴에 연배
가 있는 사람이 사야마, 훨씬 젊고 구릿빛 피부를 지닌 사람이 미
조구치였다.

"바로 말하지. 우리들이 자네에게 어떤 얘기를 묻고 싶은지 알
겠나?" 사야마 형사가 살짝 웃으면서 물었다.

"대강 상상은 갑니다." 내가 대답했다.

"그래? 어떻게?"

나는 힘껏 미간에 주름을 잡았다. "그 말을 제가 직접 하게 할 생각이십니까?"

사야마는 변함없이 싱글거리고 있다. "네 입으로 듣고 싶은데."

나는 한숨을 쉬었다. 벌써부터 이 사람들의 페이스에 끌려가고 있다. 어쩔 수 없이 나는 미야마에 유키코의 사고 내용과 그 원인에 미사키 후지에가 관련되어 있다는 사실을 정리해 설명했다. 말하면서 나는 이제 이걸로 학교 측이 무슨 획책을 하더라도 유키코의 사고를 세상에 숨기는 일은 불가능해졌다고 생각했다. 야구부의 지역대회 출장은 어떻게 될까?

"그러니까." 한바탕 설명을 끝내고 내가 말했다. "제가 미사키 선생을 증오한 것은 전교생이 알고 있습니다. 그러므로 형사님도 이렇게 조사하려고 하신 거죠. 그렇죠? 제게는 동기가 있다고 경찰은 생각하고 있을 겁니다."

"아직 거기까지는 생각하지 않고 있어." 사야마 형사의 웃음이 쓴웃음으로 변했다. "네가 미사키 선생을 얼마나 증오하는지 전혀 파악하지 못했기 때문이지."

"물론 적진 않겠지만." 미조구치가 진지한 표정으로 옆에서 말했다. "무엇보다 너는 연인을 죽게 한 장본인이라고 생각하고 있는 것 같으니까."

이 점에 대해서는 부정할 생각은 없었다.

"미사키 선생이 살해당한 게 틀림없습니까?" 내가 물었다. "사고나 자살 가능성은 전혀 없습니까?"

"전혀 없다고 하기는 힘들지만 일단은 틀림없다는 정도로 얘기해두지." 말의 내용보다 더 자신감이 담긴 말투로 사야마 형사가 단언했다.

"교살이라고 들었는데요."

"그래. 목에 그런 흔적이 남아 있어."

"흉기는 여자 체조용 리본이라고."

내가 말하자 두 형사가 얼굴을 마주 봤다. 그리고 다시 천천히 이쪽을 봤다. "잘 아는군." 사야마 형사가 말했다.

"시체를 슬쩍 봤다는 반 친구가 말해줘서요."

"그랬군." 사야마 형사는 가만히 내 눈을 봤다. 내 본심을 읽어 내려고 하는 듯했다. 하지만 이 말의 어디에 중요한 점이 있는지 나는 알 수 없었다.

사야마 형사가 다시 입을 열었다.

"미사키 선생이 죽어 어떤 기분인가?"

"그다지." 내가 말했다. "물론 놀랐습니다. 하지만 그것은 살인 사건이 일어났다는 것에 대한 것이고. 그 사람이 죽었다는 것 자체에는 아무런 감정이 들지 않습니다."

"그거 참 잘됐다는 생각은 안 했나?"

나는 두 형사의 눈을 번갈아 봤다. 얼핏 본 표정은 평온했지만 둘 다 면도칼 같은 날카로운 눈빛을 가지고 있다.

어떻게 대답해야 할까 하고 나는 생각했다. 만약 정말로 유키코의 연인으로서 진심으로 그녀를 사랑했다면 미사키의 죽음에 흥분하며 기뻐했을까. 아니면 지금의 나처럼 욕구불만에 가까운 불쾌한 공허감을 느꼈을까.

"어때?" 사야마 형사가 재촉했다.

"잘 모르겠습니다." 내가 대답했다. "그 사람이 죽었다고 유키코가 살아 돌아오는 것도 아니고. 하지만 조금은 그런 기분이 있을지도 모르겠습니다. 잘됐다는 마음이……." 괴로운 대답이라고 스스로도 생각했다.

"그렇군." 사야마 형사는 여러 번 고개를 끄덕였는데 내 본심을 잡아낸 것처럼 보였다. 형사는 조금 몸을 내밀었다. "네가 보기에 미사키 선생은 어떤 사람이었나?"

"어떤……?"

"역시 평소에도 지독한 사람이었나?" 미조구치 형사가 옆에서 끼어들었다. "학생의 마음을 전혀 모른다거나."

"글쎄요." 나는 고개를 갸웃했다. "그 사람은 나름대로 생각했을지도 모르죠. 하지만 결과적으로는 학생에게 자신의 교육 방침을 강요하는 형태가 아니었을까요. 교칙 위반 같은 데 이상할 정도로 엄격했죠. 이 사람, 어딘가 좀 이상한 게 아닐까 하는 생각이 들 정도였습니다. 교사로서는 우수하다는 얘기를 듣는 부류일지도 모르겠지만."

"미워하는 학생도 많았다?" 사야마 형사가 물었다.

나는 잠시 생각하고 형사를 바라봤다. "저 말고요?"

사야마 형사는 쓴웃음을 지었다. "맞아. 너 말고."

"어떨까요. 미워한 사람은 많았던 것 같은데." 나는 두 형사를 보고 고개를 가로저었다. "하지만 죽일 정도는 아니었다고 생각합니다." 이것은 솔직한 의견이다.

형사들이 슬쩍 눈을 맞추는 게 보였다. 어떤 의미로 힐끗 서로를 보는지 나로서는 상상이 가질 않는다.

사야마 형사가 손바닥을 부비면서 더 몸을 내밀었다. "하나만 더 질문하지. 자네는 미사키 선생과 학교에 항의해 어떻게 할 생각이었나? 아니, 어떻게 해주길 바랐느냐고 물어야 하나?"

"그리 대단한 건 아니었습니다. 자신들이 한 짓이 잘못된 일이고 그것이 원인이 되어 유키코가 죽었다는 것을 인정하길 바랐습니다. 그것뿐입니다."

"하지만 미사키 선생도 학교 측도 인정하지 않았다."

"네."

"분했겠군."

나는 조금 생각한 후 대답했다. "그렇죠." 그렇게밖에 대답할 수 없었다.

"그래서 어떻게 할 생각이었지? 단념할 생각은 아니었겠지?"

"그건 그렇지만……." 나는 고개를 저었다. "솔직히 어떻게 해야 할지 몰랐습니다. 세상의 여론에 호소하는 것도 보통 일이 아니고 제게는 그럴 만한 지혜가 없습니다. 소동이 너무 커지면 결과적으로 부모님과 여동생에 화가 미친다는 것도 압니다. 야구부원을 비롯해 많은 동료도 있어요. 좋아했던 여자의 원수를 갚으려는 남자가 이런 계산을 하면 안 될지도 모르지만."

"아니야. 건전한 생각이지." 사야마 형사가 진지한 표정으로 말했다. "자신만이 아니라 다른 사람을 생각하는 일은 중요해. 다만 그러면 자네의 미사키 선생에 대한 증오는 발산되지 못하고 봉인되겠군."

옆에서는 미조구치 형사가 메모하던 손을 멈추고 나를 보고 있다. 식물의 생장을 관찰하는 것 같은 눈이다. 이런 것을 프로의 눈이라고 할지 모른다.

"제가 한 게 아닙니다." 최대한 억양이 드러나지 않도록 노력하며 말했다. "그 정도로 바보는 아닙니다."

사야마 형사는 순간 표정을 없애고 나를 응시하더니 아이스크림이 녹아내리듯 얼굴 표정을 풀고 아이고 하며 손바닥을 살랑살랑 흔들었다. "그렇게 무서운 얼굴을 하지 말게. 우리도 특별히 너를 의심하는 건 아니야. 그러나 의심받을 상황에 있다는 것은 너도 잘 알겠지. 우리도 힘들어. 이해해주게."

"이해는 하지만 기분이 좋진 않습니다."

"그건 피차 마찬가지야." 옆에서 슬쩍 말하고 미조구치 형사는 헛기침을 했다. 나는 구릿빛 피부의 이 남자를 노려봤다.

"그래서? 어제 학교를 나간 건?" 사야마 형사가 말했다.

"6시 조금 전입니다. 야구부 연습을 끝내고 부실에서 잠깐 동료들과 얘기를 나누다 돌아갔습니다."

"집에 도착한 것은?"

"6시 반 정도일까요." 알리바이를 확인하는 거구나 하고 이해했다.

"그 후 어디 나간 일은?"

"내내 제 방에 있었습니다. 가족에게 확인해보시면 알겠지만." 그렇게 말하고 나는 귀를 긁었다. "가족의 이야기는 증거가 되지 못하겠네요."

"하지만 무시하지는 않아. 어쨌든 확인할 수도 있네. 마지막으로 하나만 더 질문하지. 체육관 뒤쪽 철조망에 구멍이 있다는 걸 아나?"

"비밀통로 말입니까?"

"응. 알고 있나보군."

"대부분의 학생이 알고 있습니다."

학교 주위에는 콘크리트 담과 철조망이 둘러쳐져 있다. 그 철조망 일부가 딱 사람 하나가 통과할 정도의 크기로 찢어져 도망치는 학생들의 최고의 비밀통로가 되고 있었다.

"그 구멍이 왜요?"

"아니, 별거 아니네. 자, 묻고 싶은 게 있나?" 이것은 내게 한 말이 아니라 미조구치 형사에 대한 질문이었다.

"아까부터 마음에 걸렸는데." 메모 노트를 닫고 미조구치 형사가 내 왼손을 가리켰다. "그건 왜 그런 건가? 상당히 큰일 같은데."

왼쪽 손목에서 엄지에 걸친 테이핑을 보고 말하는 것이었다. 이것은 어제 아침 훈련에서 데드볼을 맞은 결과였다. 나는 그렇게 설명했다.

"플레이에 영향은 없나?"

"캐칭은 그럭저럭. 배팅은 아직 무리일까요."

"테이핑은 누가?"

"보건실의 후루야 선생님이요."

"그걸 푼 적이 있나?"

"어젯밤, 목욕탕에 들어가기 전에 풀었습니다. 조심스럽게 풀었다가 오늘 아침에 제가 다시 감았습니다. 아직 접착력이 있는 것 같았고 아침 훈련을 할 생각이었던 터라."

"흠." 미조구치 형사가 사야마 형사를 봤다. 사야마 형사도 한동안 내 왼쪽 손목을 본 후 말했다. "야구도 아주 힘든 스포츠네."

2

4교시가 시작될 무렵에는 형사 몇 명만 남고 대부분의 경찰관계자가 물러났다. 순찰차가 줄지어 나간 정문 바로 밖에는 일찌감치 사건 냄새를 맡은 매스컴 인간들이 무리를 지어 이쪽 상황을 살피고 있다. 교내 스피커에서는 오늘은 되도록 교실에서 나오지 말 것과 하굣길에 매스컴 관계자의 취재를 받아도 아무 말도 하지 말라는 방송이 수없이 흘러나왔다.

학생들은 쉬는 시간에도 각자의 반에 틀어박혀 있었다. 창밖을 보면 걸어 다니는 사람은 교사이거나 몇 명의 낯선 남자들, 즉 형사들뿐이었다. 형사들의 움직임을 보고 있으면 확실히 뭔가를 찾는 것 같은데 그것이 뭔지는 전혀 짐작 가지 않았다.

점심시간이 되자 나는 매점에서 빵과 주스를 사서 옥상으로 올라갔다. 점심은 언제나 식당에서 먹었는데 오늘은 주위의 눈을 견뎌야 하는 게 심난했다. 허가 없이 옥상에 가는 것은 교칙으로 금해져 있지만 사람 눈을 의식하지 않고 지낼 만한 곳은 여기밖에 없다.

점심시간인데도 아무도 없는 운동장을 내려다보면서 돈가스 샌드위치와 햄 샌드위치를 먹었다. 날씨는 아주 좋았다. 이런 사건만 일어나지 않았다면 야구하기 정말 좋은 날이었다. 이번에도 역시 중요한 시합 날에는 큰비가 내리겠지.

주스를 다 마시고 이제는 내려갈까 하고 계단실로 향했을 때 거기서 여학생 하나가 나왔다. 미즈무라 히로코였다. 내가 여기에 있다는 것을 알고 온 것이 아님은 이윽고 보인 놀라는 표정으로 분명해졌다.

"뭐 해?" 오른손으로 긴 머리카락을, 왼손으로 스커트를 누르면서 히로코가 물었다. 이곳은 바람이 세다.

"점심 먹어." 그렇게 말하고 나는 빵이 들어 있던 봉지를 보여주었다.

"어쩐 일이야? 이런 데 다 있고." 히로코가 천천히 걸어와 철조망을 등졌다.

"너는 자주 와?"

"가끔." 히로코는 조금 전의 나와 마찬가지로 운동장을 내려다보다 바로 이쪽을 봤다. "여러모로 힘들지 않아? 그런 일이 있어서."

"그렇지 뭐." 내가 대답했다. "형사에게도 불려갔고."

깜짝 놀라며 그녀는 입을 벌렸다. 그러나 곧 그 낭패한 표정을 숨기기 위해 여러 번 고개를 끄덕였다. "의심을 받는 거야?"

"내게는 동기가 있으니까. 의심을 받아도 어쩔 수 없지."

"그래서? 뭐라고 했어?"

"뭘?"

"그러니까." 히로코는 입술을 적시고 눈을 깜빡였다. "유키코와의 관계에 대해."

나는 한 손을 주머니에 찔러 넣고 고개를 흔들었다. "아무것도. 연인이라고 했을 뿐이야."

히로코는 크게 한숨을 쉬고 철조망에 기대어 나를 올려다보면서 내뱉었다. "진실을 말할 마음은 없나보네."

"진실?"

"일테면 머플러를 누구에게 받았다거나."

나는 히로코를 노려보면서 그녀에게 다가갔다. "말하지 말라고 했다. 머플러에 대해서는 아무에게도 말하지 말라고 전에 말했어."

"아무한테도 말 안 해."

"내 앞에서도 하지 마." 나는 검지로 그녀의 입을 가리켰다.

히로코는 한숨을 쉬었다. "마지막까지 연기할 셈이네." 의아한 표정을 짓는 내게 그녀는 덧붙였다. "유키코의 연인 역할을."

나는 히로코의 옆에 서서 철조망에 손을 댔다.

"연인이었어." 내가 말했다. "유키코는 진짜 내 연인이었어. 누가 뭐라고 하든지 이것만은 바꿀 수 없어. 바꿔선 안 돼."

히로코는 슬픈 눈으로 뚫어져라 나를 봤다. "앞으로 더 괴로워질 거야."

"알아." 그녀의 눈을 같이 바라보며 말했다. "내가 잘못했으니까 어쩔 수 없지."

"그럴지도 모르지." 히로코가 살짝 고개를 기울였다. "나는 좀 더 여기 있을게."

"그럼 갈게." 나는 가볍게 한 손을 들고 계단실까지 걸어갔다. 문을 열고 안으로 들어갈 때 뒤를 돌아봤다. 히로코도 머리를 누르면서 나를 보고 있었다.

이날은 제대로 된 수업이 거의 없어서 5교시도 자습이었다. 나는 음악실 가장 구석 자리에서 멍하니 있었는데 누가 뒤에서 이름을 불렀다. 입구에서 담임인 이시베가 손짓을 하고 있다.

"지금 당장 학생지도실로 가거라. 하이토 선생님이 기다리신다."

"무슨 용건입니까?"

"글쎄, 자세한 건 모르는데."

그 나이가 되도록 심부름꾼 노릇이나 하느냐고 얘기하고 싶은 것을 꾹 참고 나는 음악실을 나왔다.

나쁜 추억이 있는 학생지도실로 가자 하이토가 혼자 나를 기다리고 있었다. 하지만 그 얼굴에는 이전과 같은 여유가 없었다. 어쩐지 열 살은 더 늙어 보였다.

"형사의 사정 청취를 받았다고 하더구나." 변함없이 위압적인 태도로 하이토가 말을 꺼냈다.

"네." 내가 대답했다.

"무슨 질문을 받았지?"

"그야 뭐, 이런저런."

"그렇게 얘기하면 알 수가 없지. 구체적으로?"

"미야마에 사고 일이나 이번 사건을 어떻게 생각하는지."

"뭐라고 대답했니?"

"그러니까……." 대답하려던 나는 일단 입을 다물었다. 그리고 하이토를 노려보았다. "사적인 일이니까 말하고 싶지 않습니다."

눈썹이 꿈틀했지만 평소의 하이토처럼 소리를 치진 않았다. 참는 듯 숨을 한 번 내쉬더니 낮은 목소리로 말했다. "다른 건?"

"몇 시쯤에 학교를 나왔는지, 집에는 몇 시에 도착했는지. 알리바이 조사 아닐까요."

"그럴까……." 하이토는 검지로 책상을 톡톡 두드렸다. 손가락을 멈추고 나를 봤다. "경찰은 너를 의심하고 있는 것 같던가?"

"글쎄요, 잘 모르겠습니다. 하지만 의심하지 않겠습니까."

"그렇겠지." 하이토는 지긋지긋하다는 표정을 지었다. "그러나 스스로 뿌린 씨라는 걸 잊지 말아라."

이 말은 귀담아듣지 않기로 했다.

"다 끝나신 겁니까. 그러면 이제 수업을 들으러 가고 싶은데요."

"아아, 가도 된다." 하이토는 턱으로 입구 쪽을 가리켰다. 나는 말없이 일어나 조용히 방을 나왔다. 너무 불쾌해 속이 뒤틀릴 것만 같았다.

성큼성큼 복도를 걷다가 막다른 곳에 있는 문을 보고 나는 바로 옆 화장실로 뛰어들었다. 막다른 곳은 보건실로 문에는 유리창이 붙어 있다. 그 유리창 너머로 조금 전 내가 만난 형사들의 모습이 보였던 것이다.

나는 조심스레 화장실에서 얼굴을 내밀었다. 두 형사가 보건실에서 나오던 참이었다. 나는 다시 얼굴을 숨기고 잠시 기다린 다음 재차 상황을 살폈다. 형사는 이제 없었다.

화장실을 나와 문의 유리창으로 보건실 안을 들여다봤다. 중년 여성인 후루야 선생이 책상에 앉아 뭔가를 적는 게 보였다.

조용히 문을 열고 불러보았다. 후루야 선생은 동그란 몸을 의자 위에서 뒤로 젖혔다.

"아아, 놀랐네." 선생은 그렇게 말하고 이쪽을 봤는데 들어온 사람이 나라는 걸 알고는 더 놀란 것 같았다. "니시하라⋯⋯. 어쩐 일이야?"

"형사가 왜 왔어요?"

"아……. 봤어?"

"우연히요. 뭘 조사하러 왔던가요?"

후루야 선생은 드러내놓고 당황했다. 어떻게 대답해야 할까 하고 생각하고 있는 게 훤히 보였다. 그 눈이 순간 내 왼쪽 손목에 머무는 것을 보고 알아차렸다.

"이게 왜요?" 왼손을 들고 선생의 눈을 봤다.

후루야 선생은 뭔가를 계속 망설이는 것 같더니 결국에는 한숨을 쉬고 입을 열었다.

"테이핑에 대해 물었어."

"테이핑? 왜?"

"그건 알려주지 않았어. 어떤 사이즈의 테이프가 있느냐, 그리고 최근 어떤 학생에게 테이핑을 해준 기억이 있느냐……."

"야구부의 니시하라라고 말씀하셨겠네요."

대답 대신 후루야 선생은 눈을 한 번 천천히 감았다.

미조구치 형사가 내 손목에 관심을 보인 것은 단순한 호기심이 아니었던 것이다. 그들의 행동에는 항상 의미가 있다.

그런데 왜 거기에 집착하지?

"네게 감은 테이프와 같은 것을 달라고 하더라. 마침 네게 감아준 게 마지막이라 빈 박스만 줬어."

"그거 말고 형사들은 뭘 물었나요?"

"네 부상 정도를 물었어. 어느 정도 손가락이 움직이느냐고. 있는 그대로 말했는데 그러면 됐지?"

"물론이죠. 그밖에는 뭘?"

"그게 다야. 그 사람들이 물은 건."

"그래요……?" 나는 다시 손목의 테이핑을 봤다. 이것이 사건과 무슨 관계가 있는지 도무지 짐작이 가지 않았다.

"저기, 니시하라." 후루야 선생이 타이르는 말투로 말했다. "너무 신경 쓸 필요는 없을 거야. 형사들도 그저 참고 정도라고 했고."

"형사는 있는 그대로 말하지 않아요." 내가 쓴웃음을 지었다. "하지만 신경 쓰지는 않아요. 그 사람들이 저를 조사하는 것은 당연하니까요."

후루야 선생은 무력감에 시달리는 듯 시선을 떨어뜨렸다.

"실례했습니다." 나는 인사를 하고 보건실을 나왔다.

수업은 일단 6교시까지 이루어졌다. 무엇보다 우리 교실에 한해 말하자면 교사가 온 것은 두 번뿐으로 나머지는 모두 자습이었다.

사건에 관한 정보는 전혀 들어오지 않았다. 소문은 이리저리 흘러 다녔지만 에지마에게 들은 이야기를 적당히 편집한 것들에 불과했다. 단 한 가지 마음에 걸리는 이야기로는 미사키 후지에가 부담임을 맡고 있는 반 학생이 몇 명 불려가, 형사의 질문을 받았다는 것이었다. 뭔가 짚이는 데가 없느냐는 질문을 받았다면 아마도 그 학생들은 전원, 3반의 니시하라가 의심스럽다고 대답했을 것이다.

6교시가 끝난 후 담임인 이시베가 떨떠름한 표정으로 와서 매스컴에 대한 대응 방식을 새삼 되풀이했다. 만약 경찰에서 사정 청취를 받는 경우에는 반드시 학교로 연락하라는 지시가 덧붙여졌다.

"뭔가 아셨습니까?" 앞쪽에 앉아 있던 남학생이 질문했다.

"아니." 이시베가 고개를 저었다. "아직 아무것도 모른다. 앞으로 알겠지."

학생 몇 명이 슬금슬금 나를 봤다.

클럽 활동도 중지 명령이 떨어져, 종례가 끝나자 우리들은 돌아갈 수밖에 없었다. 교실을 나오자 가와이 가즈마사와 나라사키 가오루가 기다리고 있었다. 그들과는 오늘 처음으로 본다.

"여러모로 힘들지 않았어?" 가오루가 걱정스럽게 말했다.

"그야 그렇지."

그렇게 말하고 코를 긁는 내 옆을 반 친구들이 지나갔다. 그들은 예외 없이 가와이와 가오루를 호기심 어린 눈으로 봤다. 이럴 때 내게 말을 거는 사람은 상당히 별난 사람으로 생각할 것이다.

"내게 다가오지 않는 게 좋아. 한패로 여겨질 테니까."

"쓸데없는 소리는 그만하고 가자." 가와이가 복도 끝을 턱으로 가리켰다.

정문 근처에서는 교사 몇 명이 매스컴의 움직임을 지켜보고 있었다. 정문을 나와 역으로 향하는 길 중간에도 교사의 모습이 여기저기 보였다. 이렇게까지 해서 이 녀석들은 도대체 뭘 숨기려고 하는 걸까. 학생에게 학교 일을 얘기하게 하는 것이 그토록 부끄러운 일인가. 이런 짓을 하기 전에 얘기해도 부끄럽지 않은 학교로 만들면 될 텐데.

"무슨 정상회담 때 같다." 가와이가 중얼거렸다. "각국의 높으신 분들이 지나가는 길에는 이렇게 경관이 늘어서지?"

"공무원이 하는 짓은 별로 다르지 않네. 경찰이나 교사나." 가오루가 독설을 내뱉었다.

전차에는 탔지만 곧장 돌아갈 마음이 나질 않아 우리들은 중간 역에서 내렸다. 역 앞 상가에 가끔 이용하는 카페가 있다.

구석 테이블에 앉은 후 나는 오늘 있었던 일을 쭉 얘기했다. 둘은 맞장구를 치지도 않고 잠자코 듣기만 했다.

"뭐라고 해야 하나, 현실 같지가 않아." 이야기를 다 들은 후 가와이는 커피를 스푼으로 저으면서 중얼거렸다. "알리바이라거나 살인 동기라거나."

"사실은 나도 그래. 아직 실감이 안 나."

"그야 어쩔 수 없지. 그런데 정말 누가 한 걸까?" 나라사키 가오루가 말했다.

"역시 학교 인간이 아닐까? 교사나 학생이거나 직원." 가와이가 말했다.

"어떨까. 학교에서 살해당했다고 범인이 꼭 학교 관계자일 필요는 없잖아. 그런 식으로 생각하기 때문에 일부러 학교 안을 선택했다고도 생각할 수 있지."

"그럴까? 그렇다면 미사키 할멈의 사생활과 관계가 있을지도 모르겠다."

"그렇지……."

사생활이라. 그 여교사에게 그런 게 있었을까. 생각해본 적 없지만.

"문지기 녀석, 뭔가 보지 못했나?" 초콜릿 파르페를 스푼으로 휘젓던 손을 멈추고 가오루가 말했다. "밤에 학교를 드나든 사람이 있는데 문지기가 전혀 알아차리지 못했다면 근무태만이지."

문지기란 수위를 말한다. 정문을 들어서자마자 바로 왼쪽에 수위실이 있고 그곳에 시들한 노인네가 앉아 있다.

"못 봤을지도 몰라. 범인이나 미사키나 아마 정문을 통과하진 않았을 거야."

내가 말하자 가오루는 살짝 입술을 내밀었다.

"어째서 그런 걸 알아? 범인이 수위실 앞을 통과할 리가 없다는 말은 납득하지만."

"만약 수위가 미사키를 봤다면 말이야, 아무리 기다려도 나오지 않으면 수상하게 생각해 상황을 보러 갔을 테니까."

"아아, 그렇구나."

"미사키는 방과 후 계속 학교에 남아 있었던 게 아닐까? 그렇다면 수위가 볼 수 없었겠지." 가와이가 다른 설을 내놓았다.

"아니야. 그건 아니야. 미사키는 일단 퇴근했다가 다시 학교로 왔어." 내가 단언했다.

"상당히 자신이 넘치네. 근거는?" 가와이가 물었다.

"옷을 갈아입었어."

"갈아입어?"

"세련된 옷으로."

나는 에지마에게 들은 미사키의 복장이 평소와 달랐다는 이야기를 두 사람에게 했다.

"오렌지와 어두운 브라운의 체크라고." 나라사키 가오루는 영어의 빈칸 채우기 문제를 앞에 놓은 것처럼 심각한 표정으로 생각에 빠졌다. 그녀는 영어를 아주 잘했다. "확실히 그 아줌마가 학교에 입고 오는 옷과는 다르네."

"그렇다면 미사키는 어떻게 수위에게 들키지 않고 학교로 들어왔을까?"

이상하게 생각하는 가와이에게 내가 말했다. "바로 그 비밀통로를 사용했겠지."

"비밀통로라면 체육관 뒤에 있는 거?"

"응." 내가 고개를 끄덕였다. "형사가 그 구멍을 알고 있느냐고 묻더라. 그때는 왜 그런 질문을 하나 생각했는데 이제 알았어. 경찰도 미사키나 범인이 그 구멍을 사용했을 가능성이 높다고 봤겠지."

"그렇다면 범인은 역시 학교 관계자겠네. 그 구멍을 알고 있으니까."

가와이는 주먹을 쥐었지만 가오루가 부정했다.

"꼭 그렇게만 생각할 순 없어. 미사키 아줌마에게는 무리겠지만 몸이 조금 가벼운 사람이라면 담을 넘는 것도 쉬워. 수업을 빠질 때는 들키지 않으려고 구멍을 사용하지만."

"동감이야. 밤이라면 철조망을 기어 올라가도 사람들 눈에 띌 염려가 적으니까." 내가 말했다.

"그런가." 가와이는 얼굴을 찡그리고 뒷머리를 긁었다가 그 손을 멈추고 문득 살짝 웃었다. "하지만 다 같이 이야기할 필요는 있었네. 이걸로 미사키와 범인의 움직임을 상당히 읽어냈잖아."

나는 쓴웃음을 지었다. "침입경로를 알았을 뿐이야."

"그렇지만 말이야."

"다음은 두 사람이 어떻게 만났는지를 알아야지. 둘 중 하나가 다른 하나를 불러낸 것만은 확실해." 나라사키 가오루가 말했다.

"그야 범인이 미사키를 불러냈겠지. 죽이기 위해." 가와이가 바로 대답했다.

"보통 그렇게 생각하기 쉽지만." 하지만 가오루는 그다지 납득한 표정이 아니었다. 그녀는 잠깐 생각에 잠긴 후 고개를 들고 나를 봤다. "흉기는 여학생 체육용 리본이었다고 들었는데 맞아?"

"맞아." 내가 대답했다. 지금은 주인도 판명되었다. 구스모토라는 그다지 눈에 띄지 않는 여학생이다. 평소 단정한 편이 아니라 사물함 문도 잠그지 않는 경우가 많았다고 한다. 그래서 범인이 리본을 가져가 흉기로 사용하게 된 것이다. 자기 리본이라는 사실을 알고는 큰 충격을 받은 듯 아이처럼 엉엉 울었다.

"그 자리에 있던 리본을 사용했다는 것은 범인은 흉기를 준비하지 않았다는 소리야." 나라사키 가오루는 검지로 자기 뺨을 톡톡 두드렸다. "그렇다면 범인은 애초에는 죽일 생각은 없었다는 말이 아닐까?"

나는 가와이 가즈마사와 얼굴을 마주 본 다음 다시 나라사키 가오루에게 시선을 돌리고 고개를 끄덕였다. "그러네."

"그렇지?"

"그럼 충동적으로 죽였단 말인가?" 나는 양손을 머리 뒤로 돌리고 담뱃진으로 누렇게 변색한 천장을 올려다봤다. "만나서 얘기하다보니 살의가 생겨, 미사키가 한눈을 파는 걸 기다렸다가 리본을 꺼내 목을 조르고……."

"어쩐지 그건 아닌 것 같은데. 한눈팔기를 기다리는 것도 그렇고 어떤 사물함에 리본이 있을지 모르잖아." 가오루가 말했다.

"맞아." 나는 양손을 무릎으로 툭 떨어뜨렸다. "모르겠네."

"현장에는 그밖에 이상한 건 없었어?"

"냄새가 지독했어. 미사키가 실수한 것 같아."

가와이와 가오루가 나란히 얼굴을 찡그렸다.

"단서는 없었느냐고 물었던 거야."

"단서……." 탐정단 같다는 생각을 하다가 문득 떠오르는 게 있었다. "그러고 보니 사물함 안에 자기 것이 아닌 사전과 참고서가 들어 있다는 녀석이 있었어. 이토라고."

"이토라." 가와이가 끄덕였다. "알아. 덜떨어진 녀석."

"그 사전과 참고서는 누구 거야?"

"역시 우리 반 녀석이 사물함에 넣어둔 거였어. 둘 다 사물함을 잠그지 않았어."

"잠깐만! 그렇다면 이런 건가? 범인은 한 사물함에서 사전과 참고서를 꺼내 다른 사물함에 넣었다?"

"뭐, 그런 셈이지." 나는 가와이의 얼굴을 보고 대답했다.

"왜?"

"내가 알 리 없지." 그리고 가오루를 봤다. "뭔가 생각나는 거 있어?"

"전혀. 아무것도 떠오르는 게 없어." 그녀가 말했다.

나는 그럴 거라고 생각하고 아랫입술을 내밀고는 컵의 물을 마셨다. 상당히 미지근했다.

"올여름은 안 될 것 같네." 한숨을 쉬며 내가 말했다. "제대로 연습도 못하고 부원들 마음도 차분하질 못하고. 주장을 그만두는 게 좋을지도 모르겠어."

둘의 낯빛이 바뀌는 게 보였다.

"농담이지?" 가와이가 반쯤 성난 목소리로 말했다.

"아니, 진심이야. 내가 있으면 부에 좋을 게 없어."

"사건이 일어난 것은 니시하라 탓이 아니야." 나라사키 가오루가 시선을 떨어뜨리며 말했다. "유키코가 죽은 것도 니시하라 잘못이 아니야. 그건 부원 모두가 알고 있어."

"나는 부에 피해를 주고 싶지 않아. 농담이 아니라 이대로 가면 지역대회 출장까지 힘들어져."

"그때는 그때고."

"맞아."

"게다가." 가와이가 입가를 일그러뜨렸다. "지금 와서 그만둬도 늦었어. 그만둔 부원이 문제를 일으킨 경우라도 고교야구연합은 용서하지 않아."

"아, 그렇지." 나는 머리를 긁었다. "자, 그럼 돌아갈까. 살인사건이 일어난 날에 이런 데 모여 있는 걸 사람들이 보면 곤란해져."

그러자 가오루는 후 하고 코로 숨을 내쉬고 작은 목소리로 말했다. "이미 들켰어."

"뭐?" 놀라서 나와 가와이가 주위를 둘러보려고 하자 "그러지 마!" 하고 가오루는 고개를 숙인 채 말했다. "입구 옆에 앉아 있는 감색 양복 아저씨, 우리들 바로 뒤에 들어와 아까부터 우리를 지켜봤어."

나는 가오루가 말한 쪽을 봤다. 정말 그런 남자가 있었다. 신문을 읽는 척하고 있는데 순간 나와 눈이 마주치자 당황하며 시선을 피했다.

"이거 참!" 나는 가와이와 가오루에게 말했다. "이제 내 곁에 오지 않는 게 좋겠어."

"신경 쓰지 않으면 되지. 보디가드가 생겼다고 생각하자고." 가오루는 냅킨 한 장을 뽑아 입가에 묻은 초콜릿을 닦았다.

3

집에 돌아왔는데 현관 분위기가 조금 달랐다. 그것이 낯선 두 켤레의 가죽구두 탓이라는 것은 스니커를 벗을 때 알았다. 둘 다 아주 오래 신어 낡아 있었다.

어머니가 걱정스러운 얼굴로 거실에서 나왔다. "경찰이 찾아왔어."

"흠." 나는 조금 동요했지만 그렇게 놀라진 않았다. 그들에게는 내가 제일 수상할 테니까 철저하게 조사할 생각이리라. 나 역시 결백을 증명하기 위해서라도 그러는 편이 나았다.

"오늘, 학교에서 시체가 발견되었어."

내 말에 어머니는 살짝 끄덕였다. "그랬다더라. 미사키 선생이라고?"

"목이 졸렸다던데."

"응……." 어머니가 눈썹을 찌푸리고 소름이 돋았는지 두 팔을 문질렀다.

낮에 만난 사야마와 미조구치 형사가 거실의 이인용 소파에 앉아 있었다. 두 사람 사이에는 하루미가 아주 좋아하는 스누피 인형이 유도의 누르기 기술을 당한 것처럼 찌그러져 있었다.

"늦었구나." 사야마 형사가 싹싹하게 웃으며 말했다.

"이런저런 약속이 있어서." 내가 대답했다. 가와이, 가오루와 이

야기를 나누고 왔다는 사실만은 감시 역할을 맡은 이 형사들에게
알리고 싶지 않았다.

"네 친구들은 이번 사건을 어떻게 생각하니?"

"글쎄요, 어떨까요. 모두 그다지 관계가 없으니까. 제 친구들은
굳이 말하자면 저를 걱정해줬습니다. 용의자가 된 것을."

사야마 형사는 이런 한 방 먹었다는 얼굴을 했다. "너를 용의자
취급한 기억은 없는데. 우리에게 중요한 정보 제공자인 것은 사실
이지만 말이다."

"아니, 됐습니다. 그런 입바른 소리는. 그보다 무슨 일이십니까?"

"응. 대단한 건 아니지만." 사야마는 새끼손가락으로 눈썹 위를
긁었다. "너는 교실의 가스밸브가 어디에 있는지 아니?"

"예?" 나는 다시 물었다. 무슨 질문인지 알 수 없었기 때문이다.

"가스밸브 말이다. 겨울철 난로를 사용할 때 고무호스를 낀 게
있었을 텐데? 그 밸브가 교실 어디에 있는지 아니?"

"그야 교실 앞쪽인 것 같은데 그게 왜요? 사건과 무슨 관계가
있습니까?"

"관계가 있는지 없는지는 몰라. 그래서 조사 중이야." 미조구치
형사가 툭 내뱉었다.

"왜 가스밸브 장소를……."

그런데 내 목소리를 막듯 사야마 형사가 물었다.

"교실 앞쪽이라고 했는데 정확한 장소는 모르나?"

"그런 걸 갑자기 물으셔도." 나는 테이블에서 팔짱을 꼈다. 왜

가스밸브 같은 것을 형사들이 신경 쓸까. "3학년이 되고는 아직 난로를 사용하지 않아 자신은 없지만 아마도 창가 쪽이 아닐까요. 난로는 늘 창가에 두니까요."

"정답, 창가야." 사야마 형사가 말했다. "칠판에서 비스듬히 아래쪽에 금속 뚜껑이 달려 있고 그것을 열면 가스밸브가 있다. 사용할 때 꺼내면 밖으로 나오게 되어 있어."

"아, 맞다. 분명 그랬다."

"지금 반이 되고는 사용한 적이 없는 것 같구나."

"당연하죠. 난로도 없으니 사용할 데가 없어요."

"그렇지." 사야마 형사는 무릎을 탁탁 두 번 치고 나를 봤다. "사실은 사건 현장, 그러니까 네 교실 말인데 가스밸브가 꺼내져 있었다."

나는 눈썹을 찌푸리고 형사의 눈을 응시했다. "왜요?"

"몰라. 그래서 조사하고 있다."

"범인은 가스를 이용해 무슨 짓을 하려던 걸까요?"

"무슨 짓이라니?"

"일테면 처음에는 가스 중독사로 만들 생각이었다거나."

"그렇구나!" 사야마 형사가 고개를 끄덕였다. "그럼 왜 교실로 변경했을까?"

"글쎄요. 목을 조르는 게 더 확실하다고 생각하지 않았을까요?"

나는 적당히 대답할 생각이었는데 "틀림없이 그럴 거야"라고 옆에서 미조구치 형사가 말했다. "멋진 추리구나. 마치 진상을 알고 있는 것 같구나."

"농담 마세요." 나는 녀석을 노려봤지만 살인을 수사하는 형사가 상대니 전혀 위력이 없었다.

"그런데 다친 데는 어떠니?" 사야마 형사가 내 왼쪽 손목을 가리키며 물었다. 자연스러운 질문이었지만 나는 속으로 단단히 마음을 먹었다. 이 사람들이 테이핑 테이프에 집착하고 있다는 사실은 이미 알고 있다.

"그냥 그래요." 내가 대답했다.

"다친 건 어제 아침이었지."

"그런데요."

"그리고 어젯밤 목욕하기 전에 풀 때까지는 계속 감고 있었고."

"예. 그게 왜요?" 내 질문에 형사들은 전혀 대답할 생각이 없는 듯하다.

"그사이 부상에 대해 물어본 사람은 없니?"

"그야 몇 명이 물어봤죠. 왜 그러느냐고. 인사 같은 거예요. 그래서 저도 적당히 대답했는데요."

"테이프를 자세히 보여달라는 사람은 없었니?"

"이걸?" 나는 왼손을 들었다. "아니요. 별로."

"그렇구나." 사야마 형사는 순간 험악한 얼굴을 했는데 미조구치 형사와 눈을 맞추고 고개를 끄덕인 다음 씩 웃으며 일어났다. "갑자기 찾아와서 미안하다. 또 묻고 싶은 게 생길지도 모르니까 그때도 잘 부탁한다."

"괜찮은데 다음에는 학교에서 해주세요."

"물론 그럴 생각이다." 사야마 형사가 힘을 주며 말했다.

형사가 돌아간 후 어머니는 무슨 질문을 받았는지 꼬치꼬치 캐물었다. 귀찮았지만 아들이 형사의 방문을 받았는데 아무렇지도 않은 부모는 없겠다고 생각해 있는 그대로 말했다.

"너, 경찰의 의심을 받는 거니?" 이야기를 다 듣고 어머니는 창백한 표정으로 말했다.

"아마도."

"아마도라니……."

"어쩔 수 없잖아. 그런 일이 있었으니까." 형사가 앉았던 소파 위에 드러누워 나는 무뚝뚝하게 대답했다.

"어젯밤 네가 어디에 있었는지 형사가 묻더라." 어머니는 선 채 내려다보며 말했다.

나는 고개를 들었다. "그래서?"

"있는 그대로 대답했지. 우리와 같이 저녁을 먹고는 내내 자기 방에 있었다고."

"잘했어." 나는 스누피 인형을 베고 누웠다. 그때 마당과 접한 유리문이 열리고 하루미가 들어왔다. 나는 서둘러 인형을 뺐다.

"형사들은 돌아갔나봐." 하루미가 말했다.

"하루미, 너 방에 있었던 거 아니었니?"

"꽃을 돌봤어."

"그럼 안 되지. 맘대로 외출하면. 입을 헹구고 손도 닦아라."

"알았어. 그렇게 환자 취급 좀 하지 마." 하루미는 삐져서 부엌으로 향하다가 돌아보며 내게 말했다. "형사들이 오빠 자전거를 조사했어."

나는 이번에는 완전히 몸을 일으켰다. "정말?"

"응. 커버를 벗기기도 하고 타이어 공기도 확인했어. 내가 있다는 걸 몰랐던 모양이야. 수풀 뒤에 있어서."

"흠……."

나는 어떻게 된 건지 알아차렸다. 형사들은 내가 자전거를 이용해 이동했을 가능성을 생각했던 것이다. 이 집에서 슈분칸고교까지는 약 20킬로미터, 한 시간 정도면 갈 수 있다. 그런데 왜 자전거일까 생각하다가 바로 그 답을 알았다. 사망추정시각이 전차가 다니지 않는 한밤중일지도 모른다.

"살해된 사람이 그 선생이지?" 하루미가 물었다. 미사키 후지에가 한 짓을 이 여동생은 죄다 알고 있는 모양이다. 나는 그렇다고 대답했다.

"그러면 살해당해도 괜찮지 않나. 유키코 언니에게 그런 지독한 짓을 했으니까."

"하루미!" 어머니가 그리 날카롭지 않은 말투로 꾸짖었다.

"나는 누군가가 오빠 대신 원수를 갚았다고 생각해." 그렇게 말한 하루미는 휙 몸을 돌려 부엌으로 들어갔다. 나는 할 말을 찾지 못해 어머니를 힐끗 본 후 느릿느릿 일어나 거실을 나왔다.

밤이 되자 전화가 자주 울렸다. 우선 뉴스로 사건을 알았다는 친척에게 두 통. 내가 슈분칸고교에 다니고 있어서 걸었던 것이다. 설마 그런 내가 용의자일 줄은 꿈에도 생각하지 못하리라.

그리고 예상대로 장난전화 두 통. "네가 범인이지? 빨리 자수해." 하나는 그렇게 말하고 일방적으로 끊었다. 장난전화라기보다 관계자들의 생각을 대변한 것일지 모른다. 또 다른 하나는 젊은 여성의 목소리였다. "할멈을 죽여줘서 고마워." 이게 더 기분이 나빴다.

아버지는 밤늦게 돌아왔다. 가전메이커의 하청회사라고 해도 경영자로 살려면, 일테면 집에 형사가 찾아온 날이라도 평소와 다름없이 일을 해야만 하는 것이다.

나는 방에서 아버지가 노크하기를 기다렸다. 어차피 또 꼬치꼬치 캐물을 것이라고 각오하고 있었던 것이다. 하지만 아무리 기다려도 아버지는 올라오지 않았다.

다음 날 아침에도 아버지와는 얼굴을 보지 못했다. 내가 옷을 갈아입고 내려갔을 때는 나간 후였다. 식탁 위에 햄에그를 먹은 흔적이 있는 접시가 놓여 있었다.

"아버지는 뭐래? 사건에 대해 얘기했지?" 부엌에서 프라이팬을 들고 있는 어머니에게 물었다.

"아버지도 알고 있더라." 어머니는 나와 하루미의 햄에그를 접시에 놓고 별일 아니라는 듯 말했다.

"아버지가? 빠르네. 뉴스로 봤대?"

"회사로 형사가 왔었대."

"아버지한테? 뭐 하러?"

"너에 대해 물었다고 하더라. 사건이 있었던 날 밤, 아들이 집에서 뭘 했는지, 자세히 알려달라고."

"허……."

그 사람들의 끈질김에 나는 살짝 압도되었다. 가족에게 범인의 알리바이를 묻는 경우 감싸기 위해 거짓말을 할 수 있다. 그러나 동시에 다른 사람을 심문하면 입을 맞출 수 없기 때문에 진실이 드러날 가능성이 있다. 그것을 노린 것일까.

"그래서 아버지는 뭐라고 했어?"

"신경 쓰지 말라더라." 어머니는 나와 하루미 앞에 햄에그를 놓았다.

"소이치를 믿으면 틀림없다고." 그리고 내 얼굴을 보았다.

나는 얼굴을 찡그리고 귓불을 긁었다.

"우와, 소름 돋는 대사네."

"오빠, 그런 말 하면 안 돼." 하루미가 팔꿈치로 내 옆구리를 찔렀다.

나는 포크를 들고 노른자위를 찔렀다.

아침을 먹은 후 신문 사회면을 펼치자 어제 사건이 두 번째로 크게 다루어져 있었다. 유명 현립 고교에서 여교사가 살해당했다—는 식이다. 하지만 헤드라인의 크기와는 대조적으로 기사 내용은 별게 없었다. 학교 측의 함구령이 효과를 발휘한 듯 미야마에 유키코의 사고는 전혀 언급되지 않았다. 교장의 담화—믿을 수 있는 일이 벌어져 놀랐다. 미사키 선생은 교육에 열심이었던 분으로 늦게까지 학교에 남아 있는 경우가 많았다. 어젯밤도 그러고 있다가 괴한에게 당한 것 같다. 학교 안에 범인이 있다고는 생각할 수 없으며 짐작도 가지 않는다―는 대충 이런 내용이다. 잘도 떠드네.

나는 기사를 두 번 읽었다. 두 번째는 마음에 걸리는 부분을 발견했다.

『목에 끈 같은 것으로 졸린 흔적이 있다.』

사체를 설명하는 부분에 이렇게만 적혀 있었다. 파란 리본 얘기는 전혀 나오지 않았다.

이상하다는 생각이 들었다.

이 기사는 아마도, 경찰 측이 제공한 정보를 바탕으로 작성되었을 것이다. 만약 경찰이 사체의 목에 파란 리본이 감겨져 있었다는 것을 발표했다면 신문사 측이 그것을 기사로 쓰지 않았을 리가 없다. 즉 경찰은 흉기가 파란 리본이라는 것을 숨겼다는 소리다. 도대체 왜? 단순한 수사상의 비밀일까?

아무리 생각해도 답이 나올 것 같지 않았기 때문에 나는 신문의 그 부분을 잘라내 주머니에 넣었다.

학교는 어제부터 시작된 심상치 않은 분위기가 계속되고 있었다. 게다가 우리들은 오늘도 음악실에서 수업을 받아야 했다. 내가 음악실에 모습을 드러내자 순간 정적이 찾아온 것 같았다. 니시하라 소이치 범인 설은 어제부터 널리 침투한 듯하다.

수업이 시작될 때까지는 아직 시간이 있었기 때문에 나는 원래 우리 교실이던 3학년 3반으로 갔다. 문에 『허가 없는 자의 출입을 금함』이라고 적힌 종이가 붙어 있었는데 나는 무시하고 안으로 들어갔다. 붙여놓은 종이의 글씨가 담임인 이시베의 것이라는 걸 알았기 때문이다.

교실 안에는 아직도 악취가 남아 있었다. 마치 미사키 후지에의 단말마 같은 고통이 모습을 바꿔 감돌고 있는 것 같아 등줄기에 살짝 소름이 돋았다.

나는 미사키 후지에의 사체가 있었다는 장소로 다가갔다. 창가 가장 앞이다. 혹시 경찰이 그린 하얀 사람 형태가 남아 있지 않을까 생각했는데 깨끗하게 지워진 뒤였다.

칠판 옆의 벽에는 어제 형사가 말한 대로 수납식 가스밸브가 붙어 있었다. 지금은 뚜껑이 닫혀 있다. 나는 지문이 묻지 않도록 조심하면서 뚜껑을 열어봤다. 특별히 이상한 점은 없다. 마개가 닫혀 있었고 입구에는 고무 캡이 달려 있었다.

왜 이게 나와 있었을까?

나는 조금 생각해봤는데 어제 형사에게 말한 것처럼 범인이 가스 중독사를 노린 게 아닐까, 라는 생각밖에 떠오르지 않았다. 그러나 생각해보면 여긴 천연가스를 사용하기 때문에 일산화탄소 중독은 일어나지 않는다. 범인은 그걸 몰랐을까.

나는 사체가 있었던 장소에 서서, 주위를 둘러봤다. 이상한 건 아무것도 없다고 생각했을 때 그것이 눈에 들어왔다. 창이다.

창은 알루미늄 섀시로 지금도 굳게 닫혀 있었지만 그 레일에 흠집이 있었던 것이다. 강력한 힘으로 두드린 것 같은, 몇 센티미터 정도 움푹 팬 곳이 있다. 자세히 보니 3센티미터 정도 떨어진 곳에 똑같은 흔적이 있었다.

뭐지? 그것이 전부터 있었던 흠집인지 아닌지는 잘 모르겠다. 가스밸브도 잊고 있었으니 창가의 흠집까지 기억할 리가 없었다.

나는 원래 자신의 자리로 돌아와 의자를 빼서 앉았다. 그리고 미사키 후지에가 죽은 모습을 상상했다.

그 여교사가 살해당했다는 것도 따지고 보면 이상한 일이다. 불과 한 달 정도까지는 그냥 싫은 교사 중 하나였을 뿐으로 특별히 관심을 가지지도 않고 학생들의 화제에도 오르지 않는, 화장실 방향제 정도의 존재가치밖에 없는 인물이었다. 그런 인물을 일거에 화제의 중심에 올려놓은 것은 다름 아니라 나 자신이었다. 내가 방아쇠를 당긴 탓에 잇따라 미사키 후지에와 학교 측을 비난하는 사람들이 등장했다. 그런데 장본인인 내가 도대체 얼마나 미사키 후지에를 증오하고 있었느냐고 하면 솔직히 말해 스스로도 잘 모르겠다. 처음 항의했을 때도 마음속의 나는 상대인 미사키 후지에가 아니라 나 자신의 모습을 바라보고 있었다. 미야마에 유키코의 연인으로서의 의무를 다하는 것에만 모든 정신을 집중했다.

그렇게 화제의 인물이 된 미사키 후지에가 마침 이런 상황에 살해되었다. 이를 어떻게 생각해야 할까? 전부터 쭉 증오를 품고 있던 인물이 이런 분위기에 편승해 해치운 것일까.

내가 그런 생각에 빠져 있는데 갑자기 입구의 문이 활짝 열렸다.

"어이, 거기서 뭐 하고 있나?" 화가 났다기보다 상당히 겁에 질린 것 같은 말투로 우리 담임인 이시베가 소리쳤다. "여기 들어오면 안 돼. 이런 데 와서 뭘 할 생각이었니?"

뭘 할 생각—이런 말을 한다는 것은 나를 의심하기 때문이겠지.

"아무것도 안 합니다." 나는 일어났다. "잠깐 상황을 보러 왔을 뿐입니다."

"아무것도 만지지 않았겠지?" 이시베는 사체가 있었던 근처를 이리저리 봤다.

"만지지 않았습니다. 그냥 앉아 있었죠." 나는 이시베의 옆을 지나쳐 복도로 나왔다. 이시베의 목소리가 들렸는지 옆 교실에서 얼굴을 내민 바보가 있었다.

음악실로 돌아가는 도중, 수업 시작종이 울렸다. 내 바로 뒤를 따라 이시베가 들어왔다.

짧은 조례에서 이시베는 여전히 사무적인 얘기만 했다. 검진 예정이라거나 진로 지도 같은 얘기였다. 대부분의 학생은 그걸로 충분하겠지만 구경꾼 근성을 가진 녀석들이 늘 한두 명은 있는 법이다. 예상대로 이시베가 말을 끝내자마자 이런 질문이 날아들었다.

"사건에 대해 좀 아세요?" 나카오였다. 자신이 사체를 발견한 사람이라는 프라이드가 있어서 수사의 진척 상황을 모른다는 게 영 탐탁지 않은 모양이다.

이시베는 노골적으로 짜증나는 얼굴을 했지만 그래도 무시할 수는 없다고 생각했는지 아무렇지 않게 말했다. "신문을 읽었겠지. 거기에 적힌 게 다야."

"하지만 신문에는……." 거기까지 말하고 나카오는 입을 다물고 살짝 고개를 돌려 어깨 너머로 나를 봤다. 하지만 신문에는 미야마에의 사고에 대해서는 실리지 않았다고 얘기하고 싶었을 것이다.

"신문에 추측은 실리지 않아." 이시베도 나카오가 무슨 말을 하고 싶었는지 알았던 듯 분명하게 이렇게 말했다. "신문에는 확실한 것만 실린다. 실리지 않았다는 것은 사실이 아니라는 소리지. 알겠나?"

"아……." 전혀 납득하지 못한 얼굴로 나카오가 끄덕였다.

이시베가 나간 후 평소와 마찬가지로 교실이 시끄러워졌지만 모두 내가 있다는 걸 떠올렸는지 바로 또 조용해졌다.

나는 구석자리에서 턱을 괴고 멍하니 창밖을 봤다. 그때 문득 머리를 스치는 것이 있었다. 방금 전 이시베가 한 말이다. 신문에 실리는 것은 확실한 것, 실리지 않았다는 것은 사실이 아니라는 소리—.

내가 오늘 아침 잘라냈던 신문 기사를 주머니에서 꺼냈다.

흉기가 여자용 체조 리본이라는 사실은 어디에도 적혀 있지 않았다. 그것은 그렇게 단언할 수 없었기 때문이 아닐까.

TV의 두 시간짜리 특집 드라마에서 본 적이 있다. 교살의 경우 흉기도 거의 특정할 수 있다고 했다. 그 흔적이 체조 리본과 일치하지 않았던 게 아닐까.

나는 자신의 왼손을 봤다. 지금은 감고 있지 않았지만 내 테이핑 테이프에 대해 형사는 끈질기게 조사했다.

교살의 흔적이 테이프와 일치했던 게 아닐까.

그러나 그런 바보 같은 일이 있을 리 없다고 생각한다. 범인이 우연히 내가 감고 있던 것과 같은 테이프를 흉기로 골랐을까.

아니, 그렇지 않다. 범인은 일부러 테이핑 테이프를 사용했던 것이다. 그 이유는 물론, 나를 범인으로 몰기 위해서다.

4

지루한 수업을 흘려들으면서 나는 테이핑 테이프에 대해 생각했다.

만약 불길한 상상이 적중해 테이프가 흉기로 사용되었다면—.

내가 왼손을 다친 것은 형사에게도 말했듯 아침 훈련에서 프리 배팅을 할 때였다. 공을 던진 사람은 2학년 부원이었다. 외야수에서 전향한 지 얼마 안 되어 컨트롤에 문제가 있는 게 사실이다. 몇 번째 공이었더라, 던진 변화구가 내 왼손을 직격했다. 나는 그 자리에 웅크리고 앉았다.

끊임없이 사과하는 2학년 투수에게 신경 쓰지 말라고 하고 나는 보건실로 갔다. 괜찮다고 했지만 나라사키 가오루가 따라왔다.

막 출근한 후루야 선생이 부상 정도를 봐주었다. 뼈에는 이상이 없고 단순한 타박상일 거라고 진단했다. 그래도 왼손을 움직일 때마다 아팠기 때문에 파스를 붙이고 그 위를 테이프로 고정했다. 그리고 그 후 운동장으로 돌아와 연습을 재개했다. 하지만 타격 연습은 힘들어서 수비 연습만 했지만.

그 후 나는 내내 손목에 테이프를 감고 있었다. 수업 중에도 마찬가지였다. 그 정도의 부상을 당한 운동부원은 얼마든지 있었기 때문에 아무도 신경을 쓰는 것 같지 않았다.

하지만 범인은 달랐다.

범인만은 내 손목에 감긴 테이프에 주목했던 것이다. 그리고 흉기로 사용하기로 했다. 미사키 후지에가 테이핑 테이프로 목이 졸리면 우선 누구나 나를 의심할 테니까.

그런데 범인은 어떻게 테이프를 입수했을까. 후루야 선생이 말했듯 내게 감아준 사이즈의 테이프는 보건실에서는 동이 났다. 그렇다면 범인이 스스로 샀다는 말이 된다. 큰 약국이라면 어디든 테이핑 테이프 정도는 갖추고 있으니까 그 자체는 별일이 아니다.

다만 테이프의 종류는 문제이다. 메이커가 다르면 당연한 거지만 같은 메이커라도 신축성의 유무 등 테이프에 따라 차이가 있다. 범인은 내게 죄를 씌울 생각이었으므로 테이프 종류가 다르면 의미가 없다.

여기서 나는 어젯밤, 형사가 물었던 질문을 떠올렸다. "테이프를 자세히 보여달라는 사람은 없었니?"라는 질문이다. 그 사람들도 역시 범인이 어떻게 내가 사용한 테이프 종류를 알았는지를 생각했을지 모른다. 하지만 아무리 테이프를 열심히 본다고 해도 그와 같은 제품을 약국에서 사는 일은 지난한 일이라는 생각이 들었다.

간단하게 테이프 종류를 알 방법은 없을까?

하나 생각나는 게 있다. 후루야 선생이 테이프 상자를 경찰에게 넘겼다고 했다. 경찰에게 넘긴 것은 아무래도 상관없다. 중요한 것은 빈 상자가 보건실에 놓여 있었다는 사실이다. 범인이 그것을 보고 테이프의 종류를 알아냈다고 생각할 수 없을까?

그럴 수 있다는 게 내 결론이었다. 왜냐면 범인은 재빨리 테이프를 손에 넣기 위해 우선은 보건실에 숨어 들어가야겠다고 생각했을 것이기 때문이다. 숨어 들어간다는 말은 너무 과장이지만 실행은 그리 힘들지 않았을 것이다. 후루야 선생도 보건실을 비울 때가 있으니까 그 틈을 이용하면 된다. 들켜도 별일 아니다. 보건실은 누구나 드나들 수 있다.

범인은 테이프를 입수할 순 없었지만 빈 상자는 발견했다. 그래서 그 이름과 종류를 확인하고 수업이 끝난 후 약국으로 갔다―.

나는 그 추리를 다시 한 번 처음부터 체크했다. 어떤 각도에서 봐도 빈틈이 있는 것 같지 않았다. 좋았어, 하고 나는 속으로 끄덕였다. 범인은 이렇게 테이프를 입수했다. 자, 그러면 어떻게 미사키를 죽였을까?

범인은 테이프를 가지고 있다가 3학년 3반 교실에서 미사키와 만났다. 수위가 보지 못했다고 하니 둘은 아마도 체육관 뒤 비밀통로를 이용했으리라.

틈을 봐 범인은 미사키를 테이프로 목을 졸라 죽였다. 말할 것도 없이 충동적인 살인이 아니다. 처음부터 죽일 작정이었기 때문에 흉기를 준비했던 것이다.

죽인 후 범인은 어떻게 행동했을까. 바로 도망쳤을까? 아니, 아니다. 그 전에 우선 테이프를 회수했다.

범인은 왜 테이프를 그대로 두지 않았을까. 내게 죄를 뒤집어씌울 생각이었다면 그대로 두는 게 당연하지 않을까.

아니, 그렇지 않다.

역시 회수할 필요가 있다. 그렇지 않으면 사체의 목과 내 왼 손목과 두 개의 장소에 테이프가 존재한다. 이래서는 나를 함정에 빠뜨릴 수 없다.

범인은 테이프를 회수하고 대신 체조 리본을 사체에 감아두었다. 이 이유도 쉽게 상상할 수 있다. 범인은 리본이 흉기가 아니라는 것을 경찰이 쉽게 간파할 거라는 사실을 알고 있었다. 게다가 내 사정 청취 때 경찰에 내가 감고 있는 테이프를 보게 될 것이라는 것도 예상했다—.

완벽하다. 나는 내 추리에 경악했다. 아니, 완벽한 것은 범인의 목적이다. 만약 이 추리가 맞는다면 나는 아주 멋지게 함정에 빠진다.

이런 일까지 하면서 범인은 왜 내게 죄를 뒤집어씌우려고 했을까?

단순히 경찰의 눈을 피하기 위해?

아니면 미사키를 증오함과 동시에 나에 대해서도 증오를 안고 있어서?

두 번째 가능성에 대해 생각하고 있으려니 아무래도 우울해졌다. 나는 턱을 괴고 생각에 빠졌다. 옆에서 보면 어려운 수학 문제라도 푸는 것처럼 보일지 모른다.

4교시 수업이 시작되기 조금 전에 학급위원이 칠판 구석에 미사키 후지에의 조문에 대한 알림을 적었다. 나는 무시했지만 놀랍게도 열심히 메모하는 학생이 꽤 있었다. 재빨리 같이 가자고 사람을 모으는 사람도 있었다. 유키코의 조문 때는 모른 척하던 녀석들이다.

"어? 그런 데 갈 거야?" 한 학생이 칠판 앞에 모여 있는 아이들에게 말을 걸었다.

"그야, 뭐. 안 가면 안 돼. 무슨 소리를 들을지 모른다고." 이렇게 대답한 사람이 나카오였다. 나카오는 무슨 말을 더 하려고 했는데 내 시선을 알아차린 듯 자석이 잡아당긴 것처럼 입을 다물었다. 그리고 등을 돌리고 소곤소곤 조그만 목소리로 뭐라고 속삭였다.

그렇구나. 나는 깨달았다. 놈들은 놈들 나름대로 목표가 있다. 아마도 교사들은 조문을 오는 학생들을 체크할 것이다. 아니, 정확하게는 오지 않은 학생의 명단을 작성하겠지. 그 명단이 앞으로 어떻게 활용될지는 나도 모른다. 하지만 학생 입장에서는 그런 데 이름을 남겨 이상하게 찍히고 싶지 않은 게 당연하다.

"그리고 그 선생도 나쁜 사람은 아니었으니까." 그런 목소리가 칠판 앞에 모인 학생들 속에서 나왔다.

이 이야기를 점심시간에 식당에서 나라사키 가오루와 가와이 가즈마사에게 들려주자 "그럴 수가!"라며 테이블을 쿵 하고 내리쳤다.

"우리 반도 마찬가지야. 유키코의 일로 이제까지 같이 항의 활동을 해온 애가 갑자기 미사키 아줌마를 동정적으로 말하기 시작했다니까. 이게 말이 되니? 정말 저렇게 쉽게 변하다니 어이가 없더라. 죽으면 죄다 좋은 사람이 되나봐. 정말 열 받아."

"하지만 대부분 그렇잖아." 가오루와는 대조적으로 가와이는 차분하게 말했다. "항의 활동이라고 해도 진심으로 화가 나 있던 사람이 과연 얼마나 있었을지는 의심스러워. 편승해 평소의 불만을 발산했던 게 아닐까. 그런 녀석들은 얘기가 이상해지면 도망을 치지. 불꽃이 튀기 전에 말이야."

"그야 구경꾼이 대부분이라는 건 알고 있었어. 하지만 미사키에게 진심으로 화를 안 낸 건 아닐 거야."

"그건 너무 안일한 생각이야." 가와이는 냉정하게 단언했다. "이 학교 안에서 유키코 일로 정말 화가 난 사람은 가오루와 나, 그리고 물론" 하고 이쪽을 봤다. "니시하라. 이 세 사람뿐이야. 야구부 녀석들도 어디까지가 진심인지 몰라."

"너무해. 친구를 믿고 싶어." 가오루는 조금 슬픈 표정을 지었다.

"그 녀석들이 거짓말을 한다거나 연기하고 있다는 말이 아니야. 그 녀석들은 녀석들대로 화를 내고 있다고 생각해. 하지만 역시 그것은 우리들의 마음과는 조금 달라." 가와이는 플라스틱 찻잔에 든 밍밍한 차를 다 마시고 말을 이었다. "진심이 된다는 건 큰일이야. 진심으로 계속 화를 낸다는 일은. 자신을 버려야 하는 때야. 그런 의미에서 나와 가오루도 니시하라 정도는 아니겠지."

"그건 아니야." 내가 서둘러 부정했다.

"아니, 그럴 수 있다고 생각해." 가와이가 진지한 얼굴로 말했다.

아마 진심으로 그렇게 말하고 있겠지만 이 녀석의 이런 대사는 내 마음을 쿡쿡 찔러댔다. 나는 도망치고 싶어졌다.

"부탁이니까 그런 말은 하지 마라." 신음하듯 말했다.

그러자 무슨 생각을 했는지 가와이가 조금 틈을 두고 말했다.

"미안. 물론 나도 너에게 지지 않을 정도로 화를 내야 한다고 생각해."

아무래도 내 기분을 상하게 했다고 생각한 모양이다.

"어쨌든 다른 사람에게는 너무 기대하지 말아야겠다." 가오루가 정리하듯 말했다. "그런데 오늘은 형사는 안 오나?"

"아니, 왔어." 가와이가 목소리를 떨어뜨렸다. "3교시가 끝난 후 회의실로 불려갔어. 형사 둘이 있더라. 내가 가니까 요시오카가 마침 방에서 나오고 있었어."

야구부원을 조사하고 있는 모양이다.

"뭘 물었어?"

"대단한 건 아니야. 미사키가 살해당한 데 대해 무슨 짐작 가는 게 있느냐고. 유키코 사고와 관련이 있다고 생각하느냐고. 짐작 가는 건 없고 유키코 사고와 관계가 있는지는 잘 모르겠다고 대답했어. 아, 그리고 너와 유키코의 관계를 언제부터 알고 있었는지도 묻더라."

"그래서?"

"사실대로 말했지. 관계를 안 것은 최근이지만 유키코가 니시하라를 좋아하는 것은 훨씬 전에 알았다고." 그리고 가와이는 내 얼굴을 봤다. "곤란한 얘기인가?"

"아니야. 그렇지 않아." 나는 서둘러 고개를 저었다.

"형사는 여전히 니시하라를 의심하는 거야?" 가오루가 말했다.

"아마도." 나는 두 사람에게 테이핑 테이프가 흉기로 사용되었을 가능성에 대해 말했다. 예상대로 두 사람의 눈이 커졌다.

"범인은 너를 함정에 빠뜨리려고 했다?"

"그럴 가능성이 높아." 나는 가와이에게 고개를 끄덕여 보였다.

점심시간이 끝났다는 종소리가 났기 때문에 우리들은 자리에서 일어났다. 셋이 나란히 학교 건물로 향하는 공중 복도를 걷고 있는데 앞에서 한 여학생이 이쪽으로 다가왔다. 우리들은 걸음을 멈췄다.

그 여자애는 가오루 옆으로 갔다. 나를 의식하면서 가오루의 귓가에 뭐라고 속삭였다.

"지금 당장?" 가오루가 상대에게 물었다. 상대 여자애가 고개를
끄덕였다.

가오루는 내 얼굴을 보고 과장스럽게 어깨를 으쓱해 보였다.
"이번에는 내가 불려갈 차례인가 봐. 형사가 보자는데."

어제와 마찬가지로 제대로 수업이 이루어지지 못한 채 하루가
지나갔다. 당연히 클럽 활동도 중지였다. 교사들이 전부 미사키
후지에의 조문에 가기 때문에 어쩔 수 없다.

방과 후, 가방을 안고 교실을 나오는데 옆에서 이름이 불렸다.
야구부 감독인 나가오카가 서 있었다.

"오늘 조문, 가지?" 복도 끝으로 이동하자 목소리를 낮춰 물어
왔다.

"조문?" 나는 감독의 얼굴을 봤다. "아니오. 갈 생각 없는데요."

그러자 감독은 살짝 미간을 좁히고 주위를 살핀 후 얼굴을 가까
이 댔다.

"그런 말 하지 말고 가거라. 가는 게 좋아."

"왜요?"

"왜라니……. 안 가면 이상한 오해를 받을 거야."

"범인이라 오지 않는다고요?"

그렇다고 대답하는 대신 감독은 침묵했다. 나는 웃어 보였다.

"그렇게 말하고 싶으면 하라고 하세요. 게다가 가도 무슨 소리

를 들을지 몰라요. 마찬가지예요."

"아니, 그렇진 않을 거다. 마음을 담아 분향하면 틀림없이 보는 사람들에게 전해질 거야."

나는 감독이 놀리는 게 아닐까 싶어 그의 얼굴을 뚫어져라 봤다. 하지만 아무래도 놀리는 것 같지 않아 그만 웃기로 했다. 지금 진지한 얼굴로 이런 말을 할 수 있는 신경을 나는 조금도 이해할 수 없었다. 이제 막 대학을 나온 신입 교사가 인간관계에 대해 괜한 조언을 하려고 하면 이런 꼴이 된다.

"신경 써주셔서 고맙지만 감독님, 그 사람에게 마음을 담아 분향하는 일 같은 거, 제게는 불가능합니다."

"그러지 말고 죽은 사람을 추모하는 마음을 가질 수 없겠니?"

그게 무슨 소리지—나는 가오루의 "죽으면 죄다 좋은 사람"이라는 말을 떠올렸다.

"좀 봐주세요." 내가 말했다.

"아무래도 싫으니?"

"정말 싫습니다."

"형태만 갖춰도 되는데." 거기까지 말했을 때 조금 전의 한심한 말과 모순이 된다고 생각했는지 감독은 얼굴을 찡그렸다. "사실은 교장과 교감의 부탁을 받았다. 너를 조문에 오게 하라고. 네 담임인 이시베가 꼬리를 감추니까 내게 온 거지."

"그럴 거라고 생각했습니다."

"교장을 비롯한 사람들은 이번 사건과 미야마에의 사고는 관계가 없다는 것을 세상에 어필하고 싶을 거야. 네가 미사키 선생의 조문에 참석하면 그 건은 일단락되었다는 인상을 줄 테니까."

"일단락되지 않았습니다." 내가 말했다. "아무것도 일단락된 게 없어요."

"그렇지……." 감독은 시선을 떨어뜨렸다. 유키코의 사고에서 자신이 아무 일도 하지 않은 것에 대해 죄책감이 있을지도 모른다. 하지만 나는 이 사람을 원망할 마음이 전혀 없었다. 학창시절에 야구를 했다는 이유만으로 4월부터 느닷없이 야구부의 지도교사가 되었다. 게다가 이런 복잡한 사건에 휘말렸으니 이 사람도 피해자이다.

"제가 조문을 가지 않으면 감독님이 교장에게 잔소리를 듣나요?"

"아니야. 그렇지는 않아." 나가오카 감독은 일부러 잔뜩 힘을 주고 고개를 저었다. "어디까지나 개인의 자유니까. 알았어. 더는 억지로 가라는 말은 하지 않으마. 대신 이렇게 얘기하면 이상하지만." 또 주위를 둘러보고 목소리를 낮췄다. "혹시 고민이 되거나 망설여지는 일이 있으면 언제든지 와서 상담해주라. 얼마나 도움이 될지는 모르지만."

"아, 네." 그런 말이 신임 교사의 입에서 나올 줄은 몰랐기 때문에 나는 살짝 당황하면서 고개를 끄덕였다.

"어쨌든 나는 너를 믿어." 감독은 내 어깨를 두드렸다.

듣는 사람이 더 부끄러워질 것 같은 말에 저도 모르게 웃음이 터질 뻔했는데 귀엽기도 해서 최대한 참았다.

감독과 헤어져 1층 현관에서 실내화로 갈아 신고 있는데 이번에는 나라사키 가오루가 나타났다. 갑자기 모든 사람이 내게 용건이 생긴 것 같아 어쩐지 우스웠다.

"나가 짱과 무슨 말을 했어?" 가오루가 불안하게 물었다. 우리들을 보고 있었나보다. 그녀는 나가오카 선생을 감독이라고 부르지 않는다. "설마 활동을 쉬라는 건 아니겠지?"

"아니야. 별거 아니었어. 그보다 왜?"

"아, 형사의 취조 내용을 얘기해주려고."

"취조가 아니라 질문을 받은 것뿐이잖아. 형사는 둘?"

"한 사람이었어. 구릿빛 피부에 약간 마른 체형의 형사."

"미조구치란 사람이야." 얼굴을 떠올리며 내가 말했다. "그래서 뭐라고 물어?"

"우선은 말이야, 미사키 선생에게 뭘 하고 싶었느냐는 질문이었어."

"뭘 하고 싶어?"

"우리들, 유키코 일로 여러 항의 활동을 했잖아. 그 내용을 알려달라더라. 그래서 수업 보이콧이나 편지와 팩스 공세 같은 걸 말했어. 옆에 교사도 없었고 학교에는 절대 비밀로 해준다고 했으니까."

"팩스 공세? 그게 뭐야?"

"어머, 몰랐어? 직원실 팩스에 항의문을 보냈어. 그것도 여러 장을 수없이."

"대단하다." 그런 일을 했다는 건 처음 듣는다.

"남자애들과 달리 우리는 한다면 철저히 한다고." 그렇게 말하고 가오루는 조금 험악한 표정을 지었지만 곧 한숨을 쉬었다. "가와이가 말한 것처럼 조금 게임 같은 느낌으로 한 애도 적지 않았지만."

"그 말을 듣고 형사는 뭐래?"

"그런 항의에 대해 미사키 선생은 어떻게 반론했느냐고 물었어. 그래서 나는 나 자신은 잘못한 게 하나도 없다고 계속 우겼다고 말했어. 그야 사실이니까."

그 점은 나도 잘 알고 있기 때문에 잠자코 고개만 끄덕였다.

"그리고 문제는 이제부터야." 가오루는 핑크색 혀를 내밀어 입술을 핥았다. "형사 말로는 미사키 아줌마는 우리들 활동을 불쾌하게는 생각했지만 그다지 신경 쓰지는 않았다고 해. 그런 일은 곧 없어질 거라고 교무실에서 얘기했다더라. 그런 여유가 어디에서 오는지 짐작 가는 데가 있느냐고 물었지만 모른다고 대답할 수밖에 없었어."

"미사키가 그런 말을 했다고? 괜히 센 척하는 거 아니었을까."

"나도 그렇게 말했는데 형사는 납득하는 얼굴이 아니었어. 미사키 아줌마가 이렇게 말했대. 지금은 학생들이 니시하라라는 학생을 영웅시하고 있지만 정체가 드러나는 것도 시간문제라고. 그러면 난리를 치던 녀석들도 조용해질 거라고."

"정체를 드러내?" 내가 신음했다. "정말 심하네."

"무슨 소리냐고 형사가 물었어. 하지만 나도 알 도리가 없잖아. 어차피 특별한 근거도 없이 그런 말을 했다고 생각하지만." 가오루가 슬쩍 나를 올려다보며 말했다. "어떻게 생각해?"

"기분 나빠." 나는 솔직한 심정을 말했다. 이런 소리를 들으면 누구라도 그러리라. "내 정체라는 게 뭘까?"

설마 미사키 후지에가 나와 유키코의 관계가 정말 어땠는지를 알았다고는 생각할 수 없었다.

"내 성적을 공개하면 확실히 평판은 떨어지겠지만."

"아무도 니시하라의 성적 같은 거 기대 안 해. 그보다 미사키 아줌마는 어떤 약점을 잡았던 게 아닐까?"

"그런 거 없어."

"응. 그럼 됐어. 그건 아무래도 허풍이었던 것 같아." 스스로를 납득시키듯 가오루가 응응 하고 고개를 끄덕였다.

"형사가 물어본 건 그게 다야?"

내가 묻자 가오루는 순간 숨을 멈추듯 침묵한 후 말했다.

"그리고 하나 더, 한심한 게."

"뭔데?"

"그게 정말 이상해. 신경 쓰지 마."

"그게 뭔데? 그렇게 말하니까 괜히 신경이 쓰인다. 형사가 뭐라고 했는데?"

"그게 말이야. 그게." 가오루는 우물쭈물한 후 조심스럽게 입을 열었다. "니시하라와 유키코의 사이가 어땠냐고?"

"우리들 사이?" 나는 흠칫 놀랐다. "그게 무슨 의미지?"

"나도 그렇게 물었어. 그게 무슨 의미냐고? 그랬더니 그 형사, 이상한 말을 했어. 니시하라가 진심으로 사귄 게 맞느냐고."

"어…….." 이번에는 등줄기에 오한이 생겼다. 어떤 조짐도 없이 급소를 찔렸기 때문이다.

"웃기지도 않지. 무슨 말도 안 되는 소리를 하나 했어. 적당히 사귀는 정도였다면 유키코가 죽었을 때 모른 체했겠지." 내 동요를 알아차리지 못한 듯 가오루는 화를 내며 말했다. "그렇게 말했더니 형사는 그런 것치고는 둘의 관계를 사람들이 몰랐던 것은 왜 그러냐고 묻더라. 그래서 너무 분해 나는 전부터 내내 알고 있었다고 대답했어. 1년쯤 전에 유키코에게 들었다고. 하지만 부의 통솔에 영향을 줄지 몰라 말하지 않았다고. 그런데도 그 형사, 왠지 내 말을 납득하는 것 같지 않았어. 기분 나빠."

"형사는 왜 그런 데 집착할까?" 나는 아무렇지 않은 척하고 말했다.

"글쎄. 그냥 그러는 거 아닐까." 가오루가 말을 던졌다. "형사의 질문은 그게 다야. 괜한 말까지 한 것 같아서 미안." 고개를 꾸벅 숙였다.

가오루와 헤어져 집으로 돌아오는 도중, 나는 전차 안에서 그녀에게 들은 얘기를 생각해봤다. 정체라는 말도 마음에 걸리지만 그보다 그 뒤의 이야기가 더 찜찜했다.

미조구치 형사는 왜 나와 유키코의 관계에 의문을 품기 시작했을까? 또 그것을 이번 사건과 어떻게 연결할 생각인가?

그 대답은 알 수 없었지만 어쨌든 골치 아프게 되었다. 경찰은 일단 의심을 품으면 철저하게 조사할 것이다. 경우에 따라서는 숨겨야만 하는 것까지 밝혀질 우려가 있다.

조심해야만 한다. 하지만 무엇을 어떻게 조심하면 될까.

5

미사키 후지에의 사체 발견으로부터 일주일이 지났다. 드디어 학교 전체가 전처럼 기능하기 시작했다. 물론 이 평온함이 겉보기에 불과하다는 사실은 누구나 잘 알고 있다. 우리들이 아는 바로는 사건과 관련된 새로운 사실은 없었다. 즉 수사가 제대로 진척되고 있지 않다는 것이다.

하지만 학교에는 매일 몇 명의 형사가 찾아와 그들 나름대로 여러모로 조사하고 있는 듯하다. 뭘 조사하는지는 모른다. 학생들 앞에 너무 자주 나타나면 안 된다고 생각했는지 우리들 눈에 띄는 일은 거의 없었다.

학생과 교사들의 사정 청취도 일단 끝난 것 같다. 우리 집에 형사가 찾아오는 일도 없어졌다. 감시를 당한다거나 미행을 당한다는 감각도 지금은 거의 없다. 그렇다고 나에 대한 혐의가 사라진 것 같진 않지만.

내가 미조구치 형사를 발견한 것은 그날 점심시간에 창으로 멍하니 밖을 보고 있을 때였다. 우리들의 임시 교실은 음악실에서 시청각실로 바뀌어 있었다.

미조구치 형사는 학교 건물 뒤에 있는 연못 옆에서 어슬렁거리며 걸어 다니거나 때로는 웅크리고 앉아 있었다. 건물 벽면이나 땅의 흙을 만지기도 했다.

뭘 하고 있지 하는 생각에 나는 자리에서 일어났다.

밖으로 나와 학교 건물 뒤로 돌아가니 미조구치 형사는 이번에는 건물 벽에 서서 곧바로 위를 올려다보고 있었다. 내 발소리를 들었는지 형사는 이쪽을 봤다. 조금 전까지의 심각한 표정이 마치 얼음 녹듯 풀어졌다.

"아!" 형사가 말했다. "오랜만이네."

"뭘 하세요?" 내가 물었다.

미조구치 형사는 후후 하고 웃고 어깨를 흔들었다. "잠깐 산책하고 있을 뿐이야. 기분전환도 필요하니까. 여기는 연못도 있어서."

"감상할 정도는 아닌 것 같은데요." 나는 썩은 빛깔을 하고 있는 연못으로 시선을 보내며 말했다. 연못이라기보다 직경 몇 미터의 단순한 물웅덩이였다. 울타리 같은 것도 전혀 없어서 어두워진 후 근처를 걷는 일은 위험하다. 옛날에는 몇 명인가 실수로 떨어졌다고 한다.

"이 연못에 뭔가 살지 않나?"

"옛날에는 잉어를 기른 적이 있다는데."

몇 대 전 교장이 이 건물 뒤를 요정 같은 데 종종 있는 일본 정원처럼 만들려고 생각했던 모양이다. 그런데 연못을 만들고 얼마 후 그 교장이 뇌졸중으로 죽어버렸기 때문에 계획은 중단되었다. 아무도 학교 안에 일본 정원이 생기길 바라지 않았던 것이다. 그런 과거를 설명한 후 나는 말했다. "모기 유충인 장구벌레 정도는 살고 있을지 모릅니다."

"그건 싫은데." 형사는 연못에서 두세 걸음 물러났다.

나는 학교 건물 옆에 서서, 조금 전 형사가 했던 것처럼 위를 봤다. 그러자 그 장소에 어떤 의미가 있는지, 금방 알 수 있었다.

"이거였나?" 나는 고개를 끄덕이고 형사의 얼굴을 봤다. "여기는 우리 교실, 그러니까 미사키가 죽은 현장의 바로 아래네요."

하지만 미조구치 형사는 표정 하나 바꾸지 않았다. 다시 위를 보고 얼버무렸다.

"아? 그런가? 이거 참 우연이네."

"조금 전 땅을 보고 있었던 것 같은데요."

"땅?" 미조구치 형사는 일부러 과장되게 눈썹을 찌푸렸다. "땅을 보고 있었다니, 무슨 소리야?"

나는 한숨을 쉬었다. 드라마에서는 이쯤에서 형사가 술술 단서에 대해 떠들 텐데 눈앞에 있는 사람은 진짜 형사였던 것이다.

화제를 바꿔보기로 했다.

"요즘에는 제게 미행이 붙질 않아요. 혐의가 풀렸나요?"

반쯤 비아냥거리는 거였고 반쯤은 정보 수집을 위한 질문이었다.

형사는 얼굴의 오른쪽 반만 움직여 웃는다.

"의심스러우니까 미행을 붙이고, 의심하지 않아서 미행을 푸는 일은 없어."

"그렇군요." 나도 지지 않고 한쪽 뺨을 일그러뜨렸다. "형사님이 질문을 던지는 일도 없어져서 의심이 풀렸다고 생각했습니다."

"질문은 이제부터야. 기대하게." 미조구치 형사는 내 어깨를 툭툭 쳤다. "그러고 보니 자네에 대한 재미있는 이야기를 들었어."

"왜요?" 나는 긴장했다.

"자네는 에콜로지에 관심이 있었던 것 같더군?"

"에콜로지? 지구 환경을 지키자, 이런 거요?" 나는 웃음을 터뜨리고 말았다. "누가 그런 소리를 했나요?"

"자네의 1학년 때 동급생이야. 그룹으로 수행하는 자유 연구에서 너희들 반에서는 '지구의 물이 위험하다'라는 테마를 맡았다고 하더군. 그 테마를 제안한 것도 자네였고 그 후에도 상당히 적극적으로 나섰다는데. 내게 말해준 사람 말로는 자네가 야구 말고 그토록 열심인 것을 본 적이 없다고 하던데."

"그랬나?" 나는 고개를 돌렸다. "별로 생각나지 않지만."

"무슨 사연이라도 있나?"

"아니요." 나는 흘낏 형사를 봤다. "기분이 좋진 않네요. 그런 옛날 얘기까지 파헤쳐지다니."

"미안하지만 이것도 일이라." 형사는 일부러 눈썹을 늘어뜨린 후 문득 생각났다는 듯 내 왼쪽 손목을 봤다. "손목은 이제 괜찮나?"

테이핑을 하지 않고 있는 걸 발견한 모양이다. 나는 왼손을 흔들어 보였다.

"아직은 조금 아프지만 그럭저럭. 제 부상을 상당히 신경 쓰시네요. 아니면 테이프가 문제인가요?" 탐색을 시작했다.

"무슨 뜻이지?" 여기서도 형사는 얼버무렸지만 눈이 조금 날카로워졌다.

"묻고 싶은 게 있습니다." 기가 죽지 않으려고 정면으로 응시하며 말했다. "테이핑 테이프에는 대개 한쪽 면에 접착제가 붙어 있습니다. 그러므로 범인은 접착면을 서로 붙여서, 그러니까 둘로 길게 접어 사용했을 것 같은데 아닙니까?"

미조구치 형사의 얼굴에 확연히 반응이 왔다. 그것을 내가 놓치지 않았던 것은 본인도 알았을 텐데 형사는 그렇게 쉽게 속내를 털어놓지 않았다.

"무슨 소릴 하는지 잘 모르겠다."

"흉기는 테이핑 테이프죠? 체조용 리본이 아니라."

그러자 형사는 옆을 보고 코 아래를 검지로 문질렀다.

"왜 그렇게 생각하지?"

"왜냐고요? 저를 완전히 바보로 아시네요. 저는 형사님이 생각하는 만큼 둔하지 않아요. 그렇게 제 테이핑 테이프에 집착하시니 거기에 뭔가 있겠구나 생각하는 것은 당연하죠." 그리고 나는 어떤 신문을 읽어도 흉기가 리본이라고 단정되지 않았던 점을 지적했다.

"과연, 신문기사라." 형사는 여전히 한쪽 뺨으로만 쓴웃음을 지었다. "네가 말한 대로야. 너는 우리 생각만큼 둔하지 않군."

"흉기는 테이핑 테이프죠."

"글쎄, 어떨까." 형사는 일부러 크게 고개를 기울였다.

"어느 정도는 정보를 제공할 의무가 있다고 생각하는데요." 나는 형사를 노려봤다.

"아이고, 그렇게 무서운 얼굴을 하지 마라. 이 일을 하다보면 웬만해선 떠들지 않는 체질이 된단다. 예외도 있지만 말이야." 그리고 형사는 헛기침을 한 번 했다. "언젠가 발표될 테니까 사실만 알려주지. 확실히 리본은 흉기가 아니야. 그건 검시 단계부터 알았어. 아, 검시라고 아니?"

"압니다. 사체를 조사하는 거죠."

"그건 아무리 입회해도 익숙해지지가 않아." 형사는 진저리나는 표정을 지었다. "그 검시 때 이미 교살흔과 리본이 일치하지 않는 것으로 판명되었어. 폭이 미묘하게 달랐고 표면 상태도 차이가 났다. 띠 모양이라는 것은 맞지만 일단 리본은 아니었어."

"그래서 조사한 결과 테이핑 테이프라는 것으로 판명되었다."

"그건 단언할 수 없어." 미조구치 형사는 고개를 저었다. "교살흔과 조합했을 때 모순이 없다는 것뿐이야. 교살흔의 폭은 약 19밀리미터. 이것은 네가 아까 말한 대로 테이프를 세로로 한번 접은 폭과 같아. 그러나 완전히 확정된 것은 아니야. 다른, 생각지도 못한 것이 흉기일지도 모르지."

"신중하네요."

"습성이지." 형사가 싱글거렸다.

"어쨌든 제게 불리한 이야기인 것은 확실합니다. 형사님이 저를
의심하는 것도 무리는 아니에요."

"우리 입장을 이해하는 것 같구나."

"하지만 저는 아닙니다." 분명하게 말했다. "누군가 저를 함정에
빠뜨리려고 했어요."

"흠." 형사는 다시 코 밑을 긁었다. "일단 명심해두지. 그리고 흉
기 얘기는 최대한 발설하지 마라."

"말 안 해요."

그것이 오히려 네게 도움이 될 거라고 말하는 듯한 표정을 짓고
형사는 일단 걷기 시작했다. 하지만 바로 다시 돌아왔다. "네가 보
여줬으면 하는 게 있다." 의미심장하게 웃는다.

"뭔데요?"

"사진이야." 형사가 말했다. "너와 미야마에 유키코 둘이 찍혀
있으면 좋겠는데. 투샷이라고 해야 하나."

예상도 하지 못한 것이라 나는 바로 대답할 수 없었다.

"사진 정도는 있겠지? 일테면 지금 현재 정기 전철권 지갑 안에
있다거나."

"왜 그런 게 보고 싶으세요?"

"안 되겠니?"

"이상해서요. 다 큰 어른이 고등학생 둘이 찍은 사진을 보고 싶어 하니까."

"수사의 일환이라고 해두자. 지금 없니?"

"없어요."

"그럼 다음에 보여주는 걸로 하자." 미조구치 형사는 그렇게 말하고 이번에는 돌아보지도 않고 사라졌다.

형사가 사라진 학교 건물 모퉁이를 바라보면서 나는 나쁜 예감에 사로잡혔다. 역시 저 형사는 나와 유키코의 관계에 의문을 품고 있는 것 같다. 사건과 어떤 연관이 있다고 오해하고 있을지도 모른다. 곤란한 상황이지만 그건 아무 관련이 없다고 알려줄 수도 없는 노릇이었다.

혼자가 되자 나는 창 위를 올려다보던 때를 떠올리고 미조구치 형사가 뭘 조사하고 있었는지 추측해보기로 했다. 마찬가지로 웅크리고 앉았지만 지면에는 아무것도 이상한 게 없었다. 올해는 마른장마로 비가 전혀 오지 않아 돌처럼 딱딱했다.

이어서 학교 건물 쪽을 본다. 1층은 가정과실로 지금은 아무도 없다. 우리 교실이 있는 3층 창문을 올려다본다. 특별히 눈에 띄는 것은 없었다.

생각해보면 이상한 얘기였다. 미사키 후지에가 살해된 것은 교실 안인데 왜 학교 건물 밖을 조사할 필요가 있을까.

2층 창문에서 이쪽을 보고 있는 얼굴이 있었다. 무뚝뚝한 표정의 여학생이었다. 나와 눈이 마주치자 그 여학생은 서둘러 얼굴을 뺐다. 마치 봐선 안 될 것을 본 것 같은 반응이다.

나도 눈을 피하려고 했는데 그 전에 2층 창문 아래에 마음에 걸리는 게 보였다. 벽에 작은 흠집이 있었던 것이다. 마치 쇠망치 같은 걸로 두드린 것처럼 표면이 패여 있었다. 새로 생긴 흠집인 듯 거기에만 변색되어 있지 않았다.

그래서 생각이 나는 게 있어서 나는 지면을 다시 조사했다. 그러자 건물 벽면에 깨진 콘크리트로 여겨지는 작고 하얀 파편이 몇 개 떨어져 있었다.

아주 최근, 뭔가 딱딱한 물건이 학교 건물 벽에 부딪쳐 콘크리트가 떨어졌다고 생각하는 게 타당한 것 같았다.

미조구치 형사는 이것을 봤을지 모른다. 그러나 사건과 어떤 관계가 있을까. 나는 셜록 홈즈처럼 그 하얀 파편을 손바닥에 올려놓고 관찰했지만 신의 속삭임 같은 번뜩임이 찾아올 것 같지 않았기 때문에 탁탁 털어버렸다.

점심시간이 끝났다는 종소리가 울렸기 때문에 나는 교실로 돌아가기로 했다. 하지만 그 전에 다시 한 번 벽의 흠집을 보려고 고개를 들었다.

이때 2층 창문 하나에서 뭔가가 움직였다. 이쪽을 보고 있던 얼굴이 슬쩍 숨는 것처럼 보였다. 이어서 그 창문이 탁 하고 닫혔다.

나는 한동안 창문을 바라봤다. 그러나 다시 누군가가 얼굴을 내미는 일은 없었다.

이날도 여전히 클럽 활동은 쉬는 상태였다. 태양이 환하게 떠 있는 가운데 집 근처까지 돌아왔는데 갑자기 뒤에서 누가 불렀다. 돌아보니 티셔츠 위에 얇은 재킷을 입은, 사마귀처럼 생긴 남자가 싹싹하게 웃고 있었다. 그 뒤에는 작업복 같은 것을 입은 뚱뚱한 남자가 덩그러니 서 있다.

"소이치 군이지?" 사마귀가 말했다. 이런 녀석에게 이름을 불릴 이유가 없었기 때문에 나는 잠자코 턱만 까딱였다.

"마침 잘됐네. 잠깐 얘기를 듣고 싶은데 한 시간이면 돼."

"당신들은 누굽니까?"

"이런 사람인데." 명함을 내밀었다. 잡지사 이름이 인쇄되어 있다. 나는 그 명함을 받지 않았다.

"할 말 없어요."

내가 대문을 열고 안으로 들어가려고 하는데 사마귀가 팔을 잡았다.

"질문에 대답만 해주면 돼. 그 사건에 대한 거야. 그거."

"그게 뭔데요?"

"자네 여자 친구가 학교 측 실수로 사고사한 사건 말이야. 자네도 하고 싶은 말이 많지 않나? 그 얘기를 들려주면 돼."

"하고 싶은 말 같은 거, 별로 없어요. 이거 놓으세요."

하지만 사마귀는 그 깡마른 팔을 놓으려고 하지 않았다.

"그럼 하나만. 이번에 죽은 선생, 자네 여자 친구를 죽인 사람이지? 어떻게 생각해?"

"거 참 시끄럽네." 나는 상대의 팔을 뿌리치고 문 안쪽으로 들어왔다. 그 녀석들도 안까지는 쫓아오지 않았지만 내가 집안으로 들어갈 때까지 밖에서 뭐라고 떠들어댔다.

가방을 든 채 거실로 가자 소파에 하루미가 누워 있었다. 타월 담요를 가슴까지 덮고 조금 창백한 얼굴을 하고 있다. 나는 가방을 바닥에 던졌다.

"왜 그래?" 달려가 무릎을 꿇었다.

하루미는 창백한 얼굴로 미소를 지었다. "아무것도 아니야. 걱정 마."

"하지만……."

"뛰어와서 그래." 뒤에서 어머니가 말했다.

"뛰어?" 나는 놀라서 하루미를 봤다. "왜 그랬어?"

"쫓겼대."

"엄마, 말하지 마!"

나는 어머니를 돌아봤다. "누구한테 쫓겨요?"

어머니는 조금 망설이더니 "밖에 누구 없든?" 하고 물었다.

"그 녀석들이?"

나는 일어나 그대로 밖으로 뛰어나갔다. 하지만 이미 사마귀의 모습은 없었다. 이웃의 중년 할머니가 도로에 물을 뿌리면서 이쪽을 뚫어져라 보고 있을 뿐이다.

집으로 돌아와 하루미에게 다가갔다. 그리고 다시 바닥에 무릎을 꿇었다.

"미안해. 나 때문에." 심장이 약한 여동생에게 나는 고개를 숙였다.

"오빠 탓이 아니야." 하루미가 웃었다.

"다음에 녀석들이 오면 내가 때려줄게."

"안 돼." 하루미가 입을 내밀었다. "그런 짓을 하면 시합에 못 나가. 절대 안 돼."

초등학생 여동생에게 혼이 나는 바람에 나는 할 말을 잃었다. 나도 불상사를 일으켜서는 안 된다는 것은 잘 알고 있다. 지금도 하루미가 얼마나 우리 시합을 기대하고 있는지 잘 알고 있기에 말이 나오지 않았다. 솔직히 올해 대회에 참가할 수 있을지, 전혀 자신이 없었다.

"아, 맞다. 오빠, 그 책 돌려줘."

"책?"

"새끼고양이 사진집 말이야."

"아아." 완전히 잊고 있었다. 맞다, 돌려줘야만 한다.

전화가 울렸다. 어머니가 수화기를 들었다. "네. 니시하라입니다."

조금 대화를 나누더니 말투가 변했다. 나는 돌아봤다.

"그런 취재에는…… 예, 저기, 할 말이 전혀 없어서…… 네, 그만 끊겠습니다." 어머니가 전화를 끊었다. 이쪽을 보고 쓴웃음을 짓는다. "TV방송국 사람이야. 취재하게 해달라고."

"TV?"

"아까도 왔었어." 하루미가 말했다.

"여기저기서 전화가 많이 와?" 내가 어머니에게 물었다.

"대여섯 통 왔나. 대체로 영문을 도통 모르겠는 상대야."

나는 혀를 찼다. 이번 살인사건을 쫓는 매스컴이 유키코의 사고에도 냄새를 맡은 거겠지. 그렇다면 내가 표적이 되는 게 당연하다.

"범인이 붙잡히면 가라앉을 텐데." 어머니는 울적한 목소리를 냈다.

문득 생각난 것이 있어서 나는 일어났다. "잠깐 나갔다 올게. 저녁 먹기 전에 올 거야."

"어디 가는데?" 하루미가 물었다.

"사진집을 돌려주러 가." 내가 대답했다.

유키코의 집에 가는 것은 이로써 세 번째다. 매번 집에 가까워질 때마다 마음이 무거워진다. 앞으로 몇 번이나 이 길을 지나갈까 생각하면서 마지막 모퉁이를 돌았는데 유키코의 집 현관에서 나오는 인물을 보고 나는 순식간에 몸을 숨겼다. 바로 조금 전 내가 두들겨 패겠다고 다짐했던 사마귀와 덩치였다. 불쾌한 얼굴로 어깨를 흔들면서 사라진다. 아무래도 문전박대를 당한 모양이다. 나 역시 그럴지도 모른다고 반쯤 각오하고 미야마에의 집을 찾았다.

사진집을 돌려주러 왔다는 내 말을, 유키코의 어머니는 역시 딱딱한 표정으로 들었다. 이 사람의 미소라는 것을 나는 본 적이 없는 것 같다.

"굳이 돌려주러 오지 않아도 되는데." 사진집을 펄럭펄럭 넘기면서 어머니가 말했다. "애써 가져왔으니까 잘 받을게."

"저기, 그리고." 나는 침을 삼켰다. "뭔가 피해를 입고 계시지 않나요?"

"피해?"

"조금 전에도 잡지기자 같은 사람들이 온 것 같아서."

"아아." 어머니가 고개를 끄덕였다. "어젯밤부터 전화가 걸려왔어. 도대체 어디서 들었을까."

"저희 집도 마찬가집니다. 그래서 여기도 마음에 걸려……."

"네가 신경을 쓴다고 해도……." 그렇게 말하다가 어머니는 입을 다물었다.

그건 잘 알고 있다. 내가 신경을 쓴다고 어쩔 도리도 없고 해결될 일도 없다. 그러나 현재 상황에서 내가 이 집의, 그러니까 죽은 연인의 가정 상황을 모른 체할 수는 없다고 생각했던 것이다. 눈을 돌리는 것은 비겁한 것 같았다.

우리들이 어색한 침묵을 지키고 있는데 내 뒤에서 문이 열렸다.

"안녕……." 들어온 중년 여성은 나를 보고 인사를 하다 말았다. "누구?" 하고 유키코의 어머니에게 묻는다.

"유키코의, 그"라고만 어머니가 말했다. 중년 여성의 눈이 올라갔다.

"너, 왜 왔지?" 날카로운 목소리가 갑자기 내 **뺨** 언저리에 날아들었다. "너 때문에 얼마나 피해가 많은지 알아? 고등학생 주제에 유키코 짱에게 그런 짓을 하고, 게다가 학교에서 떠들고 다니질 않나."

떠들고 다녀? 나는 놀라 상대의 얼굴을 봤다.

"아니에요, 형님. 이 애는……." 유키코의 어머니가 변호해주었다. 그러나 중년 여성은 험악한 얼굴을 했다.

"학교에 항의했다고? 그런 짓을 해봤자 아무것도 변하지 않는다는 것을 잘 알겠지? 오히려 유키코 짱의 일이 세상에 알려져 주위에서 이상한 눈으로 보고, 게다가 이번 같은 사건이 일어나면 이상한 의심이나 받고, 정말 짜증나는 일뿐이야. 자신이 유키코 짱의 상대라고 밝힌 것은 좋지만 그러면 이 집에 오기만 했으면 됐잖아? 학교에 얘기하면 그냥 넘어가진 않을 거라는 것 정도는 알았을 거 아냐? 고등학생들이 그냥 재미로 여기저기 떠들고 다닐 게 분명하잖아. 흥! 어차피 이름을 밝힌 것도 괜히 멋진 척하려던 거 아닌가. 저기, 너, 어떻게 생각하니? 무슨 말이든 해봐!"

내가 아무 말도 못하고 있었던 것은 이 여성의 기관총 같은 말에 압도되었기 때문이 아니라 해야 할 말이 전혀 생각나지 않았기 때문이다. 나는 고개를 숙이고 "죄송합니다"라고만 작게 말했다.

"너 말이야."

"형님!" 뭐라고 더 말하려는 중년 여성을 유키코의 어머니가 말렸다. "그 정도면 이제 됐어요. 이 사람에게 할 말은 벌써 다 했으니까 안으로 들어가요."

"하지만 말이야." 중년 여성은 아직도 화가 가라앉지 않은 것 같았는데 더 이상 해봤자 어쩔 수 없다고 생각했는지 집에 올라가 탁탁 슬리퍼 소리를 내며 복도를 걸어갔다.

"유키코의 큰어머니야." 어머니가 말했다. "걱정이 되어 종종 살피러 오셔."

곁에서 지켜보기에 걱정스러운 사태가 이 집에서 일어나고 있다는 소리다.

"이상한 의심을 받는다는 게 정말입니까?"

"형사가 왔었어. 그 선생에게 원한을 품은 사람이라면 역시 우리가 아닐까 생각한 거겠지. 사건이 일어난 밤에 어디 있었느냐고 묻더라."

"형식적인 질문 아닐까요?"

"글쎄. 나도 남편도 집에 있었는데 둘만 있어서 증명할 수 없었어."

내게는 둘만, 이라는 말을 강조하는 것처럼 들렸다.

어머니는 내 얼굴을 봤다. "형사가 너한테도?"

"네. 벌써 여러 번 만났습니다."

"그랬구나." 어머니의 얼굴에 순간 의혹의 빛이 떠올랐다. 내가 범인일 가능성에 대해 생각했을지 모른다. 그리고 그런 생각을 잊으려는 듯 눈을 내리깔았다. "정말 싫은 사건이야. 빨리 해결됐으면 좋겠는데."

"형사가 뭐라고 더 물어봤나요?"

혹시 그 질문에 대답할 이유가 없다는 말을 들을지도 모른다고 생각했는데 어머니는 대답해주었다.

"주로 유키코와 네 사이를 물었어. 둘 사이를 정말 하나도 몰랐느냐고. 몰랐다고 대답했어. 전혀 알아차리지 못했다고. 정말로 그랬으니까." 말투에 안타까움이 묻어났다. "작년 크리스마스에 그 아이가 네게 머플러를 선물한 것도 몰랐어. 형사에게 듣고 처음 알았어."

머플러 얘기는 피하고 싶었기 때문에 나는 입을 다물었다.

"아, 그리고 사진을 보여달라고 하더라. 너희들 사진 말이야. 그래서 야구부원 앨범을 보여줬어. 그랬더니 둘만 찍은 사진은 없느냐며 형사가 이상하다는 표정을 지었어."

그랬구나, 나는 납득했다. 그래서 미조구치 형사는 내게 그런 말을 했던 것이다.

"다른 용건이라도 있니?" 어머니가 물었다.

"아니, 없습니다." 실례했다고 말하고 나는 미야마에의 집을 나왔다.

납덩이를 삼킨 것처럼 위가 묵직했다.

다양한 사람을 다양한 형태로 괴롭히고 있음을 새삼 실감했다. 내 가족, 유키코의 가족, 그리고 친한 사람들. 정말 나는 역병을 몰고 다니는 놈이다.

게다가 내 머릿속에서 조금 전 유키코 큰어머니의 말이 수없이 재생되고 있었다.

어차피 이름을 밝힌 것도 괜히 멋진 척하려던 거 아닌가—.

그럴지도 몰랐다. 나는 유키코의 연인처럼 행동해야만 한다는 의무감과 함께 그런 식으로 자신을 몰아가는 나 자신에 취해 있었는지도 모른다. 정말 용서를 빌 마음이 있고 최대한 누구에게도 상처를 입히지 않아야겠다고 생각했다면 다른 방법을 선택했을지도 모른다. 결국 나는 자신이 가장 상처받지 않는 길을 선택한 게 아닐까. 확실히 표면적으로는 곤경에 처했지만, 일테면 미사키 후지에를 규탄했을 때도 내 마음 깊은 곳에 깨끗한 자신의 태도에 도취한 마음이 없었다고 단언할 수 없다. 진상을 가슴에 묻고 자기혐오에 계속 시달리는 편이 내가 저지른 죄의 대가로 어울렸을지 모른다.

하지만 이미 돌이킬 수 없다. 내게 남은 길은 나 때문에 많은 사람들이 고통을 받는 현실에서 눈을 돌리지 않고, 그것이야말로 자신에게 상처를 입히는 것이라 하더라도 그들의 고통을 제거해가는 수밖에 없다.

집에 돌아오니 아버지도 와 있었다. 미야마에의 집에서 있었던 대화를 부모님은 듣고 싶어 하는 것 같았지만 굳이 질문하진 않았다. 듣는 게 두려울지도 모르겠다고 나는 생각했다.

이날 밤, 장난전화는 걸려오지 않았다. 매스컴 녀석들도 밤에는 아무래도 조심을 하는 듯 그런 종류의 전화도 없었다.

그러나 내가 목욕을 하려고 거실에서 어슬렁거리고 있을 때 이날 밤 유일한 전화 벨소리가 울렸다. 주위에 아무도 없었기 때문에 내가 수화기를 들었다.

"여보세요." 이름을 밝히지 않은 것은 장난전화에 대한 방어였다.

조금 틈을 두고 "니시하라지?"라는 소리가 났다. 누군지 나는 금방 알았다.

"너야? 무슨 일이야?"

"무뚝뚝하네." 미즈무라 히로코가 말했다.

"요즘 그다지 기분이 좋지 않아. 그건 너도 잘 알겠지?"

"아직도 의심받고 있어?"

"글쎄." 내가 말했다. "의심이 풀렸다는 말은 듣지 못했어."

"오늘, 우리 반 아이에게 신문기자라는 사람이 말을 걸었대. 니시하라라는 학생은 어떤 사람이냐고."

"매스컴이 냄새를 맡았다는 건 알고 있어. 우리 집에도 왔어. 하루미가 쫓겼고."

"여동생이……. 몸은 괜찮아?" 불안한 목소리를 냈다.

"네가 걱정할 이유는 없어. 뭐, 이것도 바보 같은 오빠 때문이지."

다시 조금 공백의 시간이 흐르고 "그러네" 하고 히로코가 말했다.

"특별한 용건은 없나 봐."

"응. 매스컴을 조심해야 할 것 같아서."

"그건 조심할게."

"그리고." 히로코가 덧붙였다. "나를 '너'라고 부르지 마."

나는 허를 찔려 말문이 막혔다. 전화가 끊겼다고 생각될 정도로 침묵이 흘렀다.

"알았어." 내가 말했다. "그럼 잘 자, 아가씨." 전화를 끊었다. 혀에 쓴맛이 퍼지는 것만 같았다.

6

다음 날, 4교시가 시작되기 전, 나는 교장실로 불려갔다. 고등학교에 들어온 지 2년이 넘었지만 이곳에 발을 들인 것은 처음이었다. 조례 때 보는 몸집이 작고 빈약한 노인이 창가 책상 너머에 앉아 있었다. 그 옆에 굉장히 커다란 안경을 쓴 교감이 서 있었다. 시커먼 머리는 가발이라는 소문이 있다. 그 앞에 세 사람 중에서는 얼굴이 가장 위협적인 하이토가 있었다.

"매스컴의 취재를 받았나?" 하이토가 물었다. 변함없이 위압적인 말투다.

"여러 번 말을 걸어왔지만 취재는 받지 않았습니다. 거절했으니까요."

응, 하고 고개를 끄덕이고 하이토가 교장을 돌아봤다. 꼬마 교장은 안경 교감에게 뭐라고 속삭였고 교감과 하이토가 다시 소곤거렸다. 그사이 나는 실내에 걸려 있는 액자를 보고 있었다. 무슨 표창인지는 모르겠으나 상장이 들어 있다.

"이제 됐다. 앞으로도 괜한 말을 하지 않도록 조심해라." 갑자기 하이토가 말했다. "만에 하나 얘기할 수밖에 없는 경우에는 미야마에 양의 사고에 대해서는 모두 정리되었고 자신도 반성하고 있다고 대답하면 된다. 알겠나? 강요하는 것은 아니지만 이 답은 너를 위한 것이기도 하다."

이런이런, 나는 마음이 무거워졌다. 교사가 살해되었는데 사건의 진상을 조사하기보다 학교의 수치를 세상에 숨기는 게 더 중요한 듯하다.

"알았나?" 내가 대답하지 않으니 답답한 듯 하이토가 물었다.

"지금까지 하던 대로 하면 되겠죠." 내가 말했다. "아무것도 대답하지 않습니다. 그러면 되죠?"

"너는 어떻게 생각하지?" 갑자기 교장이 나를 너라고 불렀다. 쉰 목소리였다. "아직도 전의 사고에 매달려 있나?"

"제가 어떻게 생각하든 상관없지 않나요?"

"니시하라!" 하이토의 목소리가 날아왔다.

"저는 교칙을 위반한 것도 아니니 이러쿵저러쿵 말을 들을 처지는 아니라고 말하는 겁니다."

"저기 말이야, 니시하라 군." 안경 교감이 입을 열었다. 사뭇 무게를 잡은 말투였다. "너무 나대지 마라. 자네도 내년에는 수험이야. 이상한 일로 유명해지면 유리할 게 하나도 없을 것 같은데."

"추천은 벌써 포기했습니다. 그럼 실례하겠습니다." 머리를 꾸벅 숙이고 교장실을 나왔다. 문을 닫은 후 "뭐야, 저 녀석은!"이라고 교장이 호통을 치는 소리가 들렸다.

이날부터 클럽 활동이 허가되었다. 나는 오랜만에 스파이크를 신고 운동장에서 하얀 공을 쫓았다. 나에 대한 부원들의 태도는 이전과 하나도 변한 게 없었다. 농담을 던지는 후배도 있어서 그들과 접하고 있는 동안에는 자신이 살인사건의 용의자라는 사실을 잊을 수 있었다.

그렇다고 그들이 사건 이야기를 피한 건 아니었다.

"얼마 전에 살인이 일어났다는 게 거짓말 같아." 연습을 끝내고 부실에서 옷을 갈아입고 있는데 3학년인 곤도가 말했다.

"결국 이대로 아무것도 모른 채 끝나는 거 아닐까?" 2학년 부원이 말했다.

"그렇지는 않겠지." 곤도가 대답한다. "학교는 좁은 세상이야. 이런 곳에서 일어난 사건 정도는 해결하겠지. 경찰도 체면이 있으니까."

3학년 학생의 설득력 있는 의견에 후배들은 그렇겠지, 하는 얼굴로 고개를 끄덕였다.

"그러면 빨리 잡았으면 좋겠어." 벗은 언더셔츠로 겨드랑이를 닦으면서 요시오카가 끼어들었다. "범인을 모르니 기분이 안 좋고 범인이 잡혀야 니시하라를 이상하게 보는 눈도 사라지지."

내 이름이 나오자 순간 부실의 공기가 얼어붙었다. 그러나 당사자인 요시오카는 부실 분위기가 변했다는 것을 알아차리지 못한 듯 언더셔츠의 냄새를 킁킁 맡고 "냄새가 나긴 하지만 아직 괜찮겠어"라고 말하고 로커에 던져 넣었다. 그 태평한 태도에 주위 분위기가 부드러워졌다. 이렇게 깊이 고민하지 않고 있는 그대로 떠드는 게 이 덩치의 가장 좋은 점이었다. 아마도 이 녀석은 녀석 나름대로 배려한 것이리라.

하지만 나는 이 동료들조차 역시 마음 한구석에는 나를 의심하는 마음을 가지고 있으리라 생각했다. 물론 그러므로 아무도 믿을 수 없다는 건 아니다. 내가 그들 입장이라도 그럴 것 같으니 당연하다. 하지만 그들은 무의식적으로 내게 찜찜함을 느낄 것이다. 그리고 그것이 나에 대한 배려로 나타나는 것이다.

방을 나올 때 곤도가 노래방에 가자고 말한 것도 나를 조금이라도 힘내게 하려는 배려임이 틀림없다. 그걸 알기에 나도 바로 거절할 수 없었다. "기분전환 삼아 가볼까?" 하고 응했다. 사실은 노래방을 좋아하지 않지만.

"그럼 나도 껴볼까?" 어쩔 수 없다는 얼굴로 가와이가 말했다. 좀 놀랐다. 나보다 더 그런 곳에 드나들지 않는 녀석이었던 것이다.

나라사키 가오루도 부르고 요시오카까지 합세해 다섯이서 가기로 했다. 집에는 조금 늦어진다고 전화했다. 평소에는 그런 낯간지러운 짓은 하지 않는데 시기가 시기인 만큼 괜한 걱정을 끼치는 게 오히려 귀찮았다.

나란히 역으로 향하는 도중, 가와이 가즈마사가 말했다. "형사의 움직임이 아주 이상해."

"이상하다니?" 내가 물었다. 가오루도 다가왔다. 요시오카와 곤도는 조금 앞을 걷고 있다.

"우리 담임이 카페에서 형사와 얘기하고 있는 걸 봤다는 녀석이 있어."

가와이의 담임은 사카가미라는 물리 교사이다. 키가 작은 평범한 중년 남성으로 실험을 하는 것도 아닌데 언제나 하얀 가운을 입고 있다.

"형사가 두더지에게 무슨 용건일까?" 내가 고개를 기울였다. 두더지는 사카가미 교사의 별명이다.

"이상하지? 무엇보다 두더지는 이 학교에서 가장 존재감이 없는 아저씨니까. 지도교사인 미사키와 친했다는 얘기도 없으니 사정 청취를 할 필요도 없을 텐데 말이야."

"형사에게 어떤 질문을 받았는지 두더지에게 알아낼 수 없을까?" 가오루가 가와이에게 말했다.

"내가 직접 묻는 건 아니지. 내가 니시하라의 친구라는 건, 그 자식도 아니까." 가와이가 관자놀이 근처를 긁었다. "여자애가 물으면 괜찮을지도. 그 아저씨, 그렇게 보여도 꽤 엉큼하니까."

"얼굴에 그렇게 써 있지."

나와 가와이는 소리를 내어 웃는다.

"맞아. 그러니까 가오루, 네가 해봐. 네가 싫다면 다른 여학생에게 부탁하든지."

"어쩔 수 없지." 가오루가 말했다. "누군가에게 부탁할게."

나는 그녀에게 미안하다고 말했다. 가오루가 웃었다.

곤도가 추천한 노래방은 깔끔한 오피스빌딩 안에 있었다. 어째서 그런 데 이런 게 있는지 알 수 없었지만 나 외의 다른 사람은 그런 의문을 품지 않는 것 같아 잠자코 있었다.

"여기는 교복을 입어도 들여보내준다고." 곤도가 말했다. "학생 할인도 크고. 다만 술은 못 마시니까 그렇게 알아."

"당연하지." 가오루가 험악한 표정을 지었다. "미리 말하겠는데 담배 같은 걸 사면 가만 안 둔다. 요시오카, 너, 안 가지고 있지?"

"없어. 나도 야구부를 생각한다고." 요시오카가 살짝 뚱한 표정을 짓는 게 너무 웃겨 일동이 웃음을 터뜨렸다.

안으로 들어가서는 각자 소프트드링크를 한 잔씩 마셨을 뿐 그 다음은 내내 노래만 불렀다. 곤도는 룰렛 칩처럼 백 엔짜리 동전을 쌓아놓고 계속 기계에 넣었다. 나서서 가자고 할 정도이니만큼 노래도 잘했다. 곡에 따라서는 가사도 안 보고 부를 정도로 능숙했다. 그에 반해 요시오카의 노래는 지독했다. 에코를 넣자 우물 안에서 곰이 울부짖는 것 같았다. 하지만 녀석이 노래해준 덕분에 나도 신나게 노래할 수 있었다. 가와이는 그럭저럭. 나라사키 가오루는 실력파 아이돌 가수 수준이었다.

두 시간이 순식간에 지나갔다. 오랜만에 생각하기 싫은 것들을 잊을 수 있었던 시간이었다.

"오, 후련하다. 이러다 습관이 되겠어. 아직도 노래가 부족해." 요시오카가 마이크를 쥔 채 무시무시한 말을 했다.

"이 가게는 아직 학생지도부의 눈에 띄지 않았어. 언제든 이용해도 돼." 곤도가 자신만만한 얼굴로 말한다. "유명한 체인점은 반드시 샘들이 지키고 있으니까."

"정말?" 요시오카가 눈을 크게 떴다.

"응. 내 친구들이 가게에서 나오는데 미사키 할멈이 떡 버티고 있었다더라." 말하고 나서 곤도는 깜짝 놀라 나를 봤다. "미안, 이상한 이름이 나와서."

"괜찮아. 신경 쓰지 마." 나는 웃어 보일 생각이었는데 조금 분위기가 싸늘해졌다.

"그 할멈 말이야." 요시오카가 생각이 난 듯 말했다. "왜 그렇게 되었을까. 병이 아닐까 싶을 정도로 엄격했잖아."

"그야 성격이 아닐까?" 곤도가 대답한다. "틀림없이 결벽증에 편집증이야."

"흠. 그럴까."

분위기가 다운되는 화제였다. 누군가가 돌아가자는 말을 꺼내려고 할 때 가와이 가즈마사가 불쑥 말했다. "나, 조문을 다녀왔어."

순간 무슨 소린지 알 수가 없어서 나는 녀석을 봤다. 모두 보고 있다.

"미사키를 조문하러 갔어." 가와이가 말했다. "너희들한테는 숨겼지만, 갔어."

"왜?" 모두를 대표해 가오루가 물었다.

"그냥. 그 여자에게 화를 내고 싶어도 죽어버리니까 어쩔 도리가 없잖아. 그래서 분향을 하는 척하면서 시체에 한마디 해주고 싶어서."

그 말을 듣고 나는 충격을 받았다. 아아, 그렇구나. 그런 의미로 조문하러 갈 수도 있구나. 처음으로 깨달았다. 정말로 유키코를 사랑했던 사람이기에 할 수 있는 생각일지 모른다. 나는 그런 생각은 하지도 못했다. 증오하는 사람의 조문이니 안 가는 게 당연하다고만 생각했다.

"그때 들었어." 가와이가 말을 이었다. "그 여자, 젊었을 때 맞선을 권유받았던 때가 있었는데 그때마다 미사키는 거절했다더라. 자신은 교육에 목숨을 걸 생각이다, 결혼은 장애물이 된다고. 무엇보다 학생 때부터 훌륭한 선생이 되는 게 꿈이라고 선언했대."

"우와!" 요시오카가 입을 일그러뜨렸다.

"그 후로 그 여자 혼자 살았는데 죽은 후 가족이 그 여자 방에 갔더니 여성스러운 물건들이 하나도 없었대. 화장대는 물론 화장품도 최소한만. 그 대신 책은 놀랄 만큼 많았다고. 그중에는 스스로 모은 것으로 보이는 스크랩북과 파일도 있었대. 나머지는 책상 위에 놓여 있던 워드프로세서가 다. 켜봤더니 고전 시험문제를 내다 말았더래. 내용은《만장기》*. 아마도 집에 돌아와 계속 일할 생각이었겠지."

"집에서 일하는 교사는 꽤 되는 것 같지만." 곤도가 끼어들었다. "죽기 직전까지 그랬다니까 좀 안 됐네."

"그래서 생각했어. 뭔가 이상하지 않아? 열심인 것도 좋고 자기

---

*일본 중세 문학의 대표적인 수필집.

희생도 괜찮은데 어쩐지 정상은 아닌 것 같지 않아?"

"뭐라고 표현하기 어려운데." 가오루가 말했다. "그런 사람에게 교육을 받는 건 싫어. 인간성이 왜곡되지 않을까."

그녀의 의견에 나와 가와이는 동의했다.

"음침한 얘기는 그만하자. 애써서 기분전환 했는데." 더는 못 참겠다는 듯 요시오카가 말했다.

가게를 나올 때 시계를 봤는데 8시가 넘어 있었다.

역으로 돌아와 다시 전차를 탔는데 어디서 많이 본 여자 둘이 좌석에 앉아 있었다. 천문부 학생이었다. 상대는 나를 못 알아본 듯 열심히 수다를 떨고 있었다. 이런 시간에 같이 있는 걸 보니 지금까지 부 활동을 한 모양이다. 하이토도 얘기한 적이 있는데 천문부는 하교 시각에 대해 특례가 인정되어 있다. 나는 미즈무라 히로코의 모습을 찾았다. 주위에는 보이지 않았다.

집으로 돌아와 방에서 옷을 갈아입고 늦은 저녁을 먹기 시작했다. 귀가가 늦어진 데 대해 어머니는 잔소리를 하지 않았다. 기분전환을 하고 왔다는 것을 알고 조금 마음을 놓는 것 같았다. 내가 어떤 노래를 불렀는지 열심히 물었다.

저녁을 마쳤을 때 현관 인터폰이 울렸다. 왠지 나쁜 예감이 들었다. 이런 시간에 찾아오는 사람은 평범한 용건은 아니리라.

어머니가 인터폰 수화기를 들었다. 두세 마디 정도 얘기하고 이쪽을 봤다. 낯빛이 그다지 좋지 않다.

"형사야. 네게 용건이 있다고."

예감이 맞았다는 생각이 들었다.

찾아온 사람은 미조구치 형사 혼자였다. 거실로 들어오라고 어머니가 말했지만 형사는 현관에 선 채 여기서 말하겠다고 말했다. 그 표정이 평소보다 더 험악했기 때문에 나는 마음이 소란스러웠다.

"오늘 몇 시쯤에 왔니?" 농담이라도 하듯 형사가 질문했다.

"왜 그런 걸 묻습니까?" 내가 말했다.

"우선 대답에 질문해라. 몇 시쯤 돌아왔지?"

"아들은……." 어머니가 대답하려고 했다. 나는 손으로 어머니를 제지했다.

"어머니가 얘기할 필요 없어. 안에 들어가 있어요."

"그래도."

"아, 그게 좋겠습니다." 미조구치 형사도 말했다. "죄송합니다. 아드님에게 직접 듣고 싶습니다."

어머니는 상처받은 표정을 짓고 나와 형사의 얼굴을 번갈아 바라보면서 거실 문 너머로 사라졌다. 그러나 아마도 문 안에서 귀를 기울일 게 분명하다.

나는 형사의 얼굴을 봤다. "질문에 대답하면 무슨 일인지 알려 주시겠습니까?"

형사가 바로 끄덕였다. "좋지."

"얼버무리지 마세요." 못을 박고 내가 말했다. "집에 돌아온 시간은 8시 40분쯤입니다."

형사의 눈이 번쩍인 듯했다. "상당히 늦었네."

"제가 늦게 오든 빨리 오든 상관없는 일 아닙니까?"

"어디서 뭘 했지?" 형사는 형사의 말투로 재차 질문했다.

"기분 탓인지 모르겠지만." 나는 그렇게 말하고 미조구치 형사의 검고 가는 얼굴을 봤다. "알리바이를 묻는 것 같은 기분이 드네요."

형사의 얼굴이 조금 굳어졌다. "맞아. 그럼 대답해주겠니?"

역시. 나는 자신의 심장 고동 소리가 빨라지는 것을 느꼈다. 무슨 일이 있었나?

"노래방에 갔었습니다." 내가 대답했다.

"노래방?" 형사는 의표를 찔린 것 같은 표정을 지었다.

"예. 괜찮지 않나요? 저도 노래하고 싶을 때가 있어요."

"물론 네 자유지." 형사가 끄덕이며 말했다. "자세하게 얘기해주겠나?"

어떤 가게에서 누구와 몇 시부터 몇 시까지 있었는지를 나는 자세히 설명했다. 형사는 심각한 표정으로 수첩에 메모했다. 그래도 부족했는지 누가 어떤 노래를 부르고 어떤 음료를 주문하고 얼마를 냈는지까지 꼬치꼬치 캐물었다. 철저했다.

"노래방에 가는 건, 언제 결정했니?"

"야구부 연습이 끝나고요. 곤도라는 부원이 말을 꺼냈습니다. 이상하시면 다른 사람에게 물어보세요."

"그렇게 하지." 진지한 얼굴로 형사는 대답했다. 수첩에 뭔가를 더 적어 넣는다.

"도대체 무슨 일이 있었습니까?" 질문이 일단락되었다고 판단하고 내가 물었다.

미조구치 형사는 조금 생각하는 표정을 짓고 나서 헛기침을 한 번 했다.

"조금 전, 너희들 학교에서 사건이 일어났다. 한 교실에서 가스 밸브가 누군가에 의해 열린 사건이야."

"가스밸브? 왜?"

"그건 아직 모른다. 다만" 하고 형사는 말하고 입술을 핥았다. "그 방에서 정신을 잃은 학생이 있다."

"정신을 잃다니⋯⋯."

"도대체 무슨 일이 있었는지는 본인에게 물어볼 생각이다. 지금은 병원에 있지만 다행히 생명에는 별 지장이 없으니까."

"분명 천연가스일 테니까요. 그러니까 중독은 일으키지 않을 겁니다."

"잘 아는구나. 일산화탄소 중독은 일어나지 않는다. 하지만 산소 부족이 된다. 위험하긴 마찬가지야."

"자살인가요?"

"가스밸브를 연 사람이 본인이라면 그렇지. 그러나 지금 단계에서는 뭐라고 말할 수 없다."

"그 학생이 누굽니까?" 물으면서 나는 전차에서 봤던 천문부 두 명의 모습을 떠올렸다. 어떤 불길한 예감이 들었다.

형사가 대답했다. "미즈무라 히로코라는 학생이야. 3학년이고 천문부다. 제2과학실험실에서 정신을 잃고 있는 것을 수위가 발견했다."

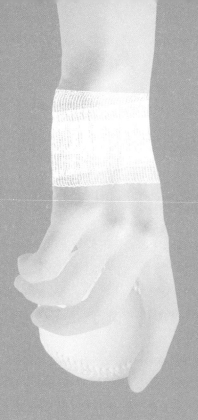

제3장

1

   다음 날 등교해보니 생각했던 것보다 큰 소동이 일어나진 않았다. 그 이유는 점차 알게 되었다. 히로코의 생명이 무사했던 점도 있어서 학생들에게 아직 사건이 알려지지 않았던 것이다. 순찰차가 내빈용 주차장에 세워져 있었지만, 지난 사건의 수사일 거라고 대다수가 생각하고 있는 듯하다.

   다만 히로코가 소속되어 있는 1반만은 조금 상황이 달랐다. 조용히 살펴보러 가자 아직 수업 시작종도 울리지 않았는데 대부분의 학생이 복잡한 표정으로 자리에 앉아 있었다. 경찰 수사에 협력해야 하는 관계로 그들에게는 사실이 알려졌을지도 모른다. 당연히 히로코의 모습은 없었다.

   우리 반에서는 수업 전 조회에서도 담임 이시베는 아무 말도 없었다. 수업을 하러 오는 교사들도 어젯밤의 일에 대해서는 전혀 언급하지 않았다.

그래도 쉬는 시간마다 정보는 조금씩 들어왔다. 말할 필요도 없이 1반 학생에게서 새어나온 것이리라.

"어젯밤 가스 누출 소동이 있었대." 이것이 처음 전해진 소문이었다. 이어서 미즈무라 히로코라는 이름이 거기에 더해졌다. 그래도 이 단계에서는 그녀가 단순히 사고에 휘말린 것에 그쳤다.

그런데 점차 이야기에 꼬리가 붙었다. 우선 그것은 자살 미수로 미즈무라는 고무호스를 물고 죽으려고 했다는 소문이 순식간에 퍼졌다. 그리고 그다음 쉬는 시간에는 실은 남자로부터 동반자살을 강요받았고 미즈무라는 살았지만 상대 남자는 죽었다는 소문이 났다. 어디서 시작되었는지는 모르지만 그 남자의 고등학교 이름까지 아주 그럴싸하게 퍼졌다. 추측컨대 1반 아이들에게도 완전한 정보가 주어지지 않자 욕구불만을 느낀 학생들이 무책임한 추측이라는 형태로 그 불만을 표출하고 있는 것이었다.

"뭐가 진짜고 뭐가 엉터린지 전혀 모르겠다." 식당에서 점심을 먹은 후 이쑤시개로 이를 청소하면서 가와이 가즈마사가 어이없다는 듯 말했다.

"다 엉터리야." 내가 말했다.

가와이는 의외라는 표정을 지었다. "어? 상당히 자신 있게 말하네."

"이 일로 어제 형사가 왔으니까."

내 말에 가와이는 눈을 커다랗게 뜨고 몸을 내밀었다.

"정말이야?"

"응. 자세한 정보는 말해주지 않았지만."

나는 어젯밤 형사와 나눈 대화 내용을 가와이에게 말했다. 가와이는 팔짱을 끼고 신음소리를 냈다.

"어떻게 된 거지? 가스 누출된 방에서 미즈무라가 정신을 잃고 있었다는 건?"

"가스 누출이 아니지." 소리를 낮춰 내가 말했다. "가스밸브가 제멋대로 열릴 수 있어? 누군가가 고의로 한 짓이야."

"누가? 미즈무라 본인이?"

"그게 바로 문제야." 나는 그렇게 말하고 주위를 둘러봤다. 귀를 기울이고 있는 녀석은 없는 것 같다. 내가 계속했다. "미즈무라 본인이 했다면 자살이지. 천연가스니까 중독사하지 않는다는 사실을 본인은 몰랐을지 모르지. 하지만 말이야, 형사가 내게 알리바이를 물으러 왔다는 건." 더 목소리를 낮춘다. "타살 가능성을 생각하게 하는 단서가 현장에 남아 있었을지도 몰라."

"타살…… . 미즈무라를 죽이려고 했던 녀석이 있단 말이야?" 가와이의 얼굴이 아주 험악해졌다. 나는 고개를 끄덕였다.

"물론 범인은 미사키를 죽인 범인과 동일 인물이 아닐까 하고 생각하고 있지. 그러니까 바로 우리 집으로 형사가 달려온 거야."

"네 귀가가 늦어졌다는 것을 알고 형사가 좋아했겠다."

"노래방에 가길 잘했어. 곧바로 집에 와 방에 처박혀 있었으면 또 괜한 의심을 받았을 거야. 가족의 증언은 증거가 안 되니까."

"곤도에게 감사해야겠네. 그건 그렇고." 가와이가 생각에 빠진다. "미사키와 미즈무라……. 무슨 관계지?"

"나야 모르지. 그래서 어떻게든 정보를 모아야겠다고 생각했어."

미즈무라 히로코라는 학생이 얽힌 데 대해 경찰 측도 크게 당황한 듯하다. 미조구치 형사도 그녀에 대해 내게 몇 가지 질문했다. 같은 반이었던 적이 있었나, 이야기는 나눈 적이 있나, 같은.

"이야기야 나눠봤습니다. 친하다고 할 정도는 아니지만."

나의 이 말을 형사는 믿는 듯했다.

"어떤 사람이지? 네 눈으로 봤을 때." 이런 것도 물었다.

"글쎄요. 뭐라고 할까요." 나는 고개를 기울여 보았다. "아, 한마디로 말해 부잣집 아가씨 아닐까요? 그 이상도 그 이하도 아닌 것 같은데."

"그렇군. 회사 임원의 외동딸이라고 하던데." 이미 조사한 듯 형사는 그 자리에서 말했다.

"게다가 평범한 회사가 아니죠." 내가 덧붙였다.

"도사이전기니까." 형사가 고개를 끄덕였다. "초일류 기업이지."

"미즈무라의 아버지는 그중에 반도체사업부를 책임지고 있어요."

"흠." 형사의 눈에 의심스러운 눈빛이 떠올랐다. 너무 떠들었나 싶어 나는 후회했다. 역시 형사가 말했다. "조금 얘기를 나눈 정도치고는 아주 잘 아는구나."

"우연히 그런 말이 나왔을 뿐입니다. 다른 건 아무것도 몰라요." 얼버무리는 것 같은 말투가 되어버려 내가 다 민망했다.

이밖에도 형사는 히로코에 대해 이리저리 물어봤는데 잘 모른
다는 말로 일관했다.

경찰도 그렇겠지만 미즈무라 히로코가 연루된 사실에 나도 놀
랐다. 그럼 누구라면 놀라지 않겠느냐고 물으면 그것도 곤란하지
만 어쨌든 히로코만은 의외였다. 유키코와 특별히 친하지 않았다
고 히로코 본인이 얘기했었고 미사키 후지에와의 연결고리도 보
이지 않는다. 그러므로 지난 사건과 무관하게 그녀가 자살을 시
도했다고 보는 게 가장 자연스럽지만 그 동기라는 걸 전혀 파악할
수 없었다.

일단 정보가 필요하다.

그런 생각을 이리저리 하고 있는데 정보수집에 적합한 남자가
식당 밖 매점 앞에 있는 게 보였다. 미즈무라 히로코와 같은 3학
년 1반의 시노다 스스무였다. 학생지도부가 매스컴의 눈을 가리기
위해 야구부의 공식전 사퇴를 기획하고 있다고 알려준 녀석이다.
나는 가와이를 불러 식당을 나와 뒤에서 그 녀석을 불렀다. 시노
다는 상당히 크게 놀라며 돌아봤다.

"어제 사건에 대해 얘기 좀 해줘." 내가 말했다.

시노다는 나와 가와이의 얼굴을 번갈아 봤다. "알겠는데 자세한
건 몰라."

"아는 것만 알려줘."

"내가 아는 것은 미즈무라가 가스가 가득 찬 방에서 잠들어 있
는 것을 수위가 구했다는 거야."

"왜 그렇게 됐는지는 못 들었어?"

"분명하진 않아. 하지만······." 시노다는 일단 입을 다물었다가 다시 열었다. "미즈무라가 수면제를 먹었다는 소문이 있어."

나는 조금 놀랐다.

"수면제······. 그럼 자살이란 말이야?"

"그건 뭐라고 할 수 없어. 다만 수면제 얘기는 우리 담임이 했으니까 틀림없을 거야. 그래서 대부분의 녀석들은 자살 미수라고 생각하고 있어."

"너는 그렇게 생각 안 하고?"

"아니, 나도 그렇게 생각해." 왜 안 돼? 라고 말하는 것 같은 표정을 시노다가 지었다.

"다른 얘기는?" 가와이 가즈마사가 물었다.

"내가 아는 건 그 정도야. 다른 녀석들도 비슷할 거야. 모두 맘대로 상상하며 즐기고 있지."

"미즈무라가 입원해 있는 병원을 알아?" 문득 생각이 나 내가 물었다.

"역 앞에 있는 뭐라던데, 응급병원이야. 하지만 오늘 퇴원한다고 하더라."

그러면 병원에 가봤자 소용없겠다고 나는 생각했다.

"내가 좀 물어봐도 될까?" 살짝 고개를 숙인 채 시노다는 눈동자만을 내 쪽으로 향했다. 나는 끄덕였다. 어차피 미사키 살인사건에 대한 것이리라.

"야구부는 공식전에 출장 사퇴하지 않아도 되는 거야?"

예상외의 질문이라 당황했다.

"지금까지 그런 얘기는 없었어." 내가 말했다. "그게 왜?"

"아니, 전에 네게 얘기했던 거라 조금 마음에 걸려서. 아니라면 다행이고."

그럼 이제 가보겠다며 시노다는 우리들 앞에서 사라졌다. 녀석의 뒷모습을 보면서 나는 이상하게 찜찜했지만 그게 뭔지 잘 표현할 수가 없어 침묵했다.

"자살이라면 미사키 사건과는 관계가 없겠다." 가와이가 당연한 견해를 밝혔다. 그러나 나는 납득할 수 없었다. 이렇게 절묘한 타이밍에 두 개의 사건이 일어날 것 같진 않았다.

"수위실에 가보자." 내가 제안했다.

수위는 늘 회색 작업복 같은 옷을 입고 있는 궁상맞은 할아버지였다. 아무리 봐도 수위로 어울리지 않는다. 예전에 가오루가 "저 사람, 주무관* 아니었어?"라고 말했던 것을 떠올렸다. 그런 할아버지가 작은 수위실 안에서 아줌마들이 좋아하는 TV프로그램을 보고 있었다.

"어젯밤에 큰일이 났던 것 같던데요." 나는 창 너머로 말을 걸었다. 할아버지는 이쪽을 보고 TV 전원을 껐다.

"큰일 정도가 아니야. 내가 조금만 늦게 갔어도 엄청난 일이 벌

---

*학교에서 잡일을 하는 직원.

어졌을 거야."

엄청난, 이라고 말할 때 목소리가 커졌다. 그 모습으로 보건대 누군가에게 말하고 싶어 좀이 쑤시는 것 같았다.

"어떻게 사고를 아셨어요?" 가와이가 좋은 질문을 했다.

"그야 순찰을 돌았으니까. 그런데 그 방만 불이 켜져 있어서 이상하다는 생각이 들어 안을 살폈지. 그랬더니 안에 학생이 자고 있고 방안에서는 가스 냄새가 났어. 정말 당황했지. 서둘러 가스 밸브를 잠그고 창문을 연 다음 그 학생의 뺨을 짝짝 때렸어. 일어나라고 하면서."

정말 엉망진창이었겠다고 생각하면서도 나는 고개를 끄덕이며 들었다.

"그랬는데 반응이 와서 아아 죽진 않았구나 하고 안심했어. 그 후 병원과 교장에게 이리저리 연락해야 했어. 그것도 큰일이었지."

"그 여학생, 어떻게 자고 있었어요?" 내가 물었다.

"어떻게? 책상에 양팔을 올리고 거기에 머리를 얹고……. 그거 있잖아, 수업 중에 잘 때 하는 자세 말이야."

쓰러져 있었던 건 아닌 모양이다.

"그게 몇 시쯤 얘기였어요?"

"8시 20분쯤이었나? 응, 그래."

그 무렵이라면 나는 노래방을 나와 전차를 타고 있을 때였다.

"경찰에도 연락하셨겠죠?"

"물론 했지. 정말 녀석들은 빨리 오더라. 10분 만에 왔나? 그리고는 험악한 낯빛으로 온 방을 뒤지더라. 지난 사건도 아직 처리되지 않았는데 다음 희생자가 나오면 놈들도 영 입장이 그렇지." 할아버지는 마치 남의 일인 것마냥 말했다. 수위인 자신의 입장은 생각하지 않는 듯하다.

"경찰은 뭘 물어봤어요?"

"지금 너희가 물은 것 같은 얘기지. 그밖에는 순찰 순서나 시간이나."

"흠." 그렇게 말하고 나는 할아버지의 얼굴을 봤다. "그럼 그 순서나 시간은 어떻게 되었는데요?"

"8시와 12시에 모든 교실을 돌아보라고 학교 측이 얘기했어."

"그럼 이상하잖아요." 옆에서 가와이가 말했다. "그럼 왜 이전 사건에서는 아침까지 사체를 발견하지 못했죠?"

"그때는 아직 순찰을 7시쯤에 한 번만 했어. 남은 학생들이 있는지 없는지를 확인하기 위해서지. 학교 측도 그러면 된다고 했어. 내가 잘못한 게 아니야. 무엇보다 수위가 한 명인 게 이상하다고. 학교가 아주 짜. 내 책임이 아니야." 할아버지는 입을 내밀고 불평을 늘어놓았다.

아, 진정하세요, 하고 나는 할아버지를 달랬다. "그러니까 지난 사건 때문에 순찰 횟수가 늘은 건가요?"

"그래. 학교 측도 무슨 대책을 세우는 시늉이라도 해야 하니까. 그런데 이번에는 그게 효과를 냈지."

"여학생은 그 다음에 어떻게 됐어요?" 내가 물었다.

"어떻게 되긴, 그냥 그랬지 뭐. 그대로 구급차에 실려 갔지. 그런데 의식이 그렇게 분명한 것 같지 않았어."

"방안을 보고 뭔가 발견한 거 없나요? 가스가 샌 거 외에?"

"아아, 그건 형사도 물었지." 할아버지가 백발이 성성한 머리를 긁었다. "별로 없어. 무엇보다 모든 방의 상태를 외우고 있는 것도 아니니까 이상해도 뭐가 이상한지 알 수가 없지."

그럴 수도 있겠다고 생각하고 나는 고개를 끄덕였다.

"굳이 말하자면." 할아버지가 턱을 문질렀다. "그 여자아이가 엎드려 있던 그 책상 위에 커피 컵이 놓여 있었어. 그리고 안에 커피가 조금 남아 있었어. 커피를 마시고 자다니 좀 이상하지 않아? 왜 그랬을까?"

나는 절로 가와이와 얼굴을 마주 봤다.

수위실에서 멀어진 후 가와이가 말했다. "커피는 이상하네."

응, 하고 나는 고개를 끄덕였다. "수면제를 먹고 커피를 마신다. 그런 이상한 짓을 하는 사람은 없지."

"그럼 왜 그랬을까?"

"나는 미즈무라가 자신의 의사로 수면제를 먹었다고는 생각하지 않아. 그 커피에 타놓았던 게 아닐까?"

"커피에 타놓았다……. 그런 게 가능할까?"

"천문부 애들이 마시는 커피는 인스턴트야. 그 가루에 섞어두면 가능하지 않을까?"

"그건 무리지. 수면제는 하얗지 않아? 보면 바로 알 텐데."

"그럼 설탕은 어때?"

"설탕이라. 그건 가능할지도. 하지만 언제 미즈무라가 커피를 마실지 범인을 모를 텐데."

"아아……. 그것도 그렇다. 매일 감시할 수도 없는 노릇이고."

천문부 애들에게 이야기를 들어볼까 하고 나는 생각했다.

5교시 일본사는 1반의 부담임 수업이었다. 하지만 이 중년 교사도 어젯밤 사건에 대해서는 말하지 않았다. 평소에도 무뚝뚝한 녀석인데 오늘은 무슨 장막을 친 것 같았다.

그러나 학생들 사이에 흐르는 정보는 점심시간 중에 상당히 구체성을 갖추었다. 히로코가 수면제를 먹었다는 소문이 퍼졌기 때문에 다분히 자살 미수였다는 견해가 대세를 차지했다.

나는 지루한 일본사 수업을 대충 흘려들으면서 히로코가 누군가에게 당했을 가능성에 대해 생각했다. 그 동기와 지난 사건과의 관련성은 전혀 드러나진 않았지만 미사키를 살해한 범인에게 당한 게 틀림없지 않을까, 라고 나는 생각했다. 그 근거는 가스밸브가 열려 있었다는 점이다. 미사키가 살해된 현장에도 가스밸브가 나와 있었다. 이 공통점을 간과할 수 없다. 아마 경찰도 그냥 넘기진 않을 것이다. 다만 알 수 없는 점은 왜 미사키는 교살이었느냐는 것이다.

결국 아무런 답도 찾지 못한 채 일본사 수업도 끝났다. 교사가 "이 부분은 시험에 자주 나온다"라고 말한 것 같은데 그것도 제대로 듣지 못했다. 나는 오직 나만 마라톤 코스에서 덜렁 떨어져 나온 것 같은 느낌이 들었다.

6교시는 체육이었다. 체육복으로 갈아입은 후 1층에서 자신의 신발장을 열었다.

신발장 안은 2단으로 되어 있다. 기본적으로 상단은 신발, 하단은 실내화를 넣게 되어 있는데 나는 통학용 스니커와 체육시간에 신는 운동화를 구별하고 있기 때문에 상단은 운동화 전용으로 하고 평소에는 보통 하단만 사용하고 있다.

그 상단에서 운동화를 꺼내려고 하는데 하얀 봉투가 안에 들어 있는 걸 발견했다. 나는 반사적으로 운동화를 제자리에 놓고 주위를 둘러봤다. 다행히 아무도 본 것 같지 않다.

모두가 사라진 후 나는 조심스럽게 신발장을 열고 그 봉투를 꺼냈다. 봉투 안팎에는 아무것도 적혀 있지 않았고 풀로 단단히 붙여져 있었다. 살짝 가슴이 떨렸다. 고전적인 러브레터라고 생각했다.

수업이 시작될 때까지 2,3분 정도 남았기 때문에 화장실 개인 칸에 들어가 봉투를 뜯었다. 하얀 종이가 한 장 들어 있었는데 그것은 기대했던 것과는 완전히 달랐다. 거기에는 워드프로세서 문자로 다음과 같이 적혀 있었다.

『오늘 밤 8시 ××역 앞 카페 롬&램으로 와라. 미사키를 살해한 범인을 알려주지.』

2

    야구부 연습을 끝낸 후 나는 가와이에게 사정을 말하고 둘이 『롬&램』으로 갔다. 아주 넓고 새하얀 공간에 테이블과 의자를 놓았을 뿐인, 정 붙일 데가 전혀 없는 가게였다. 그도 그럴 것이 가게 일부가 OA기기의 쇼룸으로 되어 있었다. 아하, 그랬구나. 그래서 ROM과 RAM이었구나. 파란 제복을 입은 젊은 여자가 워드프로세서 사용법을 어떤 아저씨에게 알려주고 있다. 태도는 정중했지만 그 행동 틈틈이 고객을 깔보는 모습이 느껴져 혐오감이 들었다. 컴퓨터 관련 일이라는 것만으로 자신이 고귀한 일을 한다고 느끼는 모양이다.

    내가 그런 말을 하자 가와이 가즈마사는 쓴웃음을 지었다.

    "네가 하이테크를 싫어하는 것은 유명하니까."

    "싫어하는 게 아니야. 메이커의 돈벌이가 마음에 안 들 뿐이지. 불필요한 데까지 IC가 들어가는 게 이해가 안 가. 손님이 좋아할 거라고 마음대로 생각하지."

    "게다가 공해까지 만들고? 1학년 때 자유연구 테마였잖아."

    가와이의 말에 머리로 솟구치던 피가 쓱 가라앉았다. 가와이와는 1학년 때 같은 반이었고 자유연구에서도 같은 팀이었다.

    "뭐, 어떻게 되든 나와 상관없어." 나는 물을 마셨다.

    평범한 카페와 비교해 음료 가격이 쌌기 때문인지 대부분의 테이블이 퇴근길로 보이는 손님들로 가득 찼다. 위치로는 학교와 우리 집 거의 중간쯤이다.

"그건 그렇고 시끌시끌하니 영 차분한 가게는 아니네." 가게 안을 둘러보고 가와이가 감상을 말했다. "밀담에는 이런 데가 더 좋을지도 모르지만."

"나도 그렇게 생각해." 나도 동의하고 주위를 봤다. 사람들의 출입도 상당히 많다.

"그 녀석은 정말 범인이 누군지 알까. 너를 놀리는 게 아닐까?"

"그야 그렇지." 나는 그렇게 말하고 슬쩍 웃었다. "무엇보다 나는 지금, 전교생의 주목을 모으고 있는 사람이니까. 놀림도 있고 장난전화도 종종 와."

"장난전화? 어떤?"

"여러 가지야." 나는 그중 몇 가지를 들려줬다.

"정말 한심한 자식들이 있구나." 가와이가 얼굴을 찡그렸다.

"만일 이게 장난이 아니라," 나는 커피를 마셨다. "정말 범인을 알고 있다면 경찰에게 말하면 그만이야. 그런데 왜 내게 알려주려고 할까?"

"본인에게는 경찰에게 말할 수 없는 사정이 있는 거 아닐까?"

"일테면?"

"일테면"이라고 말한 가와이는 바로 입을 다물더니 조금 있다가 고개를 흔들었다. "모르겠다."

"아무래도 장난 같네. 생각해보니." 나는 받은 편지를 꺼냈다.

"만약 그렇다면 이렇게 나오지 않았어야 하는데."

문장 끝에 날짜와 '밀고자'라는 글이 들어 있었다. 다만 그 날짜는 오늘이 아니라 어제였다. 그러니까 이 편지는 어제 신발장에 넣어졌다는 말이다. 그런데 내가 운동화가 있는 상단을 보지 않아서 알아차리지 못했던 것이다.

장난일 가능성을 인정하면서도 아깝다는 마음도 있었다. 만약 어제 이걸 발견했다면 전혀 다른 전개가 이루어졌을지도 모른다.

한동안 신발장에 신경을 써야겠다고 나는 생각했다. 다시 편지가 올지도 모른다.

"하지만 신경이 쓰이네." 가와이가 중얼거렸다. "정말 우연일까……."

"뭐?"

"그 편지와 미즈무라 사건 말이야. 어젯밤 8시라고 하면 마침 미즈무라가 사건에 휘말렸던 때잖아."

"아……!" 내 머릿속에 어떤 생각이 들었다. 그것은 아직 윤곽이 분명치 않았지만 점차 분명한 형태를 이루었다. "그랬구나." 나는 입술을 깨물었다. "이건 덫이야……."

"뭐?" 가와이가 눈가를 찌푸렸다.

"이 편지는 덫이야, 틀림없어."

"무슨 소리야?"

"이 편지의 지시에 따라 어제 내가 여기에 왔다고 치자. 상대는 안 왔어. 약속 시간은 8시야. 8시 10분까지 기다리다 돌아가면 결국 집에 가면 8시 40분 무렵이야. 어제와 마찬가지지. 그런데 학교에서는 사건이 일어나고 있었어. 형사는 내 알리바이를 조사하겠지? 나는 이 가게에 왔지만 증명할 순 없어."

앗 하고 가와이도 소리를 질렀다. "네 알리바이를 없애려던 거야?"

"바로 그거야." 나는 편지를 펄럭펄럭 흔들었다. "내게 범인을 알려주려던 게 아니야. 이걸 쓴 놈은 나를 범인으로 만들려고 했던 거야."

"그럼 범인이 썼단 말이야?"

"아마도." 내가 말했다.

"정말 더러운 짓을 하네." 가와이는 신음소리를 흘렸다. 하지만 갑자기 내 뒤를 보고 얼굴을 굳혔다. "묘한 일이 생겼네." 나는 돌아봤다. 미조구치 형사가 이쪽으로 걸어오고 있었다. 나는 편지를 재킷 주머니에 넣었다.

"우연이네"라고 말하고 형사는 맘대로 옆 의자에 앉았다.

나는 일부러 지긋지긋하다는 표정을 지었다. "다 알아요. 어차피 나를 따라온 거죠?"

"따라와? 너를? 왜?"

"그럼 왜 여기에 계세요?"

"커피를 마시러 왔지." 형사가 태연하게 말했다. "너희들은 여기에 왜 있니?"

"커피를 마시러 왔지요." 가와이 가즈마사가 되받아쳤다.

"그렇겠구나. 그러니까 우연이라고 했지." 형사가 씩 웃었다.
"이 가게에 자주 오니?"

가와이가 나를 슬쩍 봤다. 그래서 내가 대답했다. "예. 가끔." 일
단 신발장의 편지 얘기는 감추기로 했다.

"얼마나 자주?" 형사가 또 질문했다.

"자주?"

"일주일에 한두 번이나, 매주 정해진 요일에 온다거나."

"그렇진 않습니다. 정말 가끔 옵니다. 그렇지?" 가와이가 동의
를 구했다. 나는 고개를 끄덕이고 형사의 얼굴을 봤다.

"우리들이 여기에 있으면 안 되나요?"

"아니야, 그런 건 아니다. 다만 중간에 내려서 일부러 올 만한
가게가 아닌 것 같아서." 미조구치 형사가 우리들 얼굴을 번갈아
봤다. 입은 웃고 있는데 눈빛은 날카롭다.

"어젯밤 사건에 대해 뭔가 알아내셨나요?" 나는 화제를 바꿨다.

형사의 얼굴이 살짝 굳어졌다. "아직, 이제부터 알아내야지."

"미즈무라에게 수면제를 먹였다는 소문이 도는데요." 넌지시 운
을 뗐다.

"그래?" 형사의 눈이 번뜩인 것 같다. "누가 그런 말을 하니?"

"누구라니…… 그러니까 소문이죠."

"그래? 소문이라는 건 무책임하니까."

"미즈무라에게 사정청취를 받았나요?"

"일단 이야기는 들었다."

"그래서?"

"응?"

"본인은 뭐라고 하던가요?"

형사는 어깨를 으쓱했다. "무엇보다 어제 그 일이 있고 하루밖에 안 지났으니까. 너무 신경이 날카로워져 있어. 본격적인 사정 청취는 이제부터야."

"자살할 생각이었답니까?"

"그건 됐다. 그보다." 형사는 귀를 파고 테이블에 양팔을 올렸다. "내 질문에 대답해주겠니? 왜 오늘 이 가게에 왔지? 솔직히 대답해주면 좋겠는데."

순간 가와이가 눈이 마주쳤다. 그리고 내가 대답했다. "정말 그냥 왔어요."

형사는 내 얼굴을 뚫어져라 보면서 두터운 손바닥을 문질렀다. "그럼, 그 주머니 속에 있는 걸 보여주겠니?" 내 재킷을 가리켰다.

"주머니 속? 뭐요?"

"피차 그렇게 한가하지 않으니까 괜한 시간 낭비는 하지 말자. 너희들이 그 주머니 속에 넣은 것을 보면서 심각하게 말하고 있었다는 걸 안다."

"역시 미행하셨군요."

"그렇게 생각하고 싶으면 그래도 된다. 아니라고 해도 안 믿을 테니까. 일단 그걸 봤으면 좋겠는데. 아무래도 싫다면 영 시끄러운 절차를 밟아야 하는데 그러면 네가 더 불쾌해질 거다."

시끄러운 절차라면 수사영장이나 그런 걸 가지고 오겠다는 말인가. 어차피 위협이겠지만 귀찮았기 때문에 나는 주머니에서 편지를 꺼냈다.

"협력해줘서 고맙구나." 형사는 얼굴을 풀고 편지를 받더니 내용을 읽고 표정이 급변했다.

"오늘 발견했어요." 내가 말했다.

"짐작 가는 점은?" 형사가 물었다.

우리들은 고개를 저었다.

"제 알리바이를 없애려는 덫이라고 말하고 있던 참이었습니다. 미즈무라 살인죄를 씌우기 위해서."

"그렇구나. 이건 내가 맡을게." 내 대답을 기다리지 않고 형사는 자기 주머니에 넣었다. "마지막으로 확인하자. 이 가게에는 자주 오니?"

"아니오, 처음입니다." 내가 대답했다.

"됐다." 미조구치는 만족스러운 표정으로 일어나 사라졌다.

형사가 가게를 나간 후 가와이가 고개를 갸웃했다. "저 형사는 어째서 여기 있었을까?"

"그러니까 나를 미행했다니까." 내가 말했다.

"아니, 그런 것 같진 않아. 내 위치에서는 이 가게의 출입구가 잘 보이는데 저 사람이 들어오는 것은 못 봤어. 게다가 미행은 보통 우리가 얼굴을 모르는 형사를 붙이지 않을까?"

"그야 그렇지……." 내가 고개를 갸웃할 차례였다. "그럼 왜?"

"몰라. 하지만 어쩌면 우리가 오기 전부터 여기에 있었던 거 아닐까?"

"설마. 왜?"

가와이가 고개를 기울였다. 나는 형사가 사라진 출구를 바라봤다.

3

다음 날 아침, 학교로 가는 만원 전차 속에서 천문부 부원을 발견했다. 포니테일을 한 몸집이 작은 여학생으로 얼굴이 동그랗고 쓰고 있는 안경도 동그랬다. 불편하게 문고판 책을 읽고 있다. 몇 미터 거리이지만 내게는 눈길도 주지 않는다.

역에 내려 그녀에게 다가가 말을 걸었다. 그녀는 확연하게 겁을 먹은 표정을 보였다.

"미즈무라에 대해 묻고 싶어. 걸으면서도 얘기해도 괜찮으니까 질문에 대답해줘."

그녀는 노골적으로 눈썹을 찌푸리고 툭 내뱉었다. "같이 걷는 모습을 친구가 보면 이상한 소문이 생겨요."

정말 그렇겠구나 하고 생각하고 나는 역 앞 편의점을 지정했다. 거절하면 오히려 성가신 일이 생길 거라고 생각했는지, 그녀는 의외로 선선히 승낙했다.

먼저 들어가 주간지를 보는 척하고 있으니 조금 늦게 그녀도 왔다.

"그저께 일을 얘기해주지 않을래?" 패션잡지를 읽으면서 내가 말했다. "미즈무라가 죽을 뻔했던 시간 말이야."

"나는 자세한 건 아무것도……." 위장을 위해 그녀는 순정만화를 들었다.

"아는 것만 말하면 돼." 내가 말했다.

그녀는 살짝 한숨을 쉬고 조그맣게 말하기 시작했다. "그날은 평소와 마찬가지로 6시쯤부터 옥상에서 관측을 시작했어요……."

7시 반까지 옥상에 있었다고 그녀가 말했다. 그때 함께 있었던 사람은 또 다른 2학년 부원과 미즈무라 히로코였다. 세 사람은 관측을 끝내고 부실 대신 제2과학실험실로 와서 조금 잡담을 하고 돌아갈 채비를 했다. 하지만 히로코는 잠시 쉬고 가겠다며 인스턴트커피를 타기 시작했다. 그래서 2학년 두 명은 그녀를 남겨놓고 하굣길에 올랐다.

"인스턴트커피는 어떻게 타지?"

"어떻게라니……? 커피 가루를 컵에 넣고 더운물을 부으면 되죠."

"설탕과 우유는?"

"선배는 넣지 않아요."

그렇다면 거기에 수면제를 타긴 어려울 것 같다.

"더운물은 포트 같은 데 들어 있어?"

"아니오. 수돗물을 전기포트로 끓여요."

사전에 물에 섞어놓을 수도 없다. 그럼 역시 커피에 들어 있었단 말인가.

내가 침묵을 지키고 있었기 때문에 용건이 끝났다고 생각한 모양이다. "이제 됐나요?"라고 말하고 2학년 여학생은 만화잡지를 원래 자리에 놓았다.

"잠깐만. 형사가 이야기를 들으러 오지 않았어?"

"어젯밤, 우리 집에 왔어요."

"뭘 물어봤니?"

"그러니까 그저께 밤의 일을……. 그래서 지금과 같은 말을 했어요."

"다른 질문은?"

"우리가 돌아갈 때 선배의 모습이 어땠는지……."

"어땠는데?"

"평소와 같았어요. 복도에서 헤어질 때도 또 보자고 힘차게 인사했고."

"복도에서?" 내가 다시 물었다. "실험실에서 헤어진 게 아니야?"

"아아." 여학생이 조금 턱을 들었다. "깜빡했는데 우리가 방을 나온 직후 선배도 바로 나왔어요. 옥상에 볼펜을 두고 왔다고 다시 계단을 올라갔어요."

"다시 옥상으로……." 나는 깜짝 놀랐다. "그거 정말이니?"

그녀는 다시 겁먹은 표정이 되어 살짝 끄덕였다. "정말이에요."

그러니까 그 시간에 교실에는 아무도 없다는 소리다. 내 머리에

한 가지 생각이 떠올랐다. 확신에 가까웠다.

"형사가 그밖에 다른 질문은 안 했니?"

"아, 그리고 지도교사 선생님에 대해서 물었어요. 동아리에 자주 나타나는지, 그날은 왜 같이 있지 않았는지."

"지도교사라면 하이토?"

"네."

"그래서 뭐라고 했어?"

"동아리에는 대체로 나타나고 그날도 6시 반쯤에 한 번 왔다고 했죠."

"형사가 뭐라고 했어?"

"딱히 아무것도. 그러냐며 고개를 끄덕였어요."

"흠." 형사가 하이토에 대해 물은 의미를 생각했다. 지도교사에 대해 사무적으로 물은 걸까.

나는 천문부 여학생에게 고맙다고 인사했다. "고마워. 잘 들었어."

"저기, 그리고 하나 더." 망설이면서 그녀가 입을 열었다.

"왜?"

"한 가지 더 형사님이 물었어요."

"뭘?"

"미즈무라 선배와 니시하라 선배의 관계에 대해 아는 게 있느냐고……."

얼굴이 굳어지는 게 느껴졌다. "그래서 뭐라고 대답했어?"

"아무것도 모른다고 했죠. 그랬더니 둘이 함께 있는 걸 본 적이 없느냐고. 그래서 제가 학교 바로 밖에서 니시하라 선배와 우연히 만났을 때 미즈무라 선배가 우리를 먼저 보내고 둘이 심각하게 얘기했던 적이 있다고 말했어요."

나는 신음했다. 내 표정을 봤는지 여학생이 조그맣게 말했다. "말하면 안 되는 거였나요?"

"아니야, 괜찮아." 내가 대답했다. "별로 숨길 일도 아니고."

우리들은 따로따로 편의점을 나와 학교로 향했다.

점심시간에 식당에서 가와이와 가오루에게 천문부 여학생에게 들은 말을 했다. 그리고 내 추리도 밝혔다.

"미즈무라가 옥상에 간 사이에 책상 위의 커피에 수면제를 탄 게 아닐까? 그 이외에는 약을 먹게 할 방법이 없어."

"하지만 그렇다면 범인은 어디선가 미즈무라를 감시했다는 소리야." 나라사키 가오루가 말했다.

"감시했을 거야." 내가 말했다. "아마 미즈무라가 혼자가 되길 기다리지 않았을까?"

"수면제를 넣을 기회를 엿보며?"

"아니, 그건 아니라고 생각해. 미즈무라가 커피를 마실지 범인은 몰랐어. 게다가 그 녀석이 커피를 그대로 두고 옥상으로 갈 것이라는 점도 범인은 예상할 수 없었어."

"그렇다면……."

"수면제를 사용한 것은 범인의 순간적인 아이디어가 아닐까. 처음에는 다른 방법으로 미즈무라를 죽이려고 했어. 그래서 기회를 엿보며 감시하고 있었어. 그랬는데 녀석이 옥상으로 가는 걸 보고 그 틈에 실험실에 숨어들어 기다리려고 했다."

"그런데 책상 위에 막 타놓은 인스턴트커피가 있어서 급히 계획을 바꿔 수면제를 넣었다는 말이야?" 가오루가 뒤를 이어 말했다.

"그렇지."

"그 말은 범인은 늘 수면제를 가지고 다닌다는 소리?"

"그렇지." 나는 가오루의 얼굴을 보고 고개를 끄덕였다. "그런 사람이 드물지 않아. 우리 아버지도 늘 신경안정제를 주머니에 넣고 다녀. 스트레스로 언제 머리 회로가 끊어질지 모른다며."

"그건 과로야." 가와이가 슬쩍 내뱉었다.

"그야 뭐." 나는 진저리가 난다는 표정을 지었다. "우리 아버지는 일에 영혼을 판 사람이야." 갑자기 하루미의 얼굴이 떠올랐다. 그 때문에 희생된 딸.

"흥." 그런 약은 평생 필요할 것 같지 않은 가오루는 도무지 모르겠다는 표정으로 콧방귀를 꼈다. "범인이 약을 가지고 다니는 이유는 그렇다고 치고, 커피에 약을 넣은 후 범인은 일단 실험실을 나왔겠지?"

"그랬겠지." 나는 상황을 떠올렸다. "그때 미즈무라가 돌아온다."

"범인이 시간을 계산하며 실험실을 살핀다. 미즈무라가 예상대로 잠든 것을 확인하고 가스밸브를 열고 도주……라. 이게 잘만

되면 자살로 처리될 테니까.”

“가스가 천연가스가 아니었다면.” 내가 말했다. “범인은 바보이고 미즈무라는 살았어.”

“어쨌든 이걸로 수면제를 의도적으로 먹일 수 있었다는 말이 되네.” 가와이가 말했다.

“하지만” 하고 가오루가 말했다. “자살 가능성도 역시 높지.”

“아니, 그건 아니지.” 나는 부정했다. “형사는 미즈무라의 사정 청취를 했을 텐데 분명한 말은 하지 않았어. 게다가 천문부 여학생 집에 밤에 찾아와 이런저런 질문을 했어. 미즈무라가 자살이라면 거기까지 하진 않았겠지.”

“그러네……”

“게다가 그 편지 건도 있지.” 가와이가 나를 봤다. “니시하라를 함정에 빠뜨리려는 편지야.”

그 일은 이미 가오루에게도 말했다.

“그럴까. 하지만 왜 다음 피해자가 미즈무라일까? 그녀와 미사키 선생에게 무슨 관계가 있어?”

“몰라. 하지만 틀림없이 뭔가 있어.”

내가 그렇게 말했을 때 점심시간이 끝나는 예종이 울렸다. 우리들은 일어났다.

방과 후 운동부 동아리실로 가니, 두 형사가 육상부 방에서 나오고 있었다. 형사라고 알았던 이유는 한 명이 미조구치 형사였기 때문이었다. 미조구치는 내 얼굴을 보고 입술 끝만 올려 웃으며 지나갔다.

육상부실 앞에 섰을 때 형사가 이곳에 온 이유를 알았다. 『화기 책임자 미사키』라는 팻말이 붙어 있었기 때문이다.

부실을 들여다보니 주장인 사이토가 세 명의 부원과 이야기를 나누고 있었다. 사이토는 2학년 때 같은 반이었고 같은 주장이라 비교적 친하다. 키가 크고 마른 몸을 지녀 단거리와 도약 경기에서 가장 활약하는 선수이다.

내 얼굴을 보더니 내가 뭐라고 하기 전에 "너희들, 잠깐 나가 있어"라고 말하며 다른 부원들을 내쫓았다.

"형사가 나가는 걸 봤어?" 단둘이 되자 사이토가 말했다. 내가 온 이유를 이해한 모양이다. 게다가 그 명랑한 말투로 보건대 나를 조금도 의심하고 있지 않은 것 같다.

"그랬지." 나는 사이토 옆에 앉았다. "녀석들, 뭘 조사해?"

"그건 몰라. 육상부 비품을 보여달라고 한 게 다야."

"비품?"

"응. 그래서 스톱워치나 스타팅 블록, 바통 같은 도구를 보여줬는데 상대는 아무 말도 안 했어."

"그 녀석들은 늘 그래." 나는 고개를 끄덕이며 말했다. "그래서?"

"처음에 그 사람들은 포환에 관심을 가지는 것 같았어. 그런데 덤벨 얘기를 하자 갑자기 그쪽으로 관심이 옮겨가더라."

"덤벨 얘기?"

"아아, 덤벨이 하나 없어졌어. 얼마 전 클럽 활동이 재개되어서야 알았어."

덤벨이란 바벨의 바를 짧게 한 것으로, 팔을 한쪽씩 단련할 때 사용하는 트레이닝 기구이다.

"왜 그런 게 없어졌지?" 내가 물었다.

"그건 내가 묻고 싶은 말이야. 후배에게 알아보게 했는데 영문을 알 수가 없었지. 일단 비품을 분실하면 사유서를 내야 해서 정말 머리가 아파. 뭐, 지금은 지도교사가 없으니까 괜찮지만."

"미사키가 지도교사였지."

"응. 하지만 형식상에 불과했어. 지도교사다운 일은 하나도 안 했으니까. 운동부는 늘 바보 취급이나 했지."

"그러긴 했지." 언제였나, 하교시각 일로 한바탕 난리를 쳤던 일을 떠올렸다. "그건 그렇고 형사는 왜 덤벨 같은 거에 관심을 가질까?"

"전혀 모르겠어." 사이토는 두 손을 드는 포즈를 취했다. "다만 형사가 이곳에 온 게 오늘 처음이 아니야."

"전에도 왔다고?"

사이토가 끄덕였다. "미사키 선생이 살해된 직후에. 그렇지만 그때 나는 형사를 만나지 못했어. 방을 보여달라고 해서 오다라는 2학년이 안내했어."

"방을 보여달라고 했다고? 부원을 만나고 싶다는 게 아니라?"

"맞아."

"육상부원에게 용건이 있다면 모를까 방에 볼일이 있다는 건 이해가 안 되네."

"우리들도 그랬지."

"그 오다라는 2학년은 오늘 여기 와?"

"오늘은 개인 훈련이라 안 올 거야. 다음에 만나게 해줄게."

"응. 부탁해." 육상부실을 나왔다.

육상부는 개인 훈련이라고 하지만 야구부는 오늘도 통상적인 훈련이 이루어졌다. 이제 슬슬 본격적인 연습에 들어가지 않으면 여름 지역대회에 맞출 수 없다. 1회전에 패해 물러나는 일은 무슨 짓을 해서라도 피하고 싶었다. 부원들은 입에는 올리지 않지만 사실 이대로 무사히 시합에 나갈 수 있을지 걱정하고 있는 듯했다. 그에 대해서는 나도 아무 말도 하지 않았다.

연습 후 방에서 옷을 갈아입고 있는데 요시오카가 다가왔다. 평소와 달리 심각한 표정이다.

"오늘, 전차에서 나카노와 같이 있었는데 그 녀석이 이상한 얘기를 하더라."

"나카노?" 누구지 하고 나는 고개를 기울였다.

"잊었어? 유키코의 그 일을 폭로한 장본인이잖아?" 애가 타는 듯 요시오카가 말했다.

"아아." 말을 듣고서야 기억이 났다. 임신 소문을 흘린 2학년 학생이다. "그 녀석이 무슨 말을 했어?"

"그게 말이야." 요시오카가 아주 착 몸을 밀착시켰다. "유키코가 사고를 당한 장소를 말이야, 형사가 최근에 다시 조사하기 시작했대."

나는 셔츠 버튼을 잠그고 있던 손을 멈췄다. "정말?"

"나카노는 그 근처에 살고 있다고 했잖아. 그래서 안 모양이야. 본격적인 탐문도 한다고 하더라."

"어……."

지금 와서 뭘 조사하려는 거지, 하고 생각했다. 그 건에 무슨 문제라도 있나.

"나카노가 다른 말은 안 했어?"

"아니, 그게 다야. 하지만 이상한 얘기지?" 요시오카가 의아하다는 표정을 지었다.

학교를 나온 후 가와이 가즈마사와 나라사키 가오루에게 상담했다.

"새삼 탐문을 한다니 신경에 쓰이네." 가와이가 말했다. "유키코의 사고에 대해서는 더 이상 나올 게 없을 텐데 말이야."

"하지만 경찰이 괜히 움직이기야 하겠어." 가오루가 말한다.

현장에 가보자고 내가 제안했다. 경찰이 뭘 묻고 다녔는지 알아보려는 것이다.

"그야 괜찮지만 도대체 뭘 하려고? 우리 셋이 근처 집들을 돌아다니며 물어보게? 경찰이 뭘 조사했냐고?" 가와이가 내 얼굴을 응시했다.

"그거라면 걱정 마. 물어볼 데가 있으니까. 그렇지?" 나와 같은 생각을 한 듯 가오루가 동의를 구했다. 그렇다고 하며 나도 고개를 끄덕였다.

카페『프렌드』는 6개의 테이블 중 2개가 차 있었다. 우리는 전에 여기 왔을 때와 마찬가지로 카운터 자리에 앉았다. 아주머니는 나와 가오루의 얼굴을 기억하고 있었다. 그날도 교복 차림이었던 터라 인상에 남았다고 한다. 가와이 가즈마사를 소개하자 흐뭇한 눈길로 말했다. "잘생겼네."

나는 어떻게 말을 꺼낼까 생각하고 있었다. 그런데 아주머니가 먼저 목소리를 낮추고 우리들에게 물었다.

"그 여자아이 사고사 말이야, 그 후에 어떻게 됐어?" 낮 시간대 와이드 쇼를 즐기는 표정이었다.

"어떻게……." 말투로 보건대 우리 학교에서 살인사건이 일어난 줄은 모르고 있음을 깨달았다. 그렇다면 얼버무리는 게 낫겠다. "별로 어떻게 된 건 없어요."

"그래? 그런데 왜 그런 걸 묻지?" 아주머니는 뺨에 손을 대고 생각하는 시늉을 했다.

"누가 뭐라고 물었는데요?" 최대한 자연스럽게 가오루가 물었다.

그 말을 기다리고 있었다는 듯 아주머니는 카운터에 팔꿈치를 대고 몸을 내밀었다.

"그게 말이야, 얼마 전에 형사가 왔었어."

역시 그랬나. 나는 슬쩍 가와이와 가오루 쪽을 보고는 재촉했다. "그래서요?"

"이상한 말을 꺼내더라. 남자 사진을 보여주며 사고 때 이런 남자를 현장 부근에서 보지 못했느냐고?"

"남자 사진?" 우리 셋은 동시에 소리를 냈다.

아주머니가 깜짝 놀랐다. "갑자기 왜 그래? 남자면 안 돼?"

"아니, 그게 아니라…… 어떤 남자요?" 내가 물었다.

"아, 그게." 아주머니가 카운터로 몸을 내민 채 뱀처럼 몸을 비틀었다. 검은 티셔츠 품이 벌어져 커다란 가슴골이 슬쩍 보였다. 나는 커피를 뿜을 뻔했다. "잘 기억나진 않지만"이라고 말하고 아주머니가 계속 말했다. "나이를 상당히 먹은 사람이었던 건 분명해. 젊은 남자였다면 잘 기억했을 텐데."

우리들은 서로의 얼굴을 봤다. 눈만으로 누구인 것 같으냐는 대화가 순식간에 이루어졌다.

가오루가 무슨 생각을 했는지 아주머니에게 말했다. "그 사람, 백발이었나요?"

이 질문에 대한 아주머니의 반응은 빨랐다. 짝 하고 박수를 쳤다.

"그래, 맞아! 생각났다. 하얗다고 해야 하나 회색이라고 해야 하나. 그런 머리를 이렇게 올백으로 넘겼어." 머리스타일을 양손으로 표현했다.

'그 녀석이다!' 나는 생각했다.

4

다음 주 월요일 3교시가 지학이었다.

"아인슈타인의 상대성이론을 이해하라는 말이 아니다." 하이토는 회색 머리카락을 뒤로 넘기면서 학생들 책상 사이를 걷는다. "다만 내가 얘기하고 칠판에 적는 내용을 외우라는 소리다. 외우는 것 정도는 별거 아니지? 누구나 할 수 있다. 초등학생이라도할 수 있어. 그런데 애써 얘기하는 걸 듣지 않고 칠판에 적은 걸받아 적지도 않고 외우지도 않는다. 그런 짓을 해서 곤란한 사람이 누구겠어? 물론 너희들이야. 언제 곤란하지? 당연히 대학 수험 때지. 아직 멀었다고 생각하는 거겠지? 하지만 여름방학을 그냥 지나치면 그때는 이미 늦었다고 생각해라."

잔소리 외에는 아무것도 없는 하이토의 타령을 나는 진저리를치며 들었다. 듣고 싶진 않지만 귀에 들어오는 것은 어쩔 수 없다. 그러나 오늘 녀석의 목소리는 전에 비해 기운이 없는 것처럼 들렸다. 생기가 없다는 표현이 적절할지 모르겠다. 그러고 보니 낯빛도 그다지 좋지 않다. 물론 이렇게 생각하는 것은 내게 선입견이있었기 때문일지 몰랐다.

오늘 2교시가 끝난 후의 쉬는 시간에 가오루에게 불려 복도로나왔다. 가와이도 같이 있었다. 새로운 정보를 얻었다고 한다.

"그 일을 조사했어. 사카가미에 대해."

"사카가미? 아아, 물리 두더지?"

가와이 반의 담임이다.

"얼마 전 그 선생이 카페에서 형사와 무슨 얘기를 했는지 알아봐줬으면 좋겠다고 했잖아. 그래서 오늘 아침, 마침 전차에서 같이 있게 되어 과감하게 물어봤지."

"흠. 뭐라고 물었어?" 가와이가 싱글싱글 웃었다.

"괜한 짓 하지 않고 직설적으로 물었지. 선생님, 얼마 전에 카페에서 형사님과 만났죠? 살짝 놀라는 것 같았지만 여자가 말을 걸어오는 게 오랜만인지 아주 좋아하더라."

가와이가 웃음을 터뜨렸다. "눈에 선하다. 두더지에게는 최고의 아침이었겠다."

"그래서 뭐 좀 알아냈어?" 내가 물었다.

"그게 말이야. 형사가 과학교사 모임에 대해 물었대."

"그게 뭐야?"

"잘 모르겠는데 물리나 화학, 생물 교사가 모여 술을 마시는 거 아닐까?"

"그게 무슨 관계야?"

"그 모임 말이야, 미사키 선생이 살해된 밤에 열렸다더라."

"아……." 그렇다면 무시할 수 없다.

"그래서 그 모임이 몇 시부터 몇 시까지 있었는지, 그리고 누가 참석했는지를 물었대."

알리바이 확인이라고 나는 생각했다.

"두더지 녀석, 뭐라고 대답했대?" 가와이가 물었다.

"시간은 7시부터 9시 정도. 과학 교사는 전부 참여했다고 대답했다고."

"과학 교사라." 나는 생각에 잠겼다.

그러자 그 생각을 꿰뚫어 보듯 가와이가 바로 말했다. "하이토도 과학이지."

나는 잠자코 고개를 끄덕였다.

얼마 전의 일을 떠올렸다.

카페 『프렌드』의 아주머니에게 경찰이 보여준 사진의 주인공은 하이토가 분명했다. 사람의 얼굴을 잘 기억하지 못한다는 아주머니였지만 우리들이 묘사한 하이토의 특징에 "맞아, 맞아! 그런 얼굴이었어"라고 수긍했던 것이다.

아주머니 본인은 사진의 남자를 보지 못했다고 했고 형사에게도 그렇게 대답했다고 한다. 그러나 우리들은 사고 현장에 하이토가 있었다고 경찰이 생각하고 있다는 사실에 강한 관심을 가졌다. 경찰이 그렇게 생각하는 데는 나름의 이유가 있을 터였다.

"만약 사고 현장에 하이토가 있었다면 어떻게 되는 거지?" 『프렌드』를 나온 직후 나는 둘에게 이렇게 물었다.

"생각할 수 있는 것은 한 가지밖에 없어. 유키코를 감시한 사람은 미사키와 하이토까지 둘이었네." 가와이가 말했다.

"그런데 왜 미사키 혼자인 것으로 되었을까?" 가오루가 말한다.

"사실은 둘 다 없었던 걸로 하고 싶었겠지." 내가 말했다. "그런

데 숨기지 못했어. 적어도 한 사람이 있는 것으로 해야만 했지. 그리고 산부인과 앞이었기 때문에 역시 여자가 낫다고 생각해 미사키만 있었던 것으로 했다—그렇게 된 거겠지."

"나도 그렇게 생각해." 가오루도 동의했다. "또 다른 이유로 학생지도부장인 하이토의 권위에 상처를 입혀서는 안 된다고 생각하지 않았을까?"

그것도 중요한 점이라고 생각했다.

"문제는 이것이 살인사건과 어떻게 이어지느냐는 거지." 내가 말했다.

그리고 조금 있다가 가와이가 천천히 입을 열었다.

"만약 하이토와 미사키 둘이 유키코를 감시하고 있다면 유키코를 쫓은 사람은 누구지?"

"아?" 나는 움직임을 멈췄다. 가오루도 가와이를 바라봤다.

가와이는 우리 둘을 번갈아 바라보며 말했다. "나이를 먹었다고는 하지만 역시 남자가 쫓았을 것 같은데."

가오루가 탁 하고 손뼉을 쳤다. "맞아. 그게 틀림없다고 생각해." 말에 힘이 들어갔다.

"맞아. 유키코를 쫓아 사고를 당하게 한 사람은 하이토였어. 미사키 선생이 그 사람 대신 나선 거지. 틀림없어."

"만약 그렇다면." 가와이가 계속했다. "미사키 할멈은 돌아가는 상황이 맘에 들지 않았겠지. 니시하라의 폭탄 발언 이후 학생이나 주위로부터 비난을 받았어. 결국 다 털어놓고 싶지 않았을까."

가와이가 무슨 말을 하고 싶은지 나도 알 수 있었다.

"미사키가 다 털어놓겠다고 해서 하이토가 당황해 미사키를 죽였다?"

"그것도 생각할 수 있을 것 같아." 냉정하게 가와이가 말했다.

"경찰도 그런 가능성을 생각하고 있을지도 몰라. 그래서 사고 현장을 탐문하기 시작했겠지." 가오루는 눈을 크게 떴다.

"그럴지도 모르겠다." 내가 말했다.

하이토의 수업은 계속되고 있었다. 여기는 중요하니까 꼭 머릿속에 넣어두라고. 입시에 자주 나온다고. 어이, 너, 내 얘기를 잘 듣고 있나—학생들의 태도도 빠짐없이 체크한다.

이 녀석에 대해 나는 무엇을 알고 있나—분필로 또 뭐라고 칠판에 적기 시작한 하이토의 등을 보며 새삼 생각했다.

쉰을 넘겼다고 한다. 근속 30년을 눈앞에 두고 있다고 하니까 역시 그 정도 나이는 되었겠지. 그리고 이 남자의 자랑은 그동안 단 한 번도 수업을 빠진 적이 없다는 것이다. 교통기관이 파업을 했을 때도 전날부터 수위실에서 자는 방법으로 극복했고 태풍으로 결국 휴교가 된 날조차 완전히 젖은 채 수업 시작 전에 학교에 도착했다고 한다.

학생지도부장으로서의 하이토의 엄격함과 집요함에 대해서는 지금 와서 달리 할 말도 없다. 미야마에 유키코의 건으로도 알 수 있듯 학생의 사생활에까지 시끄럽게 간섭하는 남자였다. 하굣길에 게임센터에 들어가려던 남학생이 몰래 숨어 있던 하이토에게 걸린 적도 있다. 몰래 아르바이트를 하던 여학생이 한 달 동안 반성문을 써야 했던 경우도 있었다.

많은 학생이 이 남자의 먹잇감이 되었다. 일단 눈에 들어온 학생은 철저하게 감시하기 때문에 학생들은 그렇게 되는 것을 '하이토의 체크에 들었다'고 불렀다. 체크에 든 학생은 종종 친구들이 멀리하기까지 했다. 모두 자신에게 불똥이 튀는 걸 두려워했던 것이다.

그러나 우등생이라고들 하는 학생들은 하이토를 높이 평가하는 사람도 적지 않았다.

"뭐라고 하든 그 선생님은 역시 대단해. 진심으로 교육을 하니까. 그런 선생은 없어."

어떤 학생이 그렇게 말하는 것을 나도 들은 적이 있다. 학부모회와도 잘 지내고 다른 교사들도 든든하게 여기는 것 같다. 교장이나 교감조차도 이 녀석에게는 하고 싶은 말을 다하지 못한다.

하지만 적어도 나는 이 교사를 신용하지 않았다. 인정하지도 않았다. 그렇게 뛰어난 교사라면 미야마에 유키코가 죽었을 때 문상자리에서 슬픈 표정 정도는 보여줬어야 했다.

나는 너무도 잘 기억하고 있다. 이 녀석은 그저 학생들을 감시하고 있었을 뿐이다.

나는 하이토가 일련의 사건의 범인일 가능성을 검토해봤다. 미사키 살인의 동기는 가와이의 설을 받아들이면 납득할 수 있다.

그럼 미즈무라 히로코를 노린 사건은 어떻게 되지?

여기서 내 뇌리에 한 가지 장면에 떠올랐다. 그것은 분명 작년 가을이다. 하이토와 히로코 두 사람이 4층 창에서 천체망원경으로 별을 바라보고 있는 모습을 아래에서 목격했다. 히로코가 망원경을 들여다보고 있고 그녀의 옆얼굴을 하이토는 흐뭇하게 바라보고 있었다. 그때 하이토의 표정은 단순히 학생을 지도하는 교사의 것이 아니었다.

저 녀석, 미즈무라 히로코를 여자로 보고 있구나—그 순간 나는 그렇게 생각했다.

그 직감이 빗나가지 않았다는 것은 녀석이 히로코에게만 허심탄회하게 말하고 있었다는 점에서 분명하다. 일테면 유키코의 임신에 대해서도 녀석은 일찌감치 히로코에게 말하지 않았는가.

그 말은, 하고 나는 생각한다. 사고 현장에 자신이 있었다는 말도 결국 해버린 게 아닐까. 그런데 미사키를 죽인 것보다 그 사실을 히로코에게 말한 것이 하이토에게는 가장 우려스러운 일이 되어 버렸다. 그래서 입을 막기 위해 그녀를 없애려고 했다—.

일단 얘기가 된다고 할 수 있다. 그러나 이렇게 간단한 동기로 연달아 사람을 죽일 수 있을까 싶은 마음도 들었다. 또 한편으로 생각한다. 아니, 이 녀석을 제정신 박힌 인간으로 생각할 근거는 아무것도 없다고.

생각해보면 우리 학생들은 선생에 대해 아무것도 모른다. 인권 무시라고 할 정도로 교사들은 학생들의 사생활을 침해하지만 이쪽에서 상대는 전혀 볼 수 없다. 그런 구조인 것이다.

그 구조를 부숴버리겠다고 나는 생각했다.

5

이날부터 미즈무라 히로코가 학교를 나왔다. 그것은 작은 뉴스가 되어 아침에 일제히 퍼졌다. 하지만 이상하다고 해야 할까, 당연하다고 해야 할까, 그 사건이 자살 미수였다는 이야기는 돌지 않았다. 그것은 즉 그녀가 스스로 자살을 부정했기 때문이라고 나는 상상했다. 그렇다면 남은 것은 사고이거나 살인 미수가 된다. 모두 같은 생각인지 소문을 얘기하는 학생들의 말투는 전보다 더욱 심각해졌다. 매스컴도 냄새를 맡은 듯 몇몇 학생이 등교하다가 취재를 받았다고 한다.

재미있는 점은 나를 보는 주위의 시선이 조금 변했다는 것이다. 미사키가 죽었을 때보다 의혹의 빛이 엷어진 것 같았다. 그러나 내게 알리바이가 있다는 사실은 관계자가 아닌 사람은 모를 것이다. 상상컨대 살인사건과 살인미수사건이 연달아 일어나자 늘 함께 공부하는 친구를 의심하는 게 얼마나 비현실적인지를 깨달은 모양이다.

하이토의 수업이 끝난 후 나는 화장실에 갔다가 1반 교실을 들여다봤다. 미즈무라 히로코를 몇 명의 남녀가 둘러싸고 있다. 내내 떠들고 있는 것은 주변 사람들이고 히로코 본인은 가끔 여유로

운 미소를 짓고 있을 뿐이다.

어쩌다가 그녀가 이쪽을 봤다. 뜻밖의 일이라 나는 얼굴을 돌리지 못했다. 불과 1초 정도였지만 눈이 마주쳤다. 나는 서둘러 시선을 피하고 걷기 시작했다.

하지만 눈이 마주친 것은 결과적으로 나쁜 일은 아니었다. 내 존재를 히로코에게 알린 효과가 있었기 때문이다. 점심시간에 내가 옥상에 있는 것을 보고도 그녀는 그리 의외라고 생각하지 않는 듯했다.

"역시 여기 있었네." 언젠가와 마찬가지로 그녀는 긴 머리를 누르면서 내게 걸어왔다. "어쩐지 있을 것 같았어."

"나도 틀림없이 네가 여기 올 것 같았어." 그렇게 말하고 나는 내 뺨을 때렸다. "너라고 하면 안 되는데."

히로코는 입술로만 웃었다. "묻고 싶은 게 있지?"

"태산처럼." 내가 말했다. "무엇부터 물어야 할지 모르겠어."

"어디까지 알아?"

"아주 조금."

나는 천문부 여학생에게 들은 말을 했다.

"대체로 그랬어. 덧붙일 말이 거의 없네." 내 말을 들은 후 히로코가 말했다.

"옥상에 볼펜을 가지러……." 내가 말했다. "그 후의 일은 그 아이도 몰랐지."

"물론 볼펜을 찾은 후 바로 과학실로 왔어." 히로코가 말했다.

"그리고 커피를 마셨지."

"그때 실내에 이상한 건 없었어?"

"몰랐어. 조금 있으니까 갑자기 너무 졸려서. 그래서 왜 그러지 하고 생각하면서 책상에 엎드려 잠깐 자려고 했지. 그다음은 잘 몰라. 정신을 차렸더니 병원 침대였으니까. 머리가 너무 아팠고 구역질이 났어."

"커피에 수면제가 들어 있었던 거 아니야?"

"아마 그런 것 같아. 형사가 내게 물었거든. 그날 누가 방에서 가루약을 먹은 적 없느냐고. 아무래도 커피 컵 옆에 수면제 가루가 떨어져 있었던 모양이야."

"그런 건가?" 나는 고개를 끄덕였다. 당연하다고 생각했다. "그럼 역시 너는 누군가에게 살해당할 뻔했다는 건가?"

히로코는 철조망을 통해 운동장을 내려다보면서 후 하고 숨을 내쉬었다. "모르겠어."

"몰라? 그럴 리 없지. 수면제가 저절로 커피에 들어가고 또 저절로 가스밸브가 열릴 리 없잖아."

"그런 건 몰라." 히로코는 갑자기 큰소리로 그렇게 말하고 철조망에 오른 손가락을 걸었다. "나는 사실만 말하는 거야. 분명 우연히 그런 일이 일어날 수는 없겠지. 하지만 대체 누가, 왜 나를 죽이려고 할까?"

"짚이는 데는 없어?"

"없어." 나를 보지도 않고 그녀는 대답했다.

"나는 미사키 후지에를 죽인 놈과 같은 인물이라고 생각하는데. 경찰도 그렇게 생각하고 있지 않을까?"

"글쎄." 히로코는 고개를 살짝 이쪽으로 돌렸다. "이번 일로도 니시하라가 의심을 받고 있어?"

"일단은 의심을 받았지."

"일단?"

"알리바이를 물으러 왔어. 하지만 내게는 분명한 알리바이가 있었어. 네가 위험한 일을 당했을 때 나는 가와이와 친구들과 노래방에 갔었어."

"노래방?" 그녀는 순간 이상하다는 듯 눈썹을 찡그렸다가 곧 살짝 고개를 끄덕였다. "흠, 그랬구나. 노래방에 갔구나."

"다행이었지. 잘못 했으면 범인의 덫에 걸렸어."

"덫?"

"아무것도 아니야." 그 신발장의 편지는 숨기기로 했다. "그런데 한 가지 더 묻고 싶은 게 있어. 그날 밤, 하이토는 잠깐 얼굴만 보이고 바로 돌아갔다고 하던데."

"하이토 선생님? 아, 그랬지만…… 선생님이 왜?"

"경찰은 그 녀석을 의심하고 있는 것 같아."

경찰이라는 말을 듣고 그녀의 낯빛이 조금 변한 것 같았다.

"어째서 경찰이 선생님을 의심해?"

"글쎄, 왜일까?" 나는 싱글거렸다.

"하이토 선생님은 범인이 아니야."

"그래? 자신감이 넘치네."

"무엇보다 선생님에게는 알리바이가 있어. 내가 죽을 뻔했던 날, 선생님은 치과에 있었어."

"치과? 왜 네가 그런 걸 알아?"

"병원에 와서 그렇게 말했으니까. 그래서 소식을 늦게 알았다고."

나는 의심스럽다고 생각했다. 타이밍이 너무 절묘하다.

"어디 치과?"

"몰라. 거기까지는." 히로코가 고개를 흔들었다.

마침 그때 계단실에서 두 남녀가 올라왔다. 그 둘은 우리를 보고 조금 실망한 것 같았다. 이곳을 밀회 장소로 삼는 것은 우리만이 아닌 듯하다.

"질문은 그게 다야?" 히로코가 물었다.

"마지막으로 하나 더. 유키코가 사고를 당했을 때 그 자리에 있던 사람이 미사키뿐이었어? 다른 누가 있었다고 하이토에게 듣지 않았어?"

이 질문에 히로코의 눈이 더 커진 것 같았다.

"다른 누가 있었다고?"

"그건 내가 묻고 있는데."

"몰라." 옆을 본다.

"그렇다면 됐어." 나는 일단 히로코에게서 떨어졌다. 하지만 곧 돌아봤다. "몸은 이제 괜찮아?"

그녀는 조금 당황한 듯 눈을 깜빡이고 말했다. "그럭저럭."

"그래? 다행이다."

"고마워." 내 눈을 보고 그녀가 대답했다.

나는 계단실로 향했다.

아직 더 시간이 있었기 때문에 보건실로 갔다. 다행이 후루야 선생이 혼자 있었다. 종이 팩 주스를 마시면서 신문을 읽고 있다. 내가 들어오는 것을 보고 입술을 어머, 라고 하듯 벌렸다.

"왜 그러니? 아직 손목이 아프니?"

"그게 아니라 좀 알려주셨으면 하는 일이 있어서요."

"뭔데?"

"우리 학교 선생님들은 어떤 치과에 많이 가나요?"

"이상한 질문이구나." 후루야 선생은 눈가에 의심의 빛을 드리웠다. "왜 그런 게 알고 싶니?"

"이유를 꼭 말해야 하나요?"

"이런 질문을 하면서 이유는 묻지 말라고 하는 건 억지지."

나는 신음했다. 하이토의 알리바이를 알아보기 위해 묻는다고는 할 수 없었다.

쥐어짜내듯 말했다. "제 명예를 지키기 위해서입니다."

후루야 선생은 눈을 크게 떴다. "명예라니 정말 크게 나오는구나."

"이번 사건으로 제가 모두의 의심을 받은 건 아시죠? 그것을 어떻게 해결해보려고요."

선생은 진지한 얼굴로 천천히 고개를 흔들었다. "아무도 너를 의심하지 않아."

"고맙지만 그건 위로에 불과합니다. 안 된다고 하시면 포기하겠습니다. 실례했습니다." 나는 고개를 숙이고 방을 나오려고 했다.

"잠깐만." 내가 손잡이를 잡았을 때 후루야 선생이 말을 걸었다. 나는 돌아봤다.

선생은 얼굴을 찡그리고 오른쪽 눈 밑을 손가락으로 긁었다. "이상한 목적은 아니지?"

"아닙니다." 나는 단언했다.

선생은 팔짱을 끼고 후 하고 숨을 내쉬었다. "인기가 있는 곳은 역 앞의 니무라치과. 퇴근하며 갈 수 있으니까. 하지만 이곳은 2주 전에 예약하지 않으면 안 되니까 바쁜 선생님에게는 적합하지 않아. 그날 갑자기 가려면 조금 멀지만 고바야시치과병원일까."

나는 거기일 거라고 직감했다. 2주 전부터 예약해야 하는 병원이라면 그사이 무슨 일이 일어날지 모른다. 알리바이 공작에 사용하는 것은 어려울 것 같았다.

나는 고바야시치과병원이 있는 장소를 후루야 선생에게 들었다. 역에서 20분 정도 걸어야 하는 곳이다.

"무슨 도움이 되겠니?"

"아마도요." 내가 대답했다.

"흠." 선생은 뭔가 생각하는 것 같았지만 입 밖에 내진 않았다.

"정말 고맙습니다. 정말 도움이 되었습니다." 나는 정중하게 고개를 숙이고 보건실을 떠났다.

이날, 클럽 연습을 끝낸 후 나는 재빨리 고바야시 치과병원으로 갔다. 줄줄이 나서서 눈에 띄는 것도 좋을 것 같지 않아 가와이와 가오루에게는 말하지 않았다. 게다가 그 녀석들에게 그다지 폐를 끼치고 싶지도 않았다.

고바야시치과병원은 옛날식 집들이 늘어선 조용한 주택가 속에 있었다. 대단할 것 같은 이름에 비해 아담한 건물이었다.

안으로 들어가자 좁은 대기실에서 환자 셋이 기다리고 있었다. 노인과 중년 남자와 초등학생 정도의 꼬마였다. 나는 접수창구에 얼굴을 댔다. 물장사처럼 화장을 한 마른 여자가 앉아있다.

"잠시 묻고 싶은 게 있는데요."

"어?" 접수 여직원은 놀라 입을 틱 벌렸다. 치열이 좋지 않다.

"이곳에 최근 하이토라는 사람이 왔습니까?"

"하이토?"

"이런 글자를 씁니다만." 나는 학생수첩에 하이토라고 적고 접수 여직원에게 보여줬다.

귀찮다는 듯 보던 여자의 얼굴이 한순간 싹 변했다.

"너, 누구니?" 눈이 험악해졌다.

감이 왔다. 이미 형사가 와서 같은 질문을 한 것이다.

"아니, 이상한 사람은 아닙니다. 혹시 하이토라는 사람이 왔다면 언제 왔는지 알려주시면 좋겠는데요."

"환자에 대해서는 가족 이외에는 말할 수 없어. 너, 가족은 아니잖아? 도대체 누구니? 이름이 뭐야?"

"아니, 이름을 말할 정도는 아닙니다."

"너, 슈분칸고교 학생이지? 학교에 알리겠어."

여자의 목소리가 날카로워 다른 환자들이 우리를 열심히 보기 시작했다. 더 이상 여기에 있는 것은 위험하다고 생각해 적당히 인사하고 도망쳤다.

역시 생각대로는 안 되는구나—라는 생각을 하면서 역으로 가는 길을 터덜터덜 걸었다. 그리고 하이토가 범인인지 아닌지 확인할 수 있는 방법이 달리 없을까 생각했다. 하지만 결국 아무것도 생각하지 못한 채 역에 도착했다.

정기권을 꺼내 개찰구를 통과하려고 하는데 뒤에서 누가 어깨를 잡았다. 돌아보니 미조구치 형사가 험악한 눈을 하고 서 있었다.

"잠깐 나 좀 볼까?" 목소리에 날이 서 있었다.

나는 살짝 고개를 끄덕였다. 형사는 휙 몸을 돌리고 성큼성큼 걷기 시작했다. 나는 그 뒤를 따라 걸었다.

형사가 고른 곳은 우연하게도 내가 유키코와 처음 들어갔던 카페였다. 생각해보니 그날이 모든 일의 시작이었던 것 같다. 그곳에서 유키코와 커피만 마시고 끝났다면 지금의 이런 사태는 없었을지 모른다.

주문을 마치고 여종업원을 보낸 후 미조구치 형사는 물끄러미 이쪽을 봤다. "왜 쓸데없는 짓을 하지?"

"쓸데없는 짓?"

"치과에 하이토 선생에 대해 물으러 갔지?"

나는 끝내 흠칫 몸을 떨었다. 접수 여직원의 얼굴이 떠올랐다. 그 사람, 내가 나온 직후에 경찰에 연락한 모양이다.

"대답해라, 왜 그런 한심한 짓을 하니?"

"한심한 일이 아닙니다. 제게는 중요해요. 하이토가 범인일지 모른다고 생각해서 확인하려고 했어요. 그게 뭐 잘못입니까?"

형사는 이해할 수 없다는 얼굴로 천천히 고개를 흔들었다. "수사는 우리에게 맡겨."

"맡기고 싶지만 수사가 지금 어떻게 진행되고 있는지 우리는 전혀 알 수가 없잖아요."

"그럴 필요가 없으니까."

"아무것도 모르는 상태에서 내내 기다리라고요? 주위에서 이상한 시선을 보내도 참으면서?"

"그런 건 무시하면 된다."

"남 일이라고 무책임하게 말하지 마세요." 나는 다리를 꼬아 형사에게 옆얼굴을 보였다. 여종업원이 커피 두 잔을 가져와 대화는 중단되었다.

형사가 코로 숨을 내쉬었다. "왜 하이토 선생이 범인이라고 생각하지?"

나는 살짝 웃었다. "경찰이 알려줬어요."

"우리가?"

"유키코의 사고 현장에서 탐문을 하셨죠?"

나는 하이토를 의심하게 된 경위를 간단하게 설명했다. 미조구치 형사는 다소 놀란 모습으로 가끔 입가에 쓴웃음을 지으며 들었다.

"그랬구나." 형사는 기름이 낀 얼굴을 손으로 문질렀다. "잘도 조사했구나. 고등학생이라고 무시하면 안 되겠어."

"왜 경찰은 사고 현장에 하이토가 있다고 생각했어요?"

"그건 수사상의 비밀이다."

"또 그러지요." 나는 흥 하고 콧방귀를 꼈다. "묻고 싶은 것만 묻고 아무것도 가르쳐주지 않아요."

"전에도 말했지만 괜한 말은 할 수 없다. 특히 하이토 선생은 너희들 교사야. 경솔한 한마디가 학교 운영을 끝장낼 수 있으니까."

"솔직히 벌써 끝장났어요. 엉망이죠."

"그렇게까지 말하니 이것만 알려주지." 형사는 커피를 한 모금 마시고 내 얼굴을 보며 말했다. "하이토 선생은 범인이 아니야."

"예?" 너무 딱 잘라 말해 나는 당황했다. "왜 그렇게 말씀하세요?"

"알리바이가 있으니까." 형사는 의자에 기대 다리를 꼬았다. 어쩐지 여유롭게 보였다. "해부 결과 미사키 선생의 사망추정시각은 밤 8시부터 10시야. 그런데 그날 밤 하이토 선생은 9시까지 과학 교사 모임에 참석했어."

"그건 알아요. 하지만 그걸 끝내고 서두르면……."

"아니야." 형사는 고개를 저었다. "2차로 밤 11시 가까이까지 다른 술집에 있었다. 확인도 했고 진술에도 모순이 없어. 선생은 범행이 불가능해."

"그 사망추정시각이라는 거, 정확한가요?"

"물론 오차는 있다. 그러나 가령 2차를 끝내고 학교로 직행했다고 해도 도착하는 것은 빨라야 12시지. 두 시간이나 차이가 난다. 이 정도의 오차는 생기지 않는다는 게 우리들의 견해다."

"그럼 미즈무라가 살해될 뻔한 사건은……."

"아아, 그건." 왠지 형사는 옅은 웃음을 지으면서 귀를 긁었다. "그쪽도 하이토 선생의 알리바이는 완벽하다. 네가 조금 전 만난 고바야시치과병원의 접수 여직원이 증언했지. 문제의 시간에 하이토 선생은 한창 치료 중이었다."

나는 뭐라고 해야 할지 몰라 커피 컵으로 손을 뻗었다.

"알겠니?" 형사가 말했다. "하이토 선생은 범인이 아니다. 그러니까 이제 이상한 짓은 그만해라. 수사에 방해가 된다."

"그럼" 하고 내가 말했다. "지금은 누군가요? 누가 용의자인가요? 설마 저는 아니겠죠?"

"그건 말할 수 없구나. 다만 너는 물론 아니다. 그리고 이것만은 얘기해두지. 우리는 상당히 진상에 다가가고 있다. 앞으로 한 걸음만 가면 돼."

"언제 진상에 도달합니까?"

"그건 모르지."

"이런!" 나는 일부러 한숨을 쉬었다. "마치 국회의원 답변 같네요."

"우리가 시간이 걸리는 것은 사실을 말하지 않는 사람이 있기 때문이야." 형사가 말했다.

"아, 그런 일이 있어요?"

"있지. 눈앞에도 있잖아." 형사가 고개를 끄덕였다.

나는 내 뺨이 굳어지는 것을 느꼈다. "제가 거짓말을 한다고요?"

"신에게 맹세하겠니―크리스천이 상대라면 그렇게 말하고 싶구나."

"말해보세요. 어떤 거짓말을 한단 말인가요?" 나는 화가 났다.

형사는 양복 안주머니에 손을 넣었다. 경찰수첩을 꺼낼 거라고 생각했는데 캐스터 마일드라는 담배를 꺼냈다. 쓰던 라이터로 불을 붙이고 깊이 한 모금 빨아들인 후 형사는 관찰하는 눈으로 나를 봤다. 이쪽을 초조하게 하는 작전이라는 걸 알면서도 역시 나는 초조해졌다.

"그럼 묻지." 형사는 드디어 입을 열었다. "미즈무라 히로코는 자네 연인이지?"

무슨 소리를 들었는지 잠시 이해하지 못해 나는 한동안 멍하니 있었다. 마침내 그 질문이 머릿속에서 울렸다. 온몸의 피가 역류하기 시작했다.

"무슨 소립니까?" 헐떡이지 않는 것만으로도 최선이었다. "어떻게 그런 말을……. 아무 근거도 없으면서 적당히 아무 말이나."

"네게는 수없이 얘기했다. 우리는 근거 없는 말은 안 해." 형사는 재떨이에 담배를 비벼 껐다. "미사키 선생의 살인사건을 조사하며 당연히 우리들은 너를 조사했다. 연인이 사고사한 원인을 만들었다는 이유로 미사키 선생을 죽일 정도로 네가 미야마에 유키코를 생각하고 있는지가 중요한 포인트였지. 솔직히 말하자면 결론은 노였다. 너와 미야마에의 관계는 그리 깊지 않았다. 너희들은 연인이 아니었다."

"근거를 대주세요." 높아지는 심장소리를 간신히 억누르면서 내가 말했다.

"첫 번째 근거는 말이야." 형사는 물을 마셨다. "내 직감이야. 기억하나? 우리가 처음 만났을 때? 너는 미야마에의 사고와 그 배경에 대해 우리들에게 얘기해주었지. 그 말을 들으며 난 기이한 느낌을 받았어. 연인의 죽음에 대해 말하고 있는데 네 얼굴에는 변화가 없었어. 괴로움을 참는 것처럼 보이지 않았지. 사실을 있는 그대로 전하는 뉴스 캐스터의 얼굴이었다."

"하지만 그건⋯⋯."

"형사의 눈을 얕잡아 보면 곤란해." 그 형사의 눈이 번쩍였다. "미사키 선생에 대해 말할 때도 너는 차가웠다. 자신과는 관계가 없다는 느낌이었지. 그건 네가 차가운 성격이기 때문이라고 일단 생각했다. 그러나 네가 미야마에 때문에 학교에서 벌인 일련의 항의 활동을 분석하면 아무래도 그런 성격 같진 않더군. 모두의 앞에서 고백하는 짓은 상당히 열정적인 성격의 소유자가 아니면 불가능하지. 그래서 나는 야구부를 비롯해 많은 사람들에게 너와 미야마에의 관계를 물어봤지. 놀랍게도 누구 하나 둘의 관계를 아는 사람이 없더군. 유일하게 야구부 매니저인 나라사키 가오루만이 1년 전부터 알고 있었다고 했는데 그 말도 어딘지 뒤죽박죽이었어. 이어서 미야마에의 집에 가, 그녀가 가지고 있던 사진을 봤다. 너와 그녀가 교제하고 있었다는 사실을 드러내는 것은 단 한 장도 없었지. 오히려 너는 그녀에게 연하장도 보내지 않았더구나. 게다가 그녀의 어머니 말로는 네가 집으로 전화한 적도 한 번도 없었다지. 이것은 요즘 고등학생 연인이 하는 행동이라고 할 수 없지. 그래서 나는 하나의 결론에 도달했다. 너와 미야마에 사이에는 약간의 관계가 있었을지 모르지만 그것은 네가 말하는 정도는 아니다. 따라서 항의 활동은 모두 제스처였다고."

나는 침묵을 지켰다. 반론의 말을 찾았지만 뭐라고 해도 형사에게는 통할 것 같지 않았다.

"왜 그런 제스처가 필요했는지까지는 나도 몰라. 아마도 누군가의 눈을 의식했기 때문일 거라고 생각하지만. 일단 수사와는 관계가 없으니까. 중요한 점은 이걸로 네가 미사키 선생을 죽일 이유가 없어졌다는 거지. 무엇보다 그거 없이도 네 인상은 결백했지만."

나는 입술을 깨물었다. 깨끗하게 간파되자 자신이 한 짓이 너무 진부하게 느껴졌기 때문이다.

"그래서요?" 내가 간신히 말했다. "그게 맞는 말인지 아닌지는 별개로 하고 거기서 어떻게 제가 미즈무라와 연인이었다는 발상이 나오나요?"

"그렇게 생각해야만 앞뒤가 맞으니까. 미즈무라 히로코가 죽을 뻔한 그 사건에 대해서 말이야."

"어떻게 앞뒤가 맞아요?"

"그건 아직 말할 수 없어." 형사는 여유를 부리려고 하는지 다시 담배를 피우기 시작했다. 그리고 두 번 연기를 내뱉고 말했다. "미즈무라 히로코 씨 어머니에게 물어봤지. 따님이 현재 사귀고 있는 사람, 과거에 사귀었던 사람이 있냐고."

"대답이 뭐였습니까?" 나는 긴장해 물었다.

"없다고 하시더군."

나는 후 하고 긴장을 풀었다. "그런데도 납득이 가지 않았나요?"

"그래서 나는 이렇게 물어봤지. 니시하라라는 남학생에 대해 따님이 말한 적 없나요? 여기서도 어머니의 대답은 노였지만 그 얼굴에는 확연히 동요가 드러났다. 나는 직감했지. 어떤 특수한 사정이 있는지는 모르지만 너희 둘이 연인이었다는 사실을 본인뿐만 아니라 부모도 숨기고 싶어 하는구나."

"말도 안 되는 망상입니다."

"그럴까? 나는 그렇지 않다고 생각하는데. 특히 너희 부모님들의 관계까지 생각하면 많은 상상이 되더구나."

나는 자신의 얼굴이 점점 더 붉어지고 있다는 사실을 자각했다. 그것을 알아차렸는지 형사는 만족스러운 웃음을 짓고 말했다.

"너희 아버지 회사는 도사이전기를 단골 거래처로 하고 있더구

나. 안 그래?"

"한심하네." 나는 내뱉듯 말했다. "부모는 상관없어요."

"흠." 형사는 천천히 담배 연기를 내뱉었다.

"뭐, 그럼 됐다. 이제 머플러 얘기를 해볼까. 네가 미야마에에게 받았다고 하는 머플러 말이다."

"그게 왜요?"

"그건 미즈무라에게 받은 거야. 그렇지?"

관찰하는 것 같은 눈빛에서 눈을 돌리고 나는 물을 마셨다. 어느새 입 안이 바싹 말라 있었다.

"무슨 증거를 가지고 그런 말을……."

"상황 증거가 있지." 형사는 바로 대답했다. "미즈무라 히로코의 중학교 친구 중에 마에다 가오리라는 여학생이 있다. 그 학생은 작년 크리스마스 전에 미즈무라가 머플러를 살 때 같이 있었다고 한다. 자세히 얘기를 들어보니 네가 미야마에 씨에게 받았다는 머플러와 같은 것이더라. 게다가 그 아이의 말로는 미즈무라가 스폰서가 되어 개최했던 크리스마스 파티에서 슈분칸고교의 니시하라라는 남학생을 만났다던데."

땀 한 방울이 겨드랑이 밑으로 떨어졌다.

"어때? 사실을 말해주지 않겠니? 너와 미즈무라는 연인이지?"

이렇게 말하는 형사의 얼굴에 승리의 빛이 드러났다. 동시에 나는 내 얼굴이 한심하게 일그러져 있음을 자각할 수밖에 없었다. 내 비밀이, 아무에게도 알리고 싶지 않은 비밀이, 설마 이런 형태로 폭로될 줄은 꿈에도 생각하지 못했다.

"정확하게 말하면 연인이었죠. 올해 3월까지." 신음하듯 내가 말했다.

"3월이라……. 흠." 형사는 이상하다는 눈빛을 했다. "왜 헤어졌지?"

나는 얼굴을 찌푸렸다. "그런 것까지 말해야 하나요?"

"아니다. 됐어. 괜한 짓이구나." 형사는 손을 흔들었다. "그러나 이걸로 또 한 걸음 진전했다. 진상에 가까워졌어."

"도무지 잘 모르겠네요. 저와 히로코의 관계가 사건과 무슨 상관이죠?"

"언젠가 알려주지." 형사는 몇 번인가 하얀 연기를 내뱉고 이번에는 재떨이에 물을 끼얹어 꽁초의 불을 껐다. 그리고 계산서를 들고 일어난다. "어쨌든 수사는 우리에게 맡겨라. 알겠니?"

나는 잠자코 있었다.

"아, 맞다. 한 가지만 더 얘기하고 가지." 형사는 허리를 굽히고 이쪽으로 얼굴을 가져다댔다. "너는 어떻게 생각할지 모르지만 미즈무라 히로코는 아직도 너를 연인으로 생각하더구나. 그건 틀림없어."

나는 놀라 미조구치 형사를 올려다봤다. 형사는 한쪽 눈을 찡긋하고 계산대 쪽으로 걸어갔다.

6

전차의 움직임에 따라 흔들리면서 나는 미조구치 형사와의 대화를 상기했다. 전혀 예상치 못한 질문을 받아 결국 사실을 털어놓고 말았는데 나와 히로코의 관계가 어떻게 사건과 연관이 있는지 도무지 알 수 없었다. 미조구치 형사는 "그렇게 생각해야만 앞뒤가 맞는다"는 표현을 사용했는데 뭐가 어떻게 맞는다는 말인가.

나는 눈을 감고 전차의 흔들림에 몸을 맡겼다. 히로코에 대해 털어놓고 마음을 놓은 부분도 있음을 인정할 수밖에 없었다. 오랫동안 나는 누군가에게 말하고 싶었던 것이다.

히로코는 고등학교 1학년 때 알았다. 좀 더 자세히 말하자면 입학식 때였다. 그녀는 옆 반이었고 내 대각선 앞에 앉아 있었다. 지금과 달리 머리를 어깨에 맞춰 가지런히 자르고 있었다. 윤기가 흐르는 검은 머리에 창문으로 들어오는 햇살이 반짝반짝 반사되었다.

지루한 교장의 인사가 하염없이 이어지고 있는 동안 그녀는 내내 앞을 보고 있었다. 열심히 듣는 것 같진 않았다. 유선형의 그 눈은 어딘가 먼 나라의 풍경을 떠올리고 있는 것처럼 보였다. 그러면서도 굳게 다문 입술에서는 어떤 절박함을 느끼게 했다. 입학으로 들떠 있는 학생들 사이에서 온몸에 오라 같은 것을 드러내는 그녀의 분위기는 이질적이었다.

식이 끝날 때쯤 작은 사건이 있었다. 그녀가 갑자기 내게 고개를 돌린 것이다. 시선이 마주치자 나는 순간 고개를 숙였다.

그때 이후 내 마음에서 그녀가 사라지지 않았다. 등교 때, 점심시간, 방과 후, 정신을 차리면 그녀의 모습을 찾고 있었다. 그리고 운 좋게 발견했을 때는 온몸의 모든 신경이 그쪽으로 향했다. 더 불가사의한 점은 내가 보면 반드시라고 할 수 있을 정도로 그녀도 이쪽을 봤다. 야구 연습 중에 눈이 마주쳐 당황해 에러를 범한 적도 있다.

미즈무라 히로코라는 이름은 바로 알았다. 천문부에 들어간 것도 알았다. 그 말을 듣고 나는 그쪽에도 가입할까 하는 바보 같은 생각까지 했다.

히로코는 곧 사람들에게 화제가 되었다. 그만큼 주목하고 있는 남학생이 많았을 것이다. 하지만 그녀에 대한 소문은 그다지 좋은 게 아니었다.

"가난뱅이와는 말을 하지 않는대." 이런 식으로 말하는 경우도 있었고 "부모의 방침으로 이 학교에 왔지만 본인은 고급 사립 여학교에 가고 싶었대"라는 말을 전하는 사람도 있었다. 오만하고 프라이드가 강하다, 추켜세워지지 않으면 성이 차지 않는다—대체로 그런 평판이었다. 다만 그녀가 실제로 어떤 행동을 하는지에 이르면 구체적인 이야기는 하나도 없었다. 유복함을 증명하는 그녀의 행동이나 말투가 주위 사람에게 잘난 체한다는 인상을 주는 게 틀림없었다. 당연히 나쁜 소문만 도는 건 아니었다. 성적은 우수하고 피아노 실력이 수준급이라는 소문도 내 귀에 들어왔다.

어떻게 해서든 히로코와 친해지고 싶은 마음은 있었지만 1학년 때는 그럴 기회가 전혀 찾아오지 않았다. 처음으로 이야기를 나눈 것은 2학년 가을이었다. 게다가 그녀가 말을 걸어왔다.

그날은 야구부 연습이 없었다. 내가 역을 향해 걷고 있는데 뒤에서 누가 불렀다. 돌아보니 히로코가 다가오고 있었다. 혼자였다. 나는 주위를 둘러봤다. 내게 말을 건 게 아니라고 생각했기 때문이다.

"이번 주 일요일, 별일 없어?" 똑바로 내 눈을 보면서 그녀가 물었다. 나는 가슴이 두근거렸다. 그 반응을 즐기듯 그녀는 호호 하고 웃었다. "오해하지 마. 데이트 약속은 아니니까." 그렇게 말하고 두 장의 종잇조각을 내밀었다. 그것은 프로야구 일본시리즈의 티켓이었다. 게다가 내야 지정석이다.

"남았어. 괜찮으면 가져."

"이걸? 나한테?"

히로코가 고개를 끄덕이는 대신 살짝 턱을 들었다.

"괜찮아. 우리 아버지가 받았는데 갈 사람이 없어서 곤란했거든."

"왜 나야?"

"그냥. 지금 내 앞을 걷고 있었으니까. 게다가 어차피 줘야 하면 야구를 좋아하는 사람에게 주는 게 좋잖아."

"흠……." 말이 잘 나오지 않았다. 프리미엄 티켓을 받았다는 사실보다 그녀가 말을 걸어왔다는 것에 흥분했다.

"필요 없으면 버려." 히로코는 귀찮은 일을 해치웠다는 느낌으로 잘 가라는 말 한 마디 없이 재빨리 걸어갔다.

일본시리즈는 가와이 가즈마사에게 같이 가자고 했다. 녀석은 내가 어떻게 티켓을 입수했는지 집요하게 물었다. 나는 사실을 말하지 않았다.

나중에 히로코가 혼자 있는 때를 봐서 말을 걸었다. 층계참이었다. 그리고 과감하게 말했다.

"뭔가 사례를 하고 싶어."

"괜찮아. 그런 거 안 해도."

"하지만 내 마음이 불편하니까. 뭔가 가지고 싶은 게 있으면……."

"가지고 싶은 거 없어." 그녀는 일언지하에 거절했다. "다 가지고 있으니까."

"아아, 그래……." 그럴 거라고 생각했다. 그래서 나는 침을 삼키고 될 대로 되라는 마음으로 말했다. "그럼 영화라도 같이 보러 갈까?"

그러자 히로코는 의아하다는 얼굴로 나를 뚫어져라 봤다. "그거 데이트 신청이야?"

"아니, 그런 건 아니지만." 얼굴에서 불이 났다.

"흥. 그렇구나." 그녀가 선이 고운 턱에 손을 댔다. "괜찮을 것 같다. 하지만 영화는 지루해. 뮤지컬은 어때?"

"뮤지컬?"

"다음 일요일에 있어. 티켓은 내가 구할게. 그러면 됐지?"

"아아, 나야 괜찮지만."

"자세한 건, 또 얘기하자." 그렇게 말하고 그녀는 계단을 올라 갔다.

나는 뭐가 뭔지 모르는 상태로 한동안 그 자리에 우두커니 서 있었다. 동경했던 히로코와 데이트 약속을 한 것 같다는 생각이 문득 들었지만 실감이 나질 않았다. 그러나 점차 감정이 벅차올라 와 그 후로는 실실 웃음이 나오는 걸 참느라 고생했다. 하지만 웃 지 않을 수 없었다. 그 주 토요일에 나는 서둘러 옷을 사러 갔다.

그날 당일, 나는 처음 공식 경기에 나갔을 때보다 훨씬 긴장해 로봇 같은 모습으로 관객석에 앉아 있었다. 뮤지컬 같은 것은 전 혀 머리에 들어오지 않았다. 오직 히로코가 살짝만 움직여도 그 것을 의식했고 그녀에게서 감도는 어렴풋한 향기에 취했다. 그러 나 극장을 나온 후에는 카페에도 들르지 않고 전차 안에서 잠깐 얘기를 나눴을 뿐 그대로 헤어졌다. 데이트라기에는 너무 담담했 다. 결국 그렇게 난리를 칠 일이 아니었나 하는 생각에 조금 실망 했다.

그래도 히로코와의 사이에 연결고리가 생긴 것만은 확실했다. 얼굴을 보면 반드시 이야기를 나누게 되었고 착각이 아니라 그녀 도 그 대화를 즐기는 것 같았다. 다행히 우리는 같은 철도를 이용 했기 때문에 나는 우리 둘이 만날 가능성을 높이기 위해 등교할 때 그녀와 같은 전차를 타려고 시간을 맞추기도 했다.

그렇게 하다가 12월에 들어선 어느 날, 평소처럼 만원 전차 안에서 대화를 나누었는데 히로코가 크리스마스 파티에 오지 않겠느냐고 초대했다.

"중학교 때 친구와 얘기해서 하기로 했거든. 어때? 올래?"

"그게 말이지." 파티라는 것은 어색했지만 히로코의 초대를 거절할 순 없었다. "가도 괜찮겠다."

"그래? 그럼 결정한 거다. 곧 초대장을 보낼게."

"선물을 준비해야 해?"

"그런 건 필요 없어." 히로코는 별거 아니라는 듯 말했다.

크리스마스이브 날. 받은 지도를 보며 파티장을 찾았다. 헤매다 드디어 발견한 장소는 번화가에서 조금 떨어진 곳에 있는 작은 빌딩의 지하였다. 방화문 같은 문이 있어서 아무리 봐도 파티 같은 걸 할 장소로 보이지 않았지만 그 문에 조그맣게 적혀 있는 가게 이름을 보니 틀림없는 것 같았다.

문을 열고 한 걸음 들어가자 어두컴컴한 가운데 사람이 서 있었다. 그 사람이 내게 말했다.

"티켓은?"

나는 초대장을 내밀었다. 음악과 수많은 사람의 목소리가 아주 가까이에서 들렸다.

초대장을 확인한 남자는 심드렁하게 말했다.

"그럼, 1만."

"1만?" 내가 되물었다. "돈을 받아?"

남자가 잇몸까지 드러내는 게 어두운 가운데에서도 보였다. "당연하지. 너, 바보야?"

그 한마디에 화가 치밀었지만 이런 곳에서 드잡이를 할 순 없었기 때문에 잠자코 참았다. 그리고 돈을 내야 하나 생각했다. 1만엔 정도는 가지고 있다.

"돈이 없으면 돌아가. 남자는 남아도니까."

남자가 그렇게 말했을 때 지금까지 벽이라고 생각했던 부분이 세로로 갈라지면서 하얀 빛이 들어왔다. 거기에 검은 커튼이 쳐져 있었던 것이다. 커튼 틈으로 여자가 얼굴을 내밀었다. 화려한 화장을 한, 본 적이 없는 여자였다.

"왜 그래?"

"돈이 없다고 해서 쫓으려던 참이야."

"흥." 여자가 남자의 손에서 초대장을 빼앗아 내 이름을 봤다. 표정이 조금 변했다. "어머, 네가 니시하라 군이야?"

"알아?" 남자가 물었다.

"히로코의 초대 선수. 회비는 됐어."

"그래?" 남자는 값을 매기는 듯한 눈으로 나를 봤지만 곧 흥미를 잃은 듯 고개를 돌렸다.

커튼을 지나자 거기에는 수십 명의 젊은 남녀가 있었다. 테이블에 앉아 있는 사람도 있고 중앙의 공간에서 춤을 추고 있는 사람도 있다. 안에는 무대가 있어서 본 적이 없는 밴드가 연주를 하고 있었다.

나는 재빨리 시선을 옮겨 히로코를 찾았다. 그녀는 가장 끝 테이블에서 친구들에게 둘러싸여 있었다. 내가 발견하자 그녀도 순간 이쪽을 보는 듯했는데 시선이 그대로 멈추진 않았다.

"나는 가오리야. 잘 부탁해." 나를 안내해준 여자가 말했다. 몸에 착 달라붙은 초미니 원피스를 입고 있었다.

"정말 회비를 안 내도 돼?" 내가 물었다.

가오리는 어깨를 쑥 들어올렸다. "괜찮아. 우리도 안 냈어."

"그럼 1만 엔은 뭐야?"

"일반 참가하는 남자만. 당연하지. 여자를 찾으러 오는 거니까."

"그 돈이 파티 운영비야?"

내가 말하자 가오리는 작은 몸을 뒤로 젖혔다.

"농담 마. 그거 가지고 되겠어? 비용은 다 히로코가 내."

"미즈무라가? 나머지 전부를?"

"맞아. 무엇보다 쟤, 부자잖아."

너무나 자연스럽게 그런 말을 하니 뭐라고 할 말이 없었다.

이윽고 어디선가 마른 남자가 나타나 가오리를 데려갔기 때문에 나는 요리를 적당히 접시에 담아 그것을 가지고 음료 코너로 갔다. 알코올이 없는 것은 주스와 우롱차밖에 없었다. 어쩔 수 없이 우롱차를 들고 옆 테이블에 앉았다.

그다지 맛있지도 않은 음식을 먹으면서 주위 사람들을 관찰했다. 여자는 십여 명으로 아는 얼굴은 하나도 없었다. 모두 기분 나뽈 정도로 짙은 화장을 하고 있었다. 남자는 여자의 두 배 정도였다. 대학생이 대부분인 듯했다. 남자든 여자든 무슨 물 마시듯 알코올을 넘기고 있다. 그중에는 일찌감치 취한 사람도 있었다.

테이블 위에 카드를 넣은 케이스가 놓여 있었기 때문에 한 장을 뺐다. 『액세스 카드』라고 인쇄되어 있고 전화번호와 주소, 이름을 적는 칸이 있다.

"거기에 자신의 연락처를 적어." 머리 위에서 소리가 났다. 고개를 들자 소박한 검은 드레스를 입은 히로코가 내 건너편에 앉으려고 하고 있었다. 표정이 평소보다 더 어른스러워 보였다.

"왜 그런 걸, 해야 해?" 내가 물었다.

"마음에 드는 사람에게 주려고. 정말 이런 건 하고 싶지 않았는데 가오리와 친구들이 하고 싶다고 하니까 아무래도 상관없다 싶었어. 그 아이들은 카드를 몇 장이나 모으나 경쟁하는 것 같아." 미열이라도 있나 하는 생각이 들 정도로 나른한 말투였다. 나는 뭐라고 대답해야 할지 몰라 음, 하고 애매하게 고개만 끄덕였다.

"기분 탓인지 모르겠지만 어쩐지 즐거워 보이질 않네." 그녀가 말했다.

"그야. 이런 데인지 몰랐거든." 내가 대답했다.

"홈 파티 같은 거라고 생각했어?"

그야말로 그녀가 한 말 그대로 생각했지만 그렇게 말하면 바보 취급을 당할 것 같았다.

"모두 네 친구야?" 주위를 둘러보며 전혀 다른 질문을 했다.

"여자는 그래. 하지만 남자는 거의 몰라. 두세 사람에게 말을 했는데 순식간에 이렇게 되었어."

"네가 스폰서라고 들었어."

"별거 아니야." 정말 별거 아니라는 듯 히로코가 대답했다.

"왜 이런 일을 해?"

"글쎄." 그녀는 고개를 갸웃했다. 긴 머리카락이 어깨에서 가슴으로 흘러내렸다. "그냥. 모두들 즐거워하잖아."

그때 그녀의 뒤에서 마네킹처럼 선이 가는 남자가 다가왔다.

"춤출래?" 남자는 나를 무시하고 히로코에게 청했다. 이상한 콧소리가 났다. 히로코는 여전히 나를 보면서 귀찮다는 듯 귀 옆에서 손을 두 번 흔들었다. 남자는 거절당하리라고는 꿈에도 생각하지 못했는지 아주 의외라는 표정을 짓더니 마지막에는 힐끗 나를 본 후 어딘가로 사라졌다.

나는 우롱차를 다 마시고 일어났다. "나는 갈게."

히로코는 말리지 않았다. 그 대신 말했다. "그럼 저기까지 배웅할게."

그 말은 조금 의외였다.

가게에서 나가려는데 "이거 가지고 가" 하며 종이봉투를 내밀었다. 안을 보니 빨간 리본이 달린 가늘고 긴 상자가 들어 있었다.

"크리스마스 선물이야." 그녀가 말했다.

"내게?" 고맙다는 말보다 먼저 생각나는 게 있어서 물었다. "모두에게 주는 거야?"

순간 히로코의 눈이 움찔 움직였다. "그렇게 생각해?"

"아니……." 나는 종이봉투를 품에 안은 채 우두커니 서 있었다.

"잘 가. 그럼 학교에서 보자." 그녀는 그렇게 말하고 몸을 휙 돌려 다시 가게 안으로 사라졌다.

집으로 돌아와 포장지를 풀었다. 안에서 머플러가 나왔다. 카드도 들어 있었고 거기에는 『나의 동급생에게, 메리 크리스마스』라고 적혀 있었다.

나는 머플러를 목에 감고 거울 앞에 섰다. 그 머플러는 보이는 것보다 훨씬 내 몸을 따뜻하게 해주었다.

이날부터 나와 히로코의 사이는 더 깊어졌다. 그 관계는 연인 사이라고 할 수 있을 정도로 발전했다. 하지만 그것은 커다란 함정의 입구이기도 했다.

우리들의 관계는 약 3개월 동안 이어졌고 어느 날 갑자기 사라졌다.

7

미조구치 형사의 말 속에 이상한 점이 있다는 것을 발견한 것은 다음 날 아침, 내가 집을 나오다가 자연스럽게 내 자전거를 봤을 때였다.

이전에 하루미가 형사들이 내 자전거를 조사했다고 알려준 적이 있다. 그때 나는 미사키 후지에의 사망추정시각이 전차가 끊긴

밤중이라고 생각했다.

그런데 어제 미조구치 형사는 사망추정시각이 8시부터 10시 사이라고 했다. 이건 도대체 어떻게 된 걸까. 그렇다면 형사는 왜 내 자전거를 조사했을까.

납득할 수 없는 점이 한 가지 더 있었다. 그것은 하이토에 대한 경찰의 움직임이었다. 미조구치 형사는 알리바이가 있으므로 범인이 아니라고 단언했다. 그럼에도 그들은 미야마에 유키코의 사고 현장 부근에서 하이토의 사진을 들고 탐문을 했고, 미즈무라 히로코가 죽을 뻔했을 때의 하이토의 알리바이를 조사했다. 이 모순을 어떻게 설명하면 좋을까.

학교에 가 수업이 시작되기 전 복도에서 가와이와 가오루에게도 이런 의문을 말했다. 둘 다 생각에 빠졌다.

"하이토에게 알리바이가 있다니 의외네." 가와이는 실망한 모습이었다.

"하지만 경찰은 여전히 하이토를 의심하고 있잖아. 그 말은 알리바이라는 게 완벽하지 않다는 말이지." 가오루는 그렇게 말했지만 그리 자신이 있는 것 같진 않았다.

"글쎄. 형사의 말투로 봐선 그렇지 않은 것 같은데."

"형사는 그밖에 무슨 말을 했어?" 가와이가 물었다.

"아니, 특별한 말은 못 들었어."

"그래?" 가와이는 실망한 표정을 지었다.

나는 두 사람에게 양심의 가책을 느꼈다. 미즈무라 히로코와의 관계를 형사가 간파했다는 말만은 할 수 없었다. 그러면 내가 사랑했던 사람이 미야마에 유키코였다고 믿고 있는 두 사람은 불같이 화를 낼 것이기 때문이다.

맥없는 대화가 이루어지는 가운데 종소리가 울렸기 때문에 그대로 헤어졌다.

이날 3교시는 고전이었다. 미사키 후지에가 살해된 후로는 은행원 같은 젊은 교사가 대신 수업을 했다. 나는 아직까지 이 교사의 이름을 외우지 못했다. 쓰카모토였나 가쓰모토였나 분명하지 않다.

젊은 고전 교사는 《겐지 이야기》에 대해 떠들고 있었다. 나는 그 내용을 반도 이해하지 못했다. 최근에는 전혀 공부하지 않았음을 반성했다. 이러다가는 정말 내년 수험은 위험할지 모르겠다.

3학년이 되어 고전이 어려워졌구나 싶었다. 2학년 3학기*는 《만장기》였는데 거기까지는 그래도 쉬웠다. 3학년이 되고 나서 문법을 익히지 않은 게 영향을……

《만장기》?

머릿속에서 뭔가가 번뜩였다.

그리고 그것은 다음 순간에는 분명한 의문으로 바뀌었다.

미사키의 조문에 참석했다는 가와이의 말을 떠올렸다. 모두 노래방에 갔을 때 들었다. 가와이는 이런 말을 했다. 미사키 후지에

---

*일본의 대다수 학교는 3학기로 운영되고 있다. 4~7월이 1학기, 8월 또는 9월~12월이 2학기, 1월에서 3월이 3학기이며 사이에 여름, 겨울, 봄 방학을 두고 있다.

의 자택 책상에는 워드프로세서가 놓여 있었다. 스위치를 켰더니 내다 만 시험 문제가 나왔다. 그 내용은 《만장기》였다고.

이상한 얘기였다. 2학년 3학기 때 끝낸 《만장기》의 시험 문제를 왜 지금 만들지? 모의고사용? 아니, 그건 전문업체가 내는 문제지를 이용한다.

낼 필요가 없는 시험 문제를 왜 만들었지?

아니, 잠깐.

작성하고 있었다고 단정할 수 없다. 이미 2학년 3학기에 만들었던 문제를 다시 워드프로세서에 넣어뒀을 뿐일지도 모른다.

무엇 때문에?

갑자기 하나의 생각이 떠올랐다. 그것은 내 심장을 크게 뛰게 했다.

그러나 그것은 너무 갑자기 튀어나온 발상이었다. 게다가 냉정하게 생각해보면 모순투성이다.

나는 설마 하면서 그 바보 같은 생각을 머릿속에서 쫓으려고 했다.

점심시간에 식당에 가려고 복도를 걷고 있는데 뒤에서 누가 등을 두드렸다. 육상부의 사이토가 시원하게 웃고 있다.

"전에 말했던 녀석을 만나볼래?" 사이토가 물었다.

"응, 무슨 소리지?"

"야! 형사가 육상부실을 보러 왔을 때 그 사람들을 안내한 2학년 학생을 만나고 싶다고 했잖아."

"아아." 생각이 나 나는 고개를 끄덕였다. "오다라는 2학년이 었지."

"오늘 점심시간에는 부실에 있을 거야."

"그럼 밥 먹고 갈게."

"그래, 기다릴게." 사이토가 한손을 들고 나를 놓아둔 채 잰걸음으로 식당으로 향했다.

식당에서 맛없는 정식을 먹으면서 평소처럼 가와이와 가오루와 얘기를 나누었다. 하지만 오늘은 오로지 둘의 이야기를 듣고 있을 뿐이다. 중간에 가오루가 말을 걸었다.

"왜 그래? 기운이 없어."

"그런 건 아니야. 그냥 생각난 게 있는데 그게 머리에서 떨어지질 않네." 내가 말했다.

"뭘 생각했는데?" 카레라이스를 먹고 있던 가와이가 고개를 들었다.

나는 《만장기》에서 시작된 생각을 두 사람에게 말했다. 둘 다 설마 하는 표정을 지었다.

"그건 아니겠지. 만약 그렇다면 온통 이상한 것뿐이야."

"나도 그렇게 생각하지만."

"다른 근거라도 있어?" 가오루가 물었다.

"아니, 없어. 그냥 직감이야."

"지나친 생각 같은데." 가와이는 떨떠름한 얼굴로 말하고 웃음을 터뜨렸다. "하지만 네 말대로라면 걸작이네. 우리들은 도대체 뭘 한 거지?"

"정말이야." 가오루도 웃었다.

나도 웃었지만 진심으로 웃긴 것은 아니었다.

식당을 나온 후 나는 둘과 헤어져 운동부 동아리실로 향했다. 육상부실로 가자 사이토와 안경을 쓴 몸집이 작은 부원이 있었다. 이 녀석이 오다라고 사이토가 후배를 소개했다. 오다는 스파이크를 손질하면서 머리를 꾸벅 숙였다.

"형사는 왜 방을 보여달라고 했어?" 의자에 앉으면서 물었다.

오다는 고개를 저었다. "그건 모르겠습니다. 그저 보여달라고만 했죠."

"어디를 봤니?"

"여기저기요. 어떤 목적이 있는 것처럼 보이지도 않았어요."

"형사와 얘기하진 않았어?"

"아, 조금."

"어떤?"

"대단한 건 아니었어요. 미사키 선생님이 최근에 이곳에 왔는지 같은."

"왔어?"

"글쎄요. 저는 잘 모르겠다고 대답했는데."

나는 사이토를 봤다. "미사키가 온 적 있어?"

"가끔." 사이토는 꼰 다리를 흔들거리며 대답했다. "어쨌든 화기 책임자고 열쇠도 가지고 있으니까 언제든 들어올 수 있지."

나는 끄덕이고 오다에게 시선을 돌렸다. "그밖에 뭘 물어봤어?"

"뭐였더라." 오다는 안경을 벗고 손가락 끝으로 눈두덩을 눌렀다. 그러면 기억이 나나.

그때 사이토가 말했다. "너, 어떤 수납장을 열어달라고 했다며?"

"아, 맞다. 생각났다." 오다는 왼쪽 손바닥을 오른쪽 손바닥으로 딱 때렸다. "그게 없느냐고 물었어요."

"그거?"

"테이프요. 테이핑에 사용하는."

"아……." 나도 모르게 소리가 나왔다. "그래서?"

"있다고 대답했는데요."

"있어?" 의자에서 벌떡 일어났다. "어디에 있어?"

"저기요." 내 흥분에 오다는 잔뜩 기가 죽은 채 뒤쪽 수납장을 가리켰다.

나는 주위에 흩어져 있는 비품을 발로 차며 목제 수납장까지 가 힘껏 그 문을 열었다. 서포터나 반창고와 함께 낯익은 사각형 상자가 놓여 있는 게 보였다. 나는 그것을 들었다.

"언제부터 여기에 있었어?" 나는 육상부 두 사람에게 물었다.

"아주 오래전부터. 양호실에서 슬쩍 했지. 사실은 우리들이 함부로 감으면 안 되지만 양호실에 가는 게 귀찮아서 그냥 둘둘 감아도 될 때는 우리가 맘대로 했어." 사이토가 대답했다.

나는 온몸의 힘이 빠지는 것을 막을 도리가 없었다. 이게 어떻게 된 일인가. 얼마나 멍청했나.

내 손에 있는 상자는 후루야 선생이 내게 감아준 테이프와 같은 것이었다.

8

방과 후 부실에서 옷을 갈아입고 글러브와 볼 하나를 들고 밖으로 나왔을 때 미조구치 형사가 교정을 느릿느릿 걷고 있는 모습을 발견했다. 형사는 전처럼 학교 건물 뒤로 돌았다. 나는 형사의 뒤를 쫓았다.

전과 마찬가지로 형사는 건물을 올려다보며 뭔가를 생각하는 것 같았다.

"어지간히 마음에 걸리시는 게 있는 것 같습니다." 말을 걸었다. 깜짝 놀랄 거라고 생각했는데 아주 천천히 이쪽을 봤다.

"야구 유니폼은 처음 보네." 느긋하게 말했다. "아주 잘 어울려."

"고맙습니다." 내가 다가가며 말했다. "이 장소에 집착하시네요."

또 얼버무릴 거라고 생각했는데 오늘은 달랐다.

"집착하는 것처럼 보이나?" 이렇게 물어왔다.

"그러네요."

"흠." 형사는 바지 주머니에 손을 찔러 넣고 땅을 두세 번 찼다. "사실 그래. 이 장소에 집착하고 있지."

"왜요?"

"이곳에 열쇠가 숨어 있으니까. 사건 해결의 열쇠 말이야."

"그건 어쩌면." 내가 지난번에 발견한 벽의 흠집을 가리켰다. "저 흠집과 관계가 있나요?"

미조구치는 살짝 입을 벌리더니 이어서 웃었다. "너는 못 이기겠구나. 잘도 찾았어."

"저 벽의 흠집이 왜요?"

"그게 말이야." 형사는 양손을 주머니에 넣은 채 벽에 기댔다. "그 흠집이 내게 알려주는 게 있어. 그런데 그걸 증명할 방법이 없네."

"흠집이 알려주는 것?" 그렇게 물은 다음 나는 살짝 웃고 형사를 봤다. "그만할래요. 형사님이 알려줄 리가 없죠."

"드디어 단념했나."

"게다가 더 묻고 싶은 게 있거든요." 나는 볼을 글러브 속에 탕탕 던져 넣었다.

"그래, 뭔데?"

"미사키가 살해됐을 때 형사님들은 바로 육상부실을 보러 갔어요. 왜죠? 미리 말하겠는데 미사키가 육상부 지도교사였기 때문이라는 이유로는 납득할 수 없어요."

"흠." 미조구치 형사는 턱을 문질렀다. "너는 육상부에도 탐문을 갔구나. 정말 잘 돌아다녔네. 우리가 졌다."

"걸어 다니는 일에는 자신이 있어요."

"그렇구나." 형사는 한동안 딴 데를 본 후 입을 움직였다. "열쇠가 주머니에 들어 있었어."

"예?"

"육상부실 열쇠가 죽은 미사키 선생의 정장 주머니에 들어 있었다. 그래서 부실을 조사했지. 그야 이상했으니까. 선생이 그때 입고 있던 정장은 일단 집에 갔다가 갈아입고 온 거야. 아무리 지도 교사라도 사복 주머니에 부실 열쇠를 넣어뒀을 리가 없지."

"그런 거였나……." 조금 전이라면 이상하게 생각했겠지만 지금은 미사키가 방 열쇠를 가지고 있었던 데 대해 나는 의문을 느끼지 않았다. 오히려 그것은 내 추리를 증명하는 것이었다.

"질문은 그게 다니?" 형사가 물었다.

"예. 질문은 그게 다입니다. 하지만 중요한 말은 이제부터입니다." 그렇게 말하고 나는 볼을 형사에게 휙 던졌다. 형사가 제대로 잡지 못해 볼은 발치에 떨어졌다. 나는 코웃음을 쳤다. "느리네요."

"어른을 놀리지 마라. 뭐니? 중요한 말이라는 게."

"육상부실에 테이핑 테이프가 있는 걸 발견했습니다. 제가 감았던 것과 같은 걸."

"그래, 그래서?" 형사는 멍하니 비스듬히 아래를 보면서 말했다.

"나는 지금까지 범인이 약국이나 그런 데서 테이프를 샀다고 생각했어요. 그런데 아니었어요. 테이프는 육상부실에서 가지고 나온 것이었……."

미조구치 형사의 모습이 이상했다. 내 말을 듣고 있는 것 같지 않다.

"왜 그러세요?" 물으면서 형사의 시선을 좇는다. 조금 전 떨어졌던 볼이 천천히 연못을 향해 굴러가고 있었다.

"어, 위험해!" 금방이라도 연못에 빠질 것 같아 나는 볼을 급히 주웠다. 그런데 뒤를 돌아보고 깜짝 놀랐다. 미조구치 형사의 표정이 변해 있었던 것이다. 형사는 무섭게 돌진해 이쪽으로 와 험악한 표정으로 연못을 봤다.

"빗자루" 하고 형사가 말했다.

"예?"

"빗자루. 없으면 배트라도 괜찮다. 빨리 가져와!"

더는 대꾸할 수 없는 말투라 결국 나는 달리기 시작했다.

근처 교실에서 빗자루를 가지고 와 미조구치 형사에게 건넸다. 형사는 그것을 연못에 넣고 바닥을 뒤지는 동작을 했다. 빗자루의 반 정도가 연못에 잠겨 있었다.

"응?" 맹인 무사 같은 모습으로 바닥을 뒤지고 있던 미조구치 형사가 무언가를 찾은 표정을 지었다. 그리고 내게 말했다. "제2회의실에 형사가 있다. 불러 와라."

왜 내가 가야 하나 생각하면서 다시 달렸다. 드디어 뭔가가 시작된다는 예감에 가슴이 두근거리기 시작했다.

내가 데려온 형사와 미조구치 형사는 한동안 무슨 말을 했다. 이윽고 그 형사가 어딘가로 달려갔다가 1,2분 뒤에 돌아왔다. 손에는 우산이 두 개 들려 있었다.

두 형사는 접은 우산을 거꾸로 들었다. 그리고 연못가에 쭈그리고 앉아 우산의 손잡이 쪽을 천천히 물속에 넣었다.

이쯤부터 사람들이 모여들기 시작했다. 동아리 활동을 하던 학생들이 형사들의 이상한 행동을 보고 모여들었기 때문이다.

"무슨 일 있어?" 귓가에 소리가 들렸다. 가와이 가즈마사였다.

"몰라." 내가 말했다. "이야기를 하고 있었는데 형사님이 갑자기 저런 짓을 하기 시작했어."

"연못 안에 뭐가 있나?"

"그런 것 같아."

구경꾼 속에서 한 남자가 뛰어나왔다.

"그만해! 무슨 짓이야! 그만하라고!" 비틀거리며 형사들에게 다가가는 사람은 다름 아닌 하이토였다. 하이토는 미조구치 형사의 팔을 잡았다. "그만해요. 그만해주세요!"

"왜 그래야 하죠?" 형사는 차분한 목소리로 물었다. "이 밑에 뭔가 가라앉아 있는 것 같습니다. 그것을 꺼내려고 하는 것뿐입니다. 그게 왜 안 됩니까?"

"안 돼. 안 된다고! 그건, 그건……." 하이토의 얼굴이 새빨개졌고 관자놀이의 핏줄이 튀어나와 있는 것을 멀리서도 볼 수 있었다.

"무슨 짓을 하는 거야, 이 노인네!" 가와이가 재빨리 앞으로 나가 하이토를 뒤에서 목을 조르는 형태로 끌어 형사에게서 떼어냈다.

"으아! 이거 놔. 그만하라고, 부탁이야. 괜한 짓은 하지 말아줘."

하이토는 더욱더 백발을 흐트러뜨리고 머리에 핏줄을 세워가며 아우성을 쳐댔다. 그 목소리에 또 많은 사람들이 모였다. 이 남자가 이런 추태를 보일 거라고는 아무도 상상하지 못했기 때문에 모두 아연실색했다.

미조구치 형사와 또 다른 형사는 하이토의 절규가 들리지 않는 듯 냉정한 얼굴로 작업을 계속했다.

"좋았어! 이쪽은 걸렸어."

조금 후 미조구치 형사가 먼저 말했다. 이어서 다른 형사도 대답했다.

"이쪽도 오케이입니다."

"좋았어. 그럼 천천히 올리자."

두 사람은 신중하게 우산을 들어올렸다. 상당히 무거운 물건이 걸린 듯 둘 다 온몸에 힘을 주고 있다. 하이토는 울음을 터뜨렸고 이윽고 그 입에서 들리는 소리는 껙껙 하는 비명으로 바뀌어 있었다.

형사들이 들어 올린 우산 끝에 뭔가 걸려 있는 게 보였다. 나는 옆으로 달려갔다.

탁한 연못 바닥에 쌓여 있던 진흙을 잔뜩 묻히고 올라온 그것은 얼핏 보면 뭔지 알 수 없었다. 하지만 완전히 수면 위로 올라온 순간 그 형태로 정체를 알 수 있었다.

두 형사가 그것을 천천히 땅에 내려놓았다. 묵직한 소리와 함께 진흙이 튀었다.

그것은 덤벨이었다. 나는 육상부의 사이토가 덤벨 하나가 없어졌다고 했던 것을 떠올렸다. 그게 왜 이런 데 있을까.

형사들은 하얀 장갑을 끼고 덤벨을 자세히 관찰했다. 진흙이 잔뜩 묻어 있어서 알기 어려웠지만, 바 부분에 끈 같은 것이 감겨 있었다.

미조구치 형사는 신사를 지키는 동물상 같은 포즈를 하고 있는 하이토에게 다가갔다.

"하이토 씨, 설명해주시겠습니까?" 형사가 말했다.

"몰라, 모른다고. 나는, 나는⋯⋯." 하이토의 몸이 부들부들 떨리기 시작했다. 얼굴이 빨개졌다가 파래졌다가 마지막에는 하얘졌다. "나는 아무것도⋯⋯ 아무것도⋯⋯." 흰자위를 드러냈다. 그리고 그대로 꼭두각시 인형의 실이 끊어진 것처럼 푹 고꾸라졌다.

"이런, 무슨 일이야? 이 녀석." 가와이는 하이토의 몸을 흔들었다.

"건드리지 마라." 미조구치 형사의 날카로운 목소리가 날아들었다. "잠시 놔둬." 그리고 주위를 본다. "누가 병원에 연락해주십시오."

몇 명인가가 달려갔다.

그 무렵 다른 교사들도 나타났다. 그중에는 교감도 있었다.

"자, 잠깐만 비켜요." 교감은 춤을 추듯 인파를 헤치고 우리들에게 왔다. "왜 그래요? 도대체 무슨 일이 있었습니까?" 낯빛을 바꾸며 물어왔는데 옆에 누워 있는 남자의 얼굴을 보고는 그대로 얼어붙었다. "아, 하이토 선생."

"뇌졸중 같습니다." 차분하게 미조구치 형사가 교감에게 물었다. "하이토 선생에게 고혈압이 있습니까?"

"글쎄요. 그런 말은 들은 적이……." 교감은 고개를 갸웃했다.

하이토는 드르렁드르렁 코를 골며 자고 있었다. 그 얼굴을 보니 기분이 좋은 것처럼 보이기까지 했다.

"자, 그리고." 미조구치 형사가 이쪽으로 고개를 돌렸다. "네 말을 듣다 말았지. 구급차가 오기 전까지 들어보자. 무슨 말이니?"

"미사키의 죽음의 진상에 대해섭니다." 내가 말했다. "자살이 아니었을까 하는 생각을 말하려고."

"뭐야? 그거였어?" 형사는 살짝 웃었다가 바로 진지한 얼굴이 되어 말을 이었다. "그거라면 이제 됐다. 알고 있으니까. 저게 모든 걸 증명해줄 거다." 연못에서 막 끌어 올린 덤벨을 가리켰다.

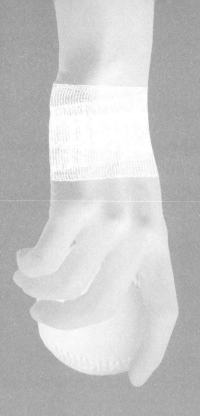

제4장

1

다음 날은 아침부터 엄청난 숫자의 경찰관이 학교에 왔다. 그들은 미사키 후지에가 살해된 3학년 3반 교실에서 어떤 실험을 하는 것 같았다. 그게 어떤 것이고 결과가 어떻게 나왔는지 알고 싶어서 나는 수업을 받으면서도 내내 안절부절못했다.

사실은 어젯밤 너무 흥분해 제대로 자지 못했다. 온갖 생각이 머릿속을 돌아다녔는데 그것들은 어딘가에 안착하지 않고 한없이 내 심장을 안쪽에서 차댔다. 그래서 오늘은 조금 졸리고 머리가 무겁다.

미조구치 형사는 어제 그 일 이후 끝내 자세한 얘기를 해주지 않은 채 계속 출동한 경관들과 연못 주변을 조사하기 시작했다. 주위에는 로프가 쳐져 다가갈 수 없었다. 하이토는 구급차로 병원에 실려 갔다.

소동이 났다는 소식을 듣고 모여든 야구부원들이 나와 가와이에게 사정을 물었지만 대답할 수 있는 게 아무것도 없었다. 내게는 나름의 추리가 있었지만 그것을 입 밖에 내는 것보다는 잠시 상황을 지켜보는 게 좋겠다고 판단했기 때문이다.

그건 그렇고 그 덤벨은 도대체 뭘까? 왜 그런 데 가라앉아 있었을까? 그리고 왜 미조구치 형사는 그것을 알아냈을까?

그런 생각을 이리저리 하면서 3교시 수학 수업을 받고 있는데 갑자기 벌컥 입구 문이 열리고 담임인 이시베가 얼굴을 내밀었다. 모두가 일제히 그쪽을 봤다.

"아, 니시하라 있니?"

당연히 있지. 나는 일어났다. "예."

"잠깐 보자." 이시베가 손짓을 했다.

모두가 주목하는 가운데 내가 밖으로 나가자 이시베는 문을 닫고 말했다.

"형사님이 부르신다. 3반 교실에서 기다리고 계신다."

"교실에서?"

"응. 아무래도 하고 싶은 말이 있는 것 같아."

"경찰이 오늘 아침부터 뭔가 조사하는 것 같던데 끝났나요?"

"그런 것 같아. 아직 아무 얘기도 듣지 못했지만." 그렇게 말하는 이시베의 말투는 전보다는 덜 심각해 보였다. 자세한 말은 듣지 못했더라도 어느 정도 사태가 수습을 향해 가고 있다는 느낌은 얻은 모양이다.

교실로 가니 미조구치 형사가 책상에 앉아 기다리고 있었다.

"수업 중에 불러내 미안하구나." 형사는 싱긋 웃었다. "구경꾼이 모여들기 전에 해야겠다고 생각해서 말이다."

"대청소라도 하셨어요?" 교실 안을 둘러보며 내가 물었다. 창가 쪽 책상이 이리저리 옮겨져 있었다. 원래 교실 뒤에 놓여 있어야 할 사물함 하나가 책상 위에 놓여 있었다. 그리고 바닥에 덤벨. 물론 이것은 어제 연못에서 끌어낸 것은 아니다.

"상사들에게 마술 해설을 하려고." 형사가 말했다.

"마술?"

"말하기 전에 하나만 묻자. 너는 미사키 선생의 죽음이 자살이라고 간파했는데 어떤 이유에서지?"

"그거요?" 나도 근처 책상에 엉덩이를 올렸다. "계기는 《만장기》입니다."

"《만장기》? 흘러가는 강의 흐름은—이런 거?"

"우와! 잘 아시네요." 나는 솔직히 감탄했다.

"나도 학창시절이 있었으니까. 그래서 그게 왜?"

나는 미사키의 방에 놓여 있던 워드프로세서에 작성하고 있던 《만장기》 시험 문제가 들어 있었다는 이야기를 했다.

"거기서 생각했어요. 이건 어쩌면 미사키의 트릭이 아닐까 하고."

"오호, 트릭이라고?"

"그러니까 한창 일하던 중이었다는 인상을 주기 위해 일부러 책상 위에 워드프로세서를 놓고 작성하다 만 문서를 넣어둔 게 아닐까 생각했습니다. 출제 범위의 모순까지는 경찰이 파악하지 못하리라고 생각했겠죠."

"확실히 그 점은 생각하지 못했다." 미조구치 형사는 선선히 인정했다. "그래서?"

"왜 미사키가 그런 짓을 했을까 생각해보니 이유는 하나밖에 없었어요. 자신의 죽음이 자살이라는 것을 모르게 하기 위해서. 하지만 그렇게 생각하니 이상한 게 너무 많았어요. 우선 자기가 자기 목을 조르는 자살 방법이 가능한가. 그리고 흉기가 테이핑 테이프에서 파란 리본으로 바뀔 수 있느냐 하는 문제입니다. 말할 것도 없이 죽어 버리면 본인은 그런 공작을 할 수 없으니까요. 하지만 육상부실에서 테이핑 테이프를 발견했을 때 역시 자살밖에 없다고 생각했어요. 미사키라면 쉽게 가지고 올 수 있으니까요."

"그래서 어제 내게 그걸 확인하려고 했니?"

"그렇습니다." 내가 고개를 끄덕였다.

"음." 형사는 팔짱을 꼈다. "그러나 네가 말한 몇 가지 의문점은 아직도 해소되지 않았단 말이구나."

"맞아요. 하지만 경찰이라면 해결하겠죠?"

"그렇지." 미조구치 형사는 책상에서 일어나 열린 창 옆으로 이동했다. "순서대로 설명하지. 우선 우리들도 처음에는 타살이라고 생각했다. 그 현장을 보고 단숨에 자살이라고 간파할 사람이 있다면 한번 보고 싶구나."

"맞아요." 나는 미소를 지었다.

"당연히 우리들은 미사키 선생이 범인과 이곳에서 만날 약속을 했을 거라 생각했다. 그 범인상을 그렸을 때 참고가 된 것은 그녀의 복장이었다."

"복장?"

"미사키 선생의 옷은 학교에서 늘 입던 옷과는 전혀 취향이 달랐어. 평소보다 훨씬 화려한 복장이라고 관계자들은 입을 모아 진술했지."

"그러고 보니……." 그 점은 처음부터 마음에 걸렸었다.

"화장도 곱게 했더구나. 이것도 평소와는 다른 점이라고 여교사들이 말했다. 평소에는 립스틱도 바르지 않을 때가 많았다고. 미사키 선생의 방에 화장품 종류가 아주 적었던 것도 이들 증언의 타당성을 입증해주었지."

가와이에게 같은 얘기를 들은 적 있다.

"그래서 우리들은 생각했다. 미사키 선생이 만났던 인물, 혹은 만나려고 했던 인물은 남성, 게다가 미사키 선생과 친밀한 관계에 있는 남성이라고. 거의 확신했지."

그렇다고 생각하고 있었기 때문에 나는 가만히 고개만 끄덕였다.

"자, 그런 조건에서 선생의 주변을 조사해보자 떠오른 사람은 딱 하나였다. 그게 누군지 알겠니?"

"하이토."

"그래. 우리는 바로 하이토 선생을 주목했지."

"미사키가 하이토의 제자였고 존경하고 있다는 말은 유명해요."

그러자 형사는 의미심장하게 웃었다. "우리들 형사는 말이지, 어떤 남녀가 친하다는 말을 들었을 때 존경이나 신뢰라는 말은 일단 무시한다. 그 두 사람 사이에는 남녀 관계가 있다고 생각하지. 그러는 게 수사에 성공할 확률이 높으니까. 어디까지나 경험에서 나온 거니까 예외도 있다."

"그럼 살인 동기도 애정 문제라고 생각했나요?"

"그렇게 말하면 너무 직접적이긴 하지만." 형사가 머리를 긁적였다. "하지만 뭐 그런 거지. 그래서 하이토 선생의 주변을 조사했지만 미사키 선생을 살해할 동기를 도무지 찾지 못했다. 게다가 큰 벽이 있었어."

"알리바이 말이죠?"

"그래. 네게 말한 것처럼 사망추정시각은 밤 8시부터 10시야. 이 동안 하이토 선생의 알리바이는 완벽했어. 이 사망추정시각은 위 내용물의 소화 상태로 추정한 것이라 그리 차이가 나지 않는다. 이 시점에서 우리는 하이토 선생을 용의자 리스트에서 제외할 수밖에 없었다. 원점으로 돌아온 셈이지."

"그래서 제게 혐의를 뒀다는 말입니까?"

"네게? 설마!" 미조구치 형사는 눈을 동그랗게 뜨고 양손을 좌우로 펼쳤다. "네게는 분명 동기가 있어. 하지만 너를 의심한 일은 사실 한 번도 없었어."

나는 턱을 당기고 삐딱하게 형사를 봤다. "정말인가요? 믿을 수 없네요."

"거짓말이 아니야. 생각해봐라. 미사키 선생이 너를 만나는 데 왜 그렇게까지 멋을 부리겠니? 우리들이 네게 주목한 점은 단 하나다. 네 손목에 테이핑 테이프가 감겨 있었기 때문이지. 사체 목에 남아 있던 체조용 리본이 실제 사용된 흉기가 아니라는 점은 우리에게는 큰 수수께끼였으니까."

"제 손목을 보고 흉기가 테이핑 테이프라는 걸 알았다고요?"

"처음 봤을 때는 반신반의했지. 그러나 나중에 조사해보니 교살흔과 일치한다는 걸 알았다. 그렇다고 너를 의심한 건 아니었다. 너는 테이핑을 지적해도 낯빛 하나 변하지 않았고 무엇보다 만약 네가 충동적으로 미사키 선생을 죽이려고 했다면 굳이 손목의 테이프를 풀 필요 없이 그냥 손으로 졸랐을 것이기 때문이지. 어쨌든 네 인상은 처음부터 범인은 아니었으니까."

"저는 그렇게 느껴지지 않았는데요." 나는 빈정대듯 말했다.

"상대에게 내 생각을 알리지 않는 것도 형사의 일이야. 자, 그래서 우리들은 이렇게 생각했다. 범인은 네게 죄를 뒤집어씌우기 위해 네가 사용하고 있는 것과 같은 테이프를 사용했다고. 그렇다면 테이프를 어디서 입수했을까? 그것을 조사하기 위해 수사원 몇 명이 주변 약국을 다 뒤지고 다녔어. 하지만 그 탐문은 헛수고였지. 네가 알아냈듯 미사키 선생이 지도교사로 있던 육상부실에서 테이핑 테이프를 찾았으니까."

"등잔 밑이 어둡다고."

"미사키 선생의 주머니에서 발견한 부실 열쇠에는 선생의 지문만 있었고, 애당초 부실에 테이프가 있다는 사실은 부 관계자가 아니면 알 수가 없어. 테이프를 가져온 사람은 선생 자신이라고 생각하는 게 가장 타당했지. 자, 그럼 선생은 왜 그런 걸 가지고 나왔을까?"

"저와 같네요. 그래서 자살이라고 생각했군요."

"그런 설이 떠오른 게 사실이야. 하지만 그 단계에서는 아직 확정하진 않았어."

"하지만 그거 외에 미사키가 테이프를 준비할 이유 같은 건 없잖아요."

"아니, 생각해야 할 게 두 가지 있어. 하나는 미사키 선생이 상대를 죽일 생각으로 흉기를 준비했을 수 있다는 점이지. 그런데 상대에게 빼앗겨 거꾸로 당했다면."

"아⋯⋯." 그렇구나 하고 납득했다. 그럴 수도 있을까.

"이 경우도 역시 미사키 선생이 네게 죄를 뒤집어씌울 목적으로 이런 흉기를 선택했다고 추리해야겠지만."

"이런!" 내가 말했다.

"또 하나. 미사키 선생이 범인에게 속아 테이프를 가져왔다고도 생각할 수 있어."

"그러네요." 역시 경찰은 다양한 가능성을 생각했구나 하는 생각에 감탄했다. 뭐, 이 사람들은 그게 일이긴 하지만 말이다.

"이러한 타살설을 흔든 것은 다름 아니라 사체의 상황이었다."

"무슨 뜻이죠?" 내가 물었다.

"실은 우리들은 검시 단계부터 주목한 점이 있었다. 단순한 교살이라고 하기에는 기묘한 점이 있었기 때문이지. 그것은 목 위에 생긴 울혈이야. 마치 계속 목이 졸린 상태에서 오랫동안 방치된 것 같은 상태였지. 흉기의 폭을 특정할 수 있을 정도로 교살흔이 또렷하게 남아 있는 것도 이것 때문이 아닐까 생각했다. 그래서 우리는 그런 상태를 만들어내는 살해방법을 검토했지. 우선 처음 생각한 것이 목을 조른 상태에서 테이프를 어딘가에 고정하는 거야. 그런데 이 경우는 감식 결과와 일치하지 않았어. 적어도 10킬로그램 이상의 힘으로 끌어당겨야 한다는 거야. 그래서 생각해낸 것이 끈 끝에 무거운 것을 매단다는 거였어. 우선 끈 한쪽 끝을 어딘가에 고정시키고 미사키 선생의 목을 감은 후 다른 한쪽 끝에 무거운 물건을 매달아, 예를 들어 창밖으로 던진다. 무게 때문에 목이 졸려 절명하지만 그 후에도 목을 조르는 힘은 줄어들지 않아. 이거라면 지금과 같은 사체 상태를 만들어낼 수 있었다."

"상상만으로도 목이 막히는 것 같네요." 나는 자신의 목을 만졌다.

"가설을 세웠으니 증명할 수밖에 없었지. 정말 그런 일이 일어났다면 어딘가 흔적이 남아 있을 테니까. 처음 생각한 것은 끈의 한쪽 끝을 어딘가 고정했다면 그 흔적이 남아 있을 거라는 점이었다. 끈에 상당히 큰 힘이 가해져야 하므로 일테면 책상 다리 같은 것은 안 되지. 움직일 테니까. 건물에 고정되어 있으면서 튀어나와 있는 거라면 가장 적합하지."

"건물에 고정되어 있고…… 튀어나와 있는 것?" 교실 안을 둘러봤다. 앗 하고 나는 내 허벅지를 때렸다. "가스밸브다!"

"정답!" 미조구치 형사는 칠판 옆에 앉아 그쪽 벽에 붙어 있는 금속 뚜껑을 열고 가스밸브를 꺼냈다. "이 가스밸브의 표면을 감식이 아주 자세히 조사했어. 그러자 아주 조금이긴 하지만 테이핑 테이프에 사용되는 것과 같은 접착제가 묻어 있었지."

"그래서 가스밸브가 밖으로 나와 있었던 거였나?" 나는 말하고 혀를 찼다. "뭐야! 가스 자체와는 아무 관계가 없었잖아!"

"머리를 잘 굴려야 해." 미조구치 형사는 검지로 자신의 관자놀이를 두드렸다. "자, 끈을 고정한 장소는 알았다. 그럼 다른 한쪽은 어떻게 했을까? 무거운 것을 매달아 창밖으로 떨어뜨리면 그 흔적이 남지 않았을까?"

"벽의 흠집." 내가 말했다.

"아주 훌륭해." 형사가 손가락을 튕겼다. "끈의 끝에 무거운 물건을 달아 떨어뜨린 경우 그것은 추처럼 흔들려 벽에 부딪쳤을 거야. 그때 벽에 흠집이 생겼겠지."

"이걸로 증명할 요소는 다 갖추어졌네요."

"다음은 끝에 매단 무거운 물건을 찾을 필요가 있었지만 그래도 이 단계에서 거의 이 살해 방법이 틀림없다고 생각했다. 그런데 여기까지 생각을 정리하다가 우리들은 고개를 갸웃했어. 왜 범인은 그런 복잡한 방법으로 살해했을까. 전혀 의도를 알 수가 없었지. 그래서 이렇게 생각했다. 이 방법은 살인보다는 오히려 자살에 적합하지 않을까?"

"그러네요."

"여기서 드디어 자살설이 부상했단다. 미사키 선생에게는 동기도 있었고."

"동기……. 그래요?"

"있잖아? 미야마에 유키코의 사고사 원인을 만들어 너를 비롯한 주위 사람으로부터 비난을 받았어. 물론 본인도 괴로워했을 거야. 자살 동기로는 충분하지."

"양심의 가책을 느끼는 것 같진 않았는데요." 내가 말했다.

"나라사키 가오루도 그렇게 말했지."

"가오루에게 들은 말인데 미사키는 항의 활동에 대해 저렇게 요란을 떨어도 당분간이고 저러다가 내 정체가 드러나면 자연스럽게 조용해질 거라고 했다던데요."

"자세히 알고 있구나. 그랬다. 그러나 그런 태도가 허세라고 해석할 수도 있어. 그리고 허세를 부릴 때는 사실 본인은 괴로워하고 있는 법이지." 형사는 그 정도 사정은 다 안다는 얼굴로 말한다. "다만 그래도 큰 의문이 남아. 최대 의문은 너도 말했듯 본래 흉기가 사라지고 관계도 없는 체조용 리본이 미사키 선생의 목에 감겨 있었다는 점이야."

"맞아, 그래요!" 나는 여러 번 고개를 끄덕였다. "저도 그 점을 알고 싶어요."

"기대를 저버리는 것 같아 미안하지만 우리들이 골머리를 앓은 끝에 얻은 결론은 실로 단순했어. 미사키 선생의 자살을 발견한 누군가가 이런 공작을 한 게 아닐까, 하고 생각했지."

"공범이 있다는 말인가요?"

"그 말은 적절하지 않구나. 협력자라고 해야 할까. 이렇게 생각한 데는 이유가 있어. 그날 밤 오전 0시가 넘었을 때, 체육관 뒤편 철조망 구멍을 통과해 누군가가 학교 안으로 들어가는 것을 이웃 주민이 목격했어."

"그런 한밤중에?"

"그래. 그래서 사망추정시각이 아직 정해지지 않았고 아직 타살이라고 생각하고 있었을 때는 그 사람이 바로 범인이라고 생각했지."

그랬구나. 그래서 내 자전거를 조사했구나. 그때는 범행이 한밤중에 일어났다고 경찰들도 생각하고 있었던 것이다.

"그래서 사망추정시각이 판명되었을 때 우리는 혼란에 빠졌지. 목격자는 누군가가 학교로 들어가는 것을 봤다고 증언했는데 혹시 나오는 걸 잘못 본 게 아니냐는 말까지 나왔어."

"고생하셨네요."

"하지만 자살설이라면 이 인물도 설명할 수 있지. 이 인물이 바로 미사키 선생의 자살을 타살로 위장한 거지. 좀 더 상식적으로 생각해 이 인물도 미사키 선생이 자살할 생각이라는 것까지는 몰랐어. 아마도 미사키 선생에게 불려나온 게 아닐까. 그게 우리의 추리였다. 그리고 그 인물이 와보니 미사키 선생의 자살 사체가 있었지. 사체 옆에는 편지가 놓여 있고…….”

“편지? 유서 말입니까?”

“그보다 지시를 적은 문서라고 해야겠지. 상황을 타살로 보이도 록 꾸며달라는 지시를 적은 편지가 그 자리에 있었다고 우리는 생 각했어.”

“정말 있었습니까?”

“아니, 실제로는 없었다.”

“예?”

“아, 이 얘기는 나중에 하자. 그런데 너는 왜 미사키 선생이 자 신의 죽음을 타살로 보이게 하려고 했다고 생각하니?” 형사는 팔 짱을 끼고 내 얼굴을 가만히 바라봤다.

“왜냐면, 그건.” 미간을 찌푸리며 생각해봤다. 딱 하나 생각나는 게 있다. “자살로 여겨지는 게 싫었으니까.”

형사가 웃음을 터뜨렸다. “그렇지! 프라이드가 강한 사람이었던 것 같으니까 그 점도 있을 수 있겠구나. 하지만 우리들은 이렇게 생각했다. 이것은 복수가 아닐까 하고.”

“복수? 누구에게?”

“물론 너지.” 미조구치는 딱 잘라 말했다. “너 때문에 괴로워하 다가 자살하는 거니까 네게 복수하는 게 당연하지. 그래서 범인이 너라는 걸 사람들에게 알려주기 위해 흉기로 테이핑 테이프를 사용했어."

"그랬던 건가……." 구토감과 비슷한 불쾌함이 가슴에 퍼졌다. "하지만 잘못한 사람은 그 사람이잖아요."

"응. 너는 그렇게 말하고 싶겠지." 형사는 고개를 천천히 끄덕였다. "하지만 미사키 선생에게는 선생 나름의 이유가 있을 수 있어. 그건 말이야, 실은 아주 흥미로운 증언이 나왔기 때문이야. 미사키 선생은 한 지인에게 미야마에 유키코를 감시한 사람은 자신이 아니라고 말했어."

나는 숨을 삼키고 형사의 입가를 응시했다.

형사는 이야기를 계속했다. "그렇다면 그 사고가 일어났을 때 다른 누가 있었을까? 우리는 학생지부도 담당 교사들의 스케줄을 모두 체크했지. 그날 미사키 선생과 함께 행동했을 가능성이 있는 사람은 하이토 선생뿐이었다."

"그래서 사고 현장에서 하이토의 사진을 들고 탐문했군요."

"그래. 만약 하이토 선생을 봤다는 사람이 나타나면 그것을 근거로 본인을 추궁할 생각이었지. 그러나 유감스럽게도 그런 증인은 나타나지 않았어."

"정말 재빨리 도망쳤나보군요. 도둑고양이처럼." 나는 입술을 깨물었다.

"어쨌든 이로써 사건 윤곽이 어렴풋이 보이기 시작했어. 미사키 선생은 미야마에 유키코를 사고사로 몰아넣음으로써 생긴 다양한 고통으로부터 도피하기 위해 죽음을 결심했다. 다만 자신만 죽는 것으로는 끝낼 수 없었지. 우선 자신을 궁지에 몰아넣는 계기를 만들었던 그 건방진 니시하라라는 학생에게 살인 혐의라는 죄를 씌워주겠다고 생각했겠지. 그리고 자신에게만 미야마에 유키코의 사고사 책임을 전가한 하이토 선생에게는 그 대가로 자살을 타살로 보이게 하는 위장 공작을 지시했어."

"정말 무서운 발상이네요."

"여기까지의 추리는 완벽했지만 물적 증거가 없었어. 흉기가 된 테이핑 테이프는 이미 처분했겠지. 유일하게 발견될 가능성이 있는 것은 테이프 끝에 매달았을 무거운 물건이었다."

"그게 덤벨이었군요."

"그래." 형사가 대답했다. "아까도 말했지만 무거운 물건으로 사용된 것은 10킬로그램 이상이어야 했어. 게다가 끈을 감기 좋은 것이어야 했지. 그에 적합한 것으로 뭐가 있을까 생각했고 이어서 미사키 선생은 그것을 어디서 가져왔을까를 추리했어. 선생이 테이프를 입수할 때 육상부실에서 발견한 게 아닐까 하는 추리는 우리들 사이에서 타당한 아이디어로 여겨졌다. 그런데 덤벨이 하나 없어졌다는 얘기를 듣고 그게 틀림없다고 확신했지. 미사키 선생의 입장이 되어 생각해보면 이만큼 적합한 물건은 없으니까."

"입수하기 쉽다는 겁니까?"

"그것도 있지. 하지만 더 중요한 게 있어. 우선 첫 번째는 따로따로 운반할 수 있다는 점이야. 이게 아주 중요해. 10킬로그램 이상이나 되는 물건을 나이 든 여성이 3층까지 운반하는 일은 아주 힘들지 않겠니?"

"그렇겠구나." 나도 납득했다. "덤벨이라면 무게를 조금씩 나눠 운반해 위에서 조립하면 되니까."

"게다가 다른 점도 있구나." 미조구치 형사가 검지를 세웠다. "사실 발견한 덤벨의 무게는 17킬로그램이나 나갔다. 이런 것을 어떻게 창밖으로 던질 수 있었겠니? 솔직히 미사키 선생에게는 들어 올리는 것도 무리였지 않을까?"

"그러네요. 어떻게 한 거지?"

"그럼 그 내막을 공개하지." 미조구치 형사는 바로 옆에 있던 책상 밑에 손을 넣어, 길이 10미터 이상은 될 것 같은 하얀 끈을 꺼냈다. 말할 것도 없이 테이핑 테이프를 세로로 접어 폭을 반으로 한 것이었다. 형사는 그 한쪽을 조금 전 말한 것처럼 가스밸브에 묶었다. 그리고 남은 테이프를 의자 등받이 부분에 한 바퀴 감았다.

"이 의자를 미사키 선생이라고 생각해라. 등받이가 선생의 목이야." 형사는 무시무시한 소리를 했다. 그리고 책상 하나를 창가에 딱 붙이고 그 위에 사물함을 옆으로 눕혀 놓았다. 그리고 그 바로 앞에 영어사전이나 참고서 같은 것을 놓았다. 이걸로 사물함은 창문을 향해 비스듬한 경사를 만들었다.

나는 이토라는 동급생이 누군가가 자신의 사물함을 건드린 흔적이 있다고 한 말을 떠올렸다.

형사는 사물함 위에 덤벨을 놓았다. 상당히 무거운 듯하다.

"물론 미사키 선생은 이렇게 단숨에 17킬로그램이나 되는 덤벨을 올릴 수 없었겠지. 웨이트를 하나씩 놓고 이 위에서 조립했다고 생각하는 게 정답일 거다."

형사는 그 덤벨에 테이핑 테이프의 남은 한쪽을 묶었다. 여기까지 보니 나도 어떤 트릭인지 알 수 있었다.

형사는 덤벨을 잡고 그대로 의자에 앉았다. "됐니? 간다."

나는 끄덕였다. 그와 동시에 형사가 손을 뗐다.

사물함 위에 있던 덤벨이 천천히 구르기 시작했다. 그리고 잠시 후 사물함에서 떨어져 창밖으로 날아갔다. 하얀 테이핑 테이프가 엄청난 힘으로 당겨졌고 완전히 팽팽해졌을 때에는 미조구치 형사의 몸이 놓여 있음에도 불구하고 의자가 쿵 하고 움직였다. 그와 동시에 아래에서도 쿵 하고 둔탁한 소리가 났다.

나는 서둘러 창가로 달려가 밖을 봤다. 덤벨이 2층 창문 바로 아래쯤에서 흔들리고 있었다. 창문부터 기계체조용 매트가 깔려 벽을 보호하고 있었다.

"이쪽으로 와봐라." 형사가 나를 불렀다. "자, 이걸 봐."

형사는 창문의 레일을 가리켰다. 30센티미터 정도 간격으로 두 군데 강력한 힘으로 두들긴 것 같은 굴곡이 있다. 이 흠집은 전에 이곳의 상황을 보려고 왔을 때 나도 발견했었다.

"이것은 아마도 덤벨이 닿은 흔적일 거다." 형사가 말했다. "밖으로 날아가기 전에 일단 여기서 튕겨나간 거지."

"그런 거였나……."

나는 교실 안으로 눈을 돌렸다. 벽의 가스밸브, 의자, 그리고 창문이 팽팽해진 테이핑 테이프로 연결되어 있었다. 등받이 부분이 당겨져 한쪽이 살짝 뜬 채 비스듬해진 의자는 마치 정말로 목이 졸려 절명한 것처럼 보였다. 미사키 후지에가 어떻게 죽었는지를 직접적으로 알려주고 있었다.

"이게 자살 방법이라고 생각해도 틀림없을 거야." 미조구치 형사가 말했다. "한밤중에 도착한 하이토 선생은 이런 상태의 사체를 발견했을 거야. 그때의 충격을 생각하면 솔직히 동정이 가는구나."

"동감입니다." 나도 말했다.

"하이토 선생은 덤벨을 끌어올리고 테이프를 정리하고 책상과 사물함을 원래 위치로 돌려놓고 사전이나 책도 적당한 곳에 넣었어. 그리고 마무리로 그녀의 목에 체조용 리본을 감았지."

"왜 그런 짓을 했을까요?" 내가 말했다. "그런 짓을 하지 않아도 흉기가 사라져 있으면 타살이라고 생각했을 텐데요."

"그 점도 이상하지만 우리들이 더 기묘하다고 생각한 것은 덤벨을 어디에 숨겼을까 하는 점이었어. 왜 육상부실에 돌려놓지 않았을까?"

"숨겨야만 하는 사정이 있었나요?"

"나도 그렇게 생각했지. 일테면 덤벨에 결정적인 흔적이 남아버렸다거나. 그래서 나는 어제 어떤 상황이면 그런 사태가 벌어질까를 생각하기 위해 학교 건물 아래에 서 있었던 거야. 그때 네가 왔지. 야구공을 들고 말이다." 형사를 볼을 잡는 포즈를 취했다.

"그 볼이 연못으로 굴러가는 것을 보고 형사님은 생각해내신 거군요."

"착각이었지." 형사는 한스럽다는 듯 말했다. "나는 하이토 선생이 덤벨을 실내로 끌어올렸다고만 생각했어. 그러나 생각해보니 그런 고생을 할 필요는 없었지. 테이프를 끊어 일단 밑으로 떨어뜨리면 그만이야. 그리고 나중에 주우러 가면 되지. 그게 훨씬 편했겠지."

"하이토는 그렇게 했는데 예상치 못한 일이 벌어졌군요."

"예상치 못했겠지." 형사는 자못 우습다는 듯 말했다. "덤벨이 굴러갈 거라고, 그리고 땅이 연못 쪽으로 기울어져 있다는 사실을 하이토 선생은 계산에 넣지 않았어. 덤벨은 굴러서 연못에 빠지고 말았지."

"17킬로그램이나 되니까 건지는 건 무리였겠죠."

"혼자서는 말이야. 그래서 그대로 두기로 했겠지."

나는 미조구치 형사의 얼굴을 가리켰다. "모두 추리대로였나요?"

"아니, 그렇지 않아." 형사는 천천히 고개를 저었다. "미사키 선생이라는 여성은 우리들 생각보다 훨씬 대단한 사람이었어. 어제 우리들이 끌어올린 덤벨에 테이프가 감겨 있었던 거 기억나니?"

"예. 흉기의 단편 말이죠."

"아, 그렇지. 하지만 거기에는 또 다른 의미가 있었어."

"다른 의미?"

"그 테이프에는 글이 적혀 있었어. 빼곡하게."

"뭐라고 적혀 있었어요?"

"자신이 자살하는 이유가. 그러니까 그 테이프는 흉기이자 유서이기도 했다."

2

미조구치 형사가 종이 한 장을 내밀었다. "이걸 읽어봐. 테이프에 적혀 있던 것을 베낀 거다. 앞부분은 없어서 중간부터야."

나는 종이를 받아들었다. 당신을 믿고—라는 것에서 문장이 시작되었다.

『……당신을 믿고 당신을 모범으로 삼아 지금까지 해왔습니다. 교육을 위해서라면 자신을 희생해야 한다고 가르쳐준 사람도 당신이었습니다. 나는 그 말을 지켰습니다. 결혼도 하지 않고 오직 교사로서의 길에 모든 것을 다 바쳤습니다. 당신의 뒤를 충실하게 따르려고 했습니다. 그 결과 평범한 여자들의 행복은 얻지 못하더라도 당신의 마음을 얻을 수 있다고 생각했기 때문입니다. 나는 어떤 때라도 당신 지시에 따랐습니다. 미야마에 유키코가 도망쳤을 때 당신은 바로 놓쳐선 안 된다, 잡으라고 명령했습니다. 그래서 나는 전력을 다해 쫓았습니다. 기다리라고 그 아이를 큰 소리로 불렀습니다. 그 소리에 그 아이가 한순간 뒤를 돌아봤던 걸 나는 기억합니다. 그 동작과 그 아이가 도로로 뛰어나간 것은 거의 동시였습니다. 트럭이 그 아이에게 격돌하는 모습을 나는 목격했습니다. 마네킹 인형이 내던져지듯 그 아이는 도로에 떨어졌고 그 직후 보는 것만으로도 기절할 정도로 많은 피가 나왔습니다. 그 붉은 색은 내 눈에 들러붙어 결코 사라지지 않았습니다. 큰일이 벌어졌다는 생각이 들었습니다. 내가 쫓지 않았다면 그 아이는 젊은 목숨을 잃지 않았을 겁니다. 그래도 그때 내가 제일 먼저 생각한 것은 이 일이 당신의 이름에 누가 되지 않을까 하는 것이었습니다. 그래서 당신에게 이리로 오지 말라고 신호를 보냈던 겁니다. 그 후 당신은 여러모로 손을 써서 내 행동이 겉으로 드러나지 않도록 해주셨습니다. 하지만 내가 가장 원했던 것은 학생을 죽게 만들어 크게 상처를 입은 제 마음을 위로해주는 일이었습니다. 니시하라 소이치에게 모든 것이 폭로되어 학생들에게 공격을 당했을 때 나는 아침에 눈을 뜨는 게 무서웠습니다. 그래도 당신은 내게 당당한 태도를 취하라고 요구했습니다. 학생들은 자신이 어떻게든 처리하겠다, 니시하라라는 학생의 정체를 밝히면 소동이 가라앉을 테니 그때까지만 참으라고 말했습니다. 나는 솔직히 서 있는 것이 그나마 최선인 상태였지만 당신을 믿고 당신의 말에 따라 매일을 필사적으로 지냈습니다. 아아, 하지만 당신도 결국 단순한 남자라는 생물이었습니다. 욕망을 이기지 못하는, 추한 존재였습니다. 내가 이토록 고통스러워하는데도 불구하고 당신은 아무것도 해주지 않았습니다. 나는 그에 대해 여러 번 물었지만 당신은 매번 그 순간만을 넘기기 바빴습니다. 그리고 나는 그것을 봤습니다. 당신 방에서 그 아이가 나오는 모습을. 당신이 그 아이에게 마음이 있는 게 아닐까 하고 전부터 걱정했는데 그것이 드디어 현실이 되었던 겁니다. 그 순간 나는 깨달았습니다. 당신의 마음이 전혀 내게 있지 않다는 것을. 나는 학생들에게 살인자 취급을 받고 비난을 받아 고통스러워하고 있는데 당신은 젊은 여자의 몸에 빠져 있었습니다. 그 사실을 알았을 때의 내 슬픔을 당신은 알까요. 하이토 선생. 나는 죽음을 선택합니다. 이제까지 옳다고 믿고 살아온 길에 아무런 의미가 없다는 것을 안 이상 앞으로 더는 살아갈 수가 없습니다. 만약 당신에게 조금이라도 참회할 마음이 있다면 부디 내 유체를 이대로 놔두세요. 하지만 아마 당신은 그렇게 하지 않겠지요. 안녕. 위선자인 당신에게. 후지에』

내용을 두 번 읽고 나는 종이를 미조구치 형사에게 돌려줬다.

"잘은 모르겠지만 결국 미사키는 유키코를 죽게 한 것이 괴로웠던 건가요?" 내가 말했다.

"그렇게 읽히지. 평범한 인간이라면 그렇게 눈앞에서 사람이 죽으면 평온하게 지낼 순 없으니. 하지만 본질적인 것은 아까 네가 얘기한 거 아닐까?" 형사는 조심스럽게 종이를 접어 양복 주머니에 넣었다. "그러니까 결국은 애증 관계였던 거지."

"안에 나오는 젊은 여자는 누군가요?" 나는 유서 안에서 가장 마음에 걸리는 것을 언급했다. 가슴에 어떤 무거운 덩어리가 걸린 것 같은 느낌이었다.

형사는 이 질문에 답하지 않고 헛기침을 한 후 다른 이야기를 시작했다.

"미사키 선생이 하이토 씨를 불러낸 수단 말인데, 아마도 부재 중 전화를 사용한 것 같아. 그날 밤 하이토가 회식에서 돌아오니 거기에 미사키 선생의 메시지가 들어 있었던 게 아닐까. 3학년 3반 교실에서 기다리고 있을 테니 오라는 내용이었겠지. 몰래 찾아간 하이토는 사체를 발견하고 간담이 서늘해졌겠지. 그러나 목에 감겨 있는 테이프를 보고 더욱 놀라지 않았을까. 무엇보다 자신의 행동이 모두 적혀 있었으니까. 그래서 테이프를 회수해야만 했던 거지." 하이토에 대한 형사의 호칭이 미묘하게 변했다.

"타살로 보이게 해달라는 지시 문서를 놓아둘 필요가 없었군요."

무서운 여자네요, 라고 나는 중얼거렸다.

"가여운 여자라고도 할 수 있지. 사체가 된 모습을 하이토 씨에게 보여줄 생각으로 최대한 정성껏 화장을 하고 가장 좋은 옷을 입었을 테니까."

"그렇게 생각하니 안타깝……."

"하이토는 타살로 보이게 할 생각은 없었지. 경찰의 추궁을 피하기 위해서라도 자살로 처리되는 게 가장 좋았어. 그러나 목에 아무것도 감고 있지 않으면 안 된다고 생각해 대신 여학생 체조용 리본을 감아두었어. 보기에는 비슷하게 보였으니까 그걸로 감춰

지리라 생각했겠지."

"과학교사치고는 한심하네요."

"어쩔 수 없지. 정신이 없었을 테니까." 형사가 쓴웃음을 지었다.

"하이토 본인은 그 점을 인정했나요?"

"음. 그게 말이야." 형사는 새끼손가락으로 코 옆을 긁었다. "애석하게도 아직 사정청취를 할 수 없는 상태야."

"왜요?" 나는 녀석이 뇌졸중으로 쓰러지는 모습을 떠올렸다.

"아직 의식이 흐린 상태야. 제대로 말도 못하고. 아무래도 느긋하게 기다려야 할 것 같아."

"흠." 내 머리에는 아직도 유서가 맴돌고 있다. 젊은 여자란 누구일까. 얼마 후 아주 중요한 걸 묻지 않았다는 것을 깨달았다. "그 건은 어떻게 되었나요? 미즈무라 히로코가 살해당할 뻔한 사건은?"

"아, 그거?"

"그거라니……."

"그 건에 대해 설명하기 전에 네게 알려두고 싶은 게 있다. 네가 그날 신발장으로 편지를 받았지. 카페『롬&램』으로 오라는 내용이었고."

"예."

"사실은 그날 경찰에 한 통의 전화가 걸려왔다. 범인이 카페『롬&램』에 나타날 거라는 신고였지. 가짜라고는 생각했지만 일단 수사원 두 명이 잠복하러 갔어. 결국 아무도 나타나지 않았지만."

"경찰에? 누가 그런 전화를 했을까요?"

"전화를 건 사람은 이름을 밝히지 않았지만 젊은 여자였어."

"젊은 여자?"

"그다음 날, 어쩐지 마음에 걸려 나도 그 가게에 가봤어. 그랬더니 너희들과 우연히 만났지."

"아아, 그래서⋯⋯." 나는 납득했다. 역시 그때 가와이가 지적했듯 미조구치 형사는 나를 미행했던 게 아니었다.

"나는 그때 너를 불러내려던 문서를 보고 무슨 내막인지 알았지. 편지를 쓴 것도 경찰에 신고한 것도 동일인물이야. 그럼 그 인물은 왜 그런 짓을 했을까?"

"저는 범인이 제 알리바이를 없애기 위해 했다고 생각했는데요." 그렇게 말하고 나는 깜짝 놀랐다. "아니, 그게 아니라⋯⋯."

"그게 아니야." 형사는 턱을 당겼다. "네가 카페『롬&램』에 갔다면 당연히 우리들은 감시하고 있겠지. 그 사이 사건이 발생해. 그러니까 네 알리바이는 경찰에 의해 입증되는 거지."

"어떻게 된 거지? 왜 그런 짓을?"

"모르겠니?" 미조구치 형사는 근처 의자에 앉아 나를 올려다봤다. "그날 밤 사건이 일어난다는 사실을 아는 사람이 네게 혐의가 가지 않도록 알리바이를 만들어준 거지. 그럼 누가 그런 걸 알았을까?"

"범인?"

형사를 고개를 저었다. "이번 사건에 범인 같은 건 없어. 사건이 일어날 것을 알고 있었던 사람은 미즈무라 본인이야. 두 번째 사건은 그녀의 연극이야."

"연극? 스스로 가스밸브를 열고 수면제를 먹었다고요?"

"굉장한 용기라고 생각한다. 잘못했으면 큰일 났을 테니까."

"설마! 믿을 수 없어요."

"아니, 나는 처음부터 그럴 가능성을 의심했어. 무엇보다 그 방의 불이 켜져 있었기 때문이지. 만약 살인이라면 범인은 켜놓고 갔을 리가 없어. 발견하라고 말하는 것이나 다름없으니까. 실제로 수위는 불이 켜져 있어서 상황을 보러 갔다고 진술했다."

그러고 보니 맞는 말이다. 수위에게 이야기를 듣고도 그 점을 알아차리지 못한 자신의 한심함을 저주했다.

"무엇 때문에 그런 소동을 꾸며요?"

"우선 내가 첫 번째 이유로 생각하는 것은 네게 걸려 있는 미사키 선생 살인의 혐의를 풀어주려고 미즈무라가 결사의 각오로 했던 게 아닐까 한다. 그래서 미즈무라와 네 관계에 관심을 가졌던 거지." 형사는 흥미진진하다는 표정이다. 나는 전혀 재미있지 않았기 때문에 무표정으로 일관했다.

"하지만 그녀가 도우려고 했던 사람은 너만이 아닌 것 같아. 그것은 하이토도 그 시간의 알리바이가 완벽했기 때문이지. 일부러 그런 것처럼 말이야. 그런데 여기까지 알면 어느 쪽이든지 큰 차이는 없어. 우리 입장에서는 어쨌든 미사키 선생의 사건을 해결하는 게 선결 과제야. 그게 일단락되면 다음에 미즈무라에게 물어보면 된다고 생각했지."

"미즈무라에게 물어봤어요?"

"어젯밤 늦게." 형사는 진지한 표정으로 돌아왔다. "그녀는 자기가 꾸민 짓이라고 인정했다. 아니, 그녀는 원래는 자살할 생각이 있었는데 미수에 그쳐 살해될 뻔했다고 거짓말을 했다고 했지. 자살 동기는 사생활이라 말할 수 없단다."

"믿을 수 없네요."

"그렇지. 하지만 지금은 더 추궁할 근거가 없어. 너와 마찬가지로 그녀도 너와의 관계를 숨기려는 것 같더구나. 게다가 그녀와 하이토의 관계도 분명하지 않아."

"미즈하라와 하이토……." 말하고 나니 또 조금 전 유서의 내용이 떠올랐다. "하이토가 빠져 있다는 젊은 여자라는 게 미즈무라인가?"

상상하고 싶지 않은 일이라 나는 기어이 얼굴을 찡그리고 말았다.

"본인은 하이토 선생과 아무 관계가 없다. 그저 학생과 선생 사이라고 했어." 형사가 말했다.

"하지만." 더 생각할 수 있는 게 아닐까 하고 나는 생각했다.

"내 상상이지만." 형사는 씁쓸함에 가까운 표정을 한쪽 뺨에만 짓고 말했다. "만약 미즈무라가 하이토씨와 어떤 관계를 맺었다면 그것은 그녀의 계략이었을 거야."

"계략?"

"유서에서 미사키 선생은 하이토가 네 정체를 밝히겠다고 했다고 적혀 있지. 미사키 선생은 그걸 말뿐인 변명이라고 해석한 것 같지만 사실은 그렇지 않은 것 같아. 왜냐면 이런 게 하이토의 방에서 발견되었기 때문이지." 미조구치 형사는 조금 전 유서가 들어있던 곳과는 다른 주머니에 손을 넣었다. 한 장의 폴라로이드 사진을 꺼냈다. 그것을 받아든 내 눈이 커졌다. 거기에는 내가 찍혀 있었다.

"뭐지, 이 사진은?" 나는 저도 모르게 목소리를 높였다.

"아마도 그 사진을 근거로 하이토는 너희들의 항의 활동을 진압하려고 했던 것 같아. 하지만 결과적으로 그는 이 사진을 공표하지 않았지. 나는 그 이유에 미즈무라가 관여하고 있다고 생각해. 즉 그녀가 하이토에게 사진을 공표하지 않도록 부탁한 거지." 그리고 형사는 덧붙였다. "몸을 바쳐서 말이야."

"미즈무라가…… 왜?" 사진을 든 채 나는 신음했다.

"물론 너 때문이라고 생각해." 확신에 찬 말투로 형사가 말했다. "그녀는 네 혐의를 풀기 위해 위험한 연극을 했어. 그 점을 생각하면 못할 것도 없지. 다만 한편으로." 입술을 적시고 계속했다. "아무리 옛날 연인이었다고 해도 그렇게까지 할까 하는 생각도 들어. 이번 사건에서 내게 가장 큰 수수께끼는 그 점이었어. 그녀에게 너는 어떤 존재인가. 네게 그녀는 어떤 존재인가."

나는 어금니를 악물고 한참 생각한 후 고개를 들었다.

"그건…… 우리들의 문제입니다."

"그렇지." 형사는 고개를 끄덕였다. "아마도 우리들이 관여해선 안 될 문제가 있다고 생각해. 어쨌든 사건 자체는 이걸로 해결되었고 살인 사건이 아니니까 논리를 맞춰 서류만 갖추면 우리 상사도 뭐라고는 하지 않을 거야. 사건은 이렇게 끝이지."

"이 사진은?" 가지고 있던 사진을 들어 보여준다.

"다른 수사원들이 발견하지 않아서 다행이야." 미조구치 형사가 말했다. "빨리 처분하는 게 좋을 거다."

"괜찮나요?"

형사는 살짝 웃고 어깨를 으쓱해 보였다. "그녀가 목숨을 걸고 공표하지 못하게 한 사진이야. 나는 귀신도 악마도 아니야."

"고맙습니다." 나는 솔직하게 감사의 마음을 표했다. 그리고 다시 사진을 봤다.

거기에 찍혀 있는 것은 카페에서 멍하니 넋을 놓고 있는 내 모습이었다. 테이블 위에 재떨이가 있다. 그 재떨이에는 아무리 생각해도 내가 놓았다고 여겨질 담배가 하얀 연기를 내며 타고 있었다.

3

형사와 헤어진 직후에 종소리가 울렸다. 나는 1반 교실 앞에서 시노다 스스무가 나오길 기다렸다. 시노다는 천하태평하게 하품을 하면서 다른 학생과 섞여 나왔다. 나는 녀석에게 다가가 말했다.

"어이, 잠깐 보자."

"나를?"

"그래."

말투에 날이 선 탓인지 시노다는 아무 말 없이 따라왔다.

복도 끝에서 나는 그 사진을 시노다에게 보여줬다.

"이게 뭐지?"

시노다의 얼굴에서 낭패한 표정이 확연히 드러나더니 이어서 겁먹은 기운이 눈에 나타났다.

"아아, 이건……."

"분명 네게 불려나갔을 때의 사진이지? 학교 측이 야구부 출장 사퇴를 검토하고 있다는 말을 친절하게 알려주었지. 그때 너는 담배를 피우고 있었어. 그 담배를 재떨이에 놓고 중간에 화장실을 갔고. 그때 네가 이 사진을 찍었나? 솔직히 말해라." 나는 상대의 멱살을 잡았다.

"이거 놔. 부탁해. 좀 놔줘." 시노다의 목소리가 떨렸다. "말할 테니까. 말한다고."

나는 손을 뗐다. "좋아. 자백해."

시노다는 침을 삼키고 이야기를 시작했다.

"나는 일요일에 아르바이트를 해. 오토바이 배달 아르바이트."

"그게 왜?"

"하이토가 알았어. 그 녀석이 퇴학시키겠다잖아. 내가 봐달라고 하니까 자기 말을 들으면 이번만 용서해준다고 하더라."

"그래서?"

"뭐든 하겠다고 하니까 니시하라가 담배 피우는 장면을 찍어오라고 했어. 야구부에서도 틀림없이 몰래 피울 거라면서."

"나는 안 피워."

"알아. 나도 카페에서 네가 안 피우는 걸 보고 초조했어. 하지만 어떻게든 해야 했기 때문에 네가 피우는 것처럼 보이는 사진을 찍었어. 하이토에게 보여줬더니 됐다고 했어."

"뭐가 됐다는 거야?" 나는 강하게 말했다. "가짜잖아?"

"하이토는 가짜인지 몰랐어. 사진을 건넸을 때 그 녀석은 니시하라가 담배를 피웠다는 증인이 되어달라고 해서……."

"그러겠다고 했어?"

시노다는 주뼛거리며 살짝 턱을 당겼다. 나는 혀를 찼다. 어이가 없었다.

"내가 관여한 것은 거기까지야. 무엇 때문에 하이토가 그런 짓을 시켰는지 전혀 몰라. 네 약점을 잡으려고 한다고 생각했지만……."

나는 파리를 쫓듯 손을 흔들었다. "이제 됐어. 꺼져."

시노다는 슬쩍슬쩍 이쪽을 보면서 재빨리 복도 저쪽으로 사라졌다.

나는 사진을 찢어버리고 싶은 충동에 시달렸다. 이런 한심한 사진 한 장 때문에 우리들이 그토록 휘둘렸단 말인가. 그리고 실제로 이런 사진 한 장에, 우리들이 쌓아 올려온 것이 수포로 돌아가는 구조가 우리를 포위했다.

미쳤다. 뭔가 이상하다.

이날 점심시간, 나는 식당에 가지 않고 곧바로 옥상에 갔다. 식욕 같은 건 없었다. 일단 히로코를 만나고 싶었다. 만나 얘기하고 싶었다.

철조망 너머로 나는 운동장을 내려다봤다. 그러나 내가 보고 있는 것은 아주 먼 풍경이었다.

크리스마스 이후 나와 히로코의 사이는 급속히 가까워졌다. 겨울철은 야구부 연습이 적었기 때문에 시간만 나면 우리는 만났다.

히로코는 나에 대해 많은 질문을 했다. 특히 하루미에 대해 자세히 알고 싶어 했다. 나는 하루미에 대해서는 늘 누군가에게 말하고 싶었기 때문에 그 요구에 충실히 따랐다. 하루미를 동정하는 것이라고 해석했다.

"내가 하루미에게 해줄 수 있는 일은 그 녀석이 보는 야구 시합에서 전력을 다하는 것뿐이야. 그 녀석은 그런 모습을 나보다 훨씬 좋아해. 스스로 할 수 없기 때문에 내게 꿈을 의탁하고 있지." 나는 히로코에게 말했다.

히로코는 잠자코 들었다.

사태가 급변한 것은 3월에 접어들고 조금 지나서였다. 어느 날, 아버지가 갑자기 말을 꺼냈다. 저녁식사를 끝낸 뒤였다.

"소이치, 너, 미즈무라 씨의 따님과 교제하고 있다더구나."

나는 입 안에 물고 있던 디저트를 서둘러 삼켰다.

"미즈무라 씨라니……, 아버지, 아는 사람이야?"

이렇게 묻자 아버지는 곤란한 표정을 지었다. 하루미는 그 자리에 없었다. 물론 아버지는 그럴 때를 노렸겠지.

"역시 몰랐구나."

"그게 누군데?" 나는 성난 목소리로 물었다. 또한 부끄러움을 숨기려는 의미이기도 했다.

아버지는 심각한 얼굴로 말했다. "미즈무라 씨는 도사이전기의 상무야."

"도사이전기……." 나는 너무 놀라 젓가락을 떨어뜨렸다. "정말?"

"오늘, 그쪽에서 전화가 왔다. 업무 관련이라고 생각했는데 네 이름이 나와서 정말 놀랐다."

"뭐라고 했는데?"

"너희 둘에 대해 알고 있느냐고. 나는 전혀 몰랐다고 대답했다. 무엇보다 미즈무라 씨의 딸이 슈분칸고교에 다니는 것조차 몰랐으니까. 미즈무라 씨도 너희들 교제에 대해서는 아주 최근에 부인이 알게 되어 알았다고 하더라."

"나쁜 짓을 한 것도 아닌데 뭐." 나는 목소리에 억양을 넣지 않고 말했다. 그러나 마음속은 폭풍우를 만난 돛단배 같았다. 히로코가 도사이전기 상무의 딸이라고?

도사이전기—그것은 내게 있어서, 아니 우리 가족에게 중대한 의미를 가지는 회사였다.

"물론 뭐라고 하는 건 아니다. 다만 네가 아는지 모르는지 마음에 걸려서."

"관계없어." 나는 옆을 보며 말했다. 허세였다.

"응. 관계없다고 생각하면 됐다. 하지만 미즈무라 씨 댁은 너에 대해 알고 안심한 것 같더라. 귀한 외동딸이니까 어디 정체 모를 녀석과 사귀는 게 아닐까 하고 아주 걱정했던 모양이야."

"하청회사의 아들이라면 괜한 짓은 안 할 거라는 건가?"

내 말에 아버지는 어두운 표정을 지었다. "미즈무라 씨는 그런 뜻으로 말한 게 아니었어. 서로 아는 상대라 다행이라고 했지."

"어쨌든 그 녀석의 부모가 누군지는 상관없어."

"그건 알아." 아버지는 고개를 끄덕이고 차를 마신 후 조심스럽게 입을 열었다. "다만 미즈무라 씨는 너를 한번 만나고 싶다고 하더라."

"나를?"

"집에 오라고 하시더라. 이번 일요일에. 안 되니?"

"나 혼자 가?"

"물론이지. 내가 따라갈 순 없지."

당연하다. 그런 말은 들어본 적이 없다.

"너무 어렵게 생각할 필요 없어. 잠깐 얘기만 나누면 돼. 미즈무라 씨는 일단 네 얼굴을 보고 싶다고 하시더라." 아버지의 얼굴이 간청하는 표정이었다. 상대의 기분을 상하게 해선 안 된다는 마음으로 가득하다는 걸 나는 알아차렸다.

"미즈무라 상무는 그 건과 어떤 관계가 있어?" 내가 물었다.

아버지의 낯빛이 미묘하게 변했다. "그 건이라니?"

"당연히 하루미의 일이지."

"아아." 아버지는 머리를 뒤로 넘겼다. "그건 어떨까. 잘은 모르지만."

나는 나중에 내 방으로 돌아가 책장에서 한 권의 스크랩북을 꺼냈다. 내가 하루미를 위해 만든 것이다. 신문과 복사한 책 내용이 붙여져 있다.

그리고 나는 발견했다. 미즈무라 도시히코라는 이름을. 그리고 그 인물은 우리들이 가장 용서할 수 없는 인간이라는 것을, 나는 알았다.

하루미의 질환은 단순한 불운이 아니지 않을까—우리 가족이 그런 의문을 품기 시작한 것은 6년쯤 전이었다. 우리는 아직 K시에 살고 있었다.

우리 가족이 사는 지역에 장애를 가지고 태어나는 아이들이 많다는 사실이 한 주민에 의해 밝혀졌다. 그 주민은 신용금고 고객 방문을 담당한 남성인데 많은 고객을 만나러 다니면서 이 지역의 특이성을 깨달았던 것이다. 그리고 그 남성 역시 심장정맥에 이상이 생긴 아이가 있었다.

그 남성은 동료들과 조사를 계속해 2년 전에 발각된 지하수 오염이 원인이라는 결론에 도달했다. 후생성에 신고하는 수돗물 수원 조사 때 수십 개의 수원 우물 중 10개에서 WHO와 후생성 잠정기준치를 웃도는 트리클로로에틸렌이 검출되었던 사건이다. 그 10개 중에는 음용 우물도 포함되어 있었다.

오염원으로 여겨지는 것은 하나밖에 없었다. 지하수 상류에 위치한 도사이전기주식회사의 반도체 제조공장이다. 이 공장에서는 반도체 세정용으로 월 평균 15에서 20톤의 트리클로로에틸렌을 사용하고 있었다. 그리고 오염 원인은 트리클로로에틸렌의 지하 저장 탱크에서 누수가 발생했을 가능성이 높은 것으로 여겨졌다.

하지만 조사에 나선 현의 공무원은 상황 증거가 갖추어져 있음에도 불구하고 원인불명으로 발표했다. 그것은 오염이 발각되었을 때 도사이전기는 이미 트리클로로에틸렌 탱크와 배관설비를 철거했고 사용 용제도 트리클로로에탄으로 전면 교체했기 때문이다. 시민에게 알려지기 전에 행정 측과 기업이 한패가 되어 공해를 은폐한 사실이 확연했다. 도사이전기는 수도 교체 비용을 지불하고 수원정화설비를 설치하는 실질적인 배상 행위를 했지만 이것은 모두 기부라는 형태로 이루어졌다.

이런 사정으로 당연히 실시되었어야 할 주민의 건강 조사도 이루어지지 않았고 자세한 내막은 알려지지 않은 채 사태는 일단락되었다. 완전히 얼버무린 채 지나간 것이다.

그런데 장애아 발생률 증가와 관련해 이 문제가 다시 부각되었다. 그 신용금고 고객 방문 사원이 피해자 모임을 만들어 도사이전기를 상대로 손해배상 소송을 제기했던 것이다. 회사 측은 장애아 발생과의 인과관계는 인정할 수 없다고 주장했다. 그런 탓에 법정 투쟁은 지금도 계속되고 있다.

이 문제가 일어났을 때 나는 어린 마음에 하루미 역시 피해자 중 하나라고 확신했다. 어머니도 그랬다. 공장에서는 조금 떨어져 있었지만 어머니가 현지 우물물을 음용하고 있었던 것은 사실이다. 게다가 심장 기형은 이 시기에 태어난 장애아의 큰 특징 중 하나였다.

그러나 아버지는 피해자 모임에 들어가겠다는 말을 끝까지 하지 않았다. 아버지가 한 일은 지금 사는 집을 구해 이사 절차를 밟은 것이었다.

"도사이전기가 원인이라고 밝혀진 것도 아니고 야단을 부린다고 하루미의 몸이 나아지는 것도 아니야."

나와 어머니가 불만을 드러내자 아버지는 불쾌한 표정으로 이렇게 말했다.

아버지가 소극적인 이유는 그 후 바로 알았다. 어머니가 알려주었다. 아버지가 경영하는 금속가공 공장은 그 일의 대부분을 도사이전기의 하청으로 이루어지기 때문에 피해자 모임 같은 데 나갔다가 눈 밖에 나면 제대로 경영이 이루어지지 않는다는 것이다.

"알겠니? 아버지 회사에 일이 안 오면 우리도 그렇지만 종업원들도 힘들어." 어머니는 고통스러워하며 그렇게 말했다.

하지만 그래도 나는 역시 납득할 수 없었다. 아버지에게, 그리고 어른들의 사회에 환멸을 느꼈다. 딸을 위해서라면 손해득실을 따지지 않고 무조건 싸우는 아버지이길 바랐다.

그런 이유로 나는 이후 아버지와 웬만해서는 대화를 나누지 않았다. 그리고 전보다 더 하루미를 소중하게 여기기로 했다. 부모가 꽁무니를 빼고 아무 일도 하지 않는다면 적어도 내가 지켜주는 수밖에 없다고 생각했다. 고등학교 1학년 때 혼자 피해자 모임에 참가해 서명한 적이 있었다. 그때 나는 이름과 학교 이름을 커다랗게 적었다. 이 서명이 도사이전기 쪽 사람의 눈에 들어갔으면 좋겠다고 생각했다.

그러나 이런 나의 돌출 행동도 히로코의 아버지가 누구인지 알았을 때는 산산조각이 났다. 히로코의 아버지, 미즈무라 도시히코는 도사이전기 반도체공장의 실질적인 책임자로 행정 측과 결탁해 하이테크 오염을 은폐하려던 장본인이었던 것이었다.

나는 이런 우연한 일이 있을 수 있을까 싶었다. 우선 아버지가 이사지로 이 지역을 선택한 데 대해 나는 의심을 품었다. 답은 곧 나왔다. 이곳은 도사이전기의 본사와 가까워 임원을 비롯한 직원의 집이 많다. 다름 아니었다. 도사이전기의 분사 옆에서 본사 근처로 이사한 것뿐이었다. 생각해보면 아버지는 도사이전기에서 수주를 받고 있는 이상 장사에 유리한 곳을 선택하는 게 당연하다.

같은 지역에 살고 있는 데다 히로코와 내가 동갑이기 때문에 같은 학교에 진학한 것도 그렇게 대단한 우연도 아니었다. 특히 우리 슈분칸고교는 이 지역에서 유일한 명문학교였다. 히로코가 사립 여학교를 선택하지 않는 한 이 학교 말고 갈 곳은 없었다.

그러므로 이제까지의 우연을 이해하지 못하는 것도 아니다.

내가 어떻게 해서든 알고 싶었던 것은 히로코와 내가 사귀게 된 게 정말 우연이었을까 하는 점이었다.

나는 히로코에게 연락했다. 당연히 그녀도 사태를 파악하고 있었다.

"니시하라의 일은 부모님에게 비밀로 했는데 그래도 들켰네. 미안해. 놀랐지?"

"그렇지." 나는 전화로 말했다. "이렇게 놀라기는 처음이야."

"너를 집으로 불러 얘기하고 싶다고 했을 때는 나도 반대했는데 아버지는 꼭 만나고 싶다고 하네. 그 사람, 일단 입 밖으로 꺼내면 도통 말을 듣지 않아."

"그런 것 같더라." 나는 한숨을 쉬었다. "한 가지 묻고 싶은 게 있어."

"뭔데?"

"히로코 너는 내가 니시하라제작소의 아들이란 걸 알고 있었어?"

조금 침묵이 흐른 후 그녀가 대답했다. "알았어."

"언제부터?"

"처음부터."

"그래서 접근한 거야?"

다시 잠깐의 침묵. 그리고 그녀가 말했다. "그건 만나서 얘기할게."

"좋아. 그러자." 전화를 끊었다.

내가 미즈무라 도시히코와 만나야겠다고 생각한 것은 히로코의 아버지 얼굴을 보고 싶었기 때문이 아니라 하루미의 건강을 빼앗은 인간에게 정면으로 항의할 수 있는 절호의 기회라고 생각했기 때문이다. 이런 나의 결심을 부모님도 알았는지 그날 당일, 어머니는 내게 선물을 건네면서 못을 박았다. "오늘은 괜한 소릴 하면 안 된다. 그런 말을 했다가는 너희들도 더는 사귀지 못할 테니까." 나는 그냥 알았다고 대답했다.

미즈무라의 집은 고급주택지 중에서도 가장 눈에 띄는 건물이었다. 시골이었다면 마을회관이라고 해도 믿었을 것이다.

우선 히로코가 나를 맞았다. 스웨터에 슬랙스라는 차림이었다. 크리스마스 때보다 훨씬 어리게 보였다. 집에서는 어린애 행세를 하고 있을지도 모르겠다고 나는 생각했다.

응접실로 안내되고 얼마 안 있어 미즈무라 도시히코가 나타났다. 50세를 넘겼다고 들었는데 단단한 몸과 혈색이 좋은 얼굴 때문에 40대처럼 보였다.

미즈무라는 아주 기분이 좋았다. 잘 웃고 잘 떠들었다. 그러나 그것이 틀림없이 가면이라는 것은 가끔 나를 보는 값을 매기는 것 같은 차가운 눈빛으로 알 수 있었다. 딸이 사귀고 있는 남자와 만나 기분이 좋을 아버지는 없는 법이다.

그래도 그렇게 무난한 대화가 계속되었다면 일단 평화로운 대면으로 끝났으리라. 그러나 나는 여기서 끝내고 싶지 않았다. 그래서 말했다. 하루미의 일을. 하루미의 몸과 그 원인을.

미즈무라의 눈에 더러운 것이라도 본 것 같은 분명한 불쾌함이 떠올랐다. 그래도 입가에 웃음을 남기고 있는 것은 그저 습관인지도 모른다.

"오염 원인이 우리 공장이라는 결론은 나오지 않았다." 미즈무라는 작위적인 웃음을 지은 채 말했다.

"그런데도 정화설비 등의 비용을 내셨죠? 그건 죄를 인정하는 게 아닙니까?" 상대를 질책하는 기술 같은 건 구사할 줄 모르는 나는 대놓고 싸우자는 태도로 반론했다.

"죄라고 하니 의외구나. 새로운 일을 하다보면 늘 예기치 못한 일이 일어나지. 그러므로 죄를 인정한다는 의미가 아니라 어디까지나 지역민들이 불안하게 생각한다면 그 불안을 제거해주자는 거야. 말하자면 성의지."

"그렇다면 그 성의를 피해자에게 보였으면 좋겠습니다."

"그 피해자라는 말이 무슨 소린지 모르겠구나. 오염과 건강상태와의 관련은 피해자 모임이라고 칭하는 사람들이 마음대로 지어낸 이야기야. 의학적으로 증명된 게 아니다."

"데이터로 분명히 나와 있습니다." 내 목소리가 커졌다. "동생도 그중 하나입니다."

"네 동생 일은 안되었구나. 하지만 그걸 우리 탓으로 돌리는 건 곤란하다. 너도 좀 더 냉정해지면 어떻겠니? 피해자 모임 같은 데

현혹되지 말고. 그 사람들은 말이야, 이런저런 논리를 갖다 대어 돈을 뜯어내려는 것뿐이다. 자해 공갈단이나 마찬가지. 교섭 자리에 일부러 장애아를 데리고 나타난단다. 그런 주제에 공장에서 만든 하이테크 제품의 이득은 모두 향유하지. 반도체 기술이 발달하지 않았다면 가난뱅이가 TV라도 살 수 있었겠니?"

내가 미즈무라에게 주먹을 휘두르지 않았던 것은 그곳이 미즈무라의 응접실이었기 때문도 아니었고, 아버지의 일에 지장이 생길지 모른다고 생각했기 때문도 아니었다. 시야 끝에 들어온 히로코의 겁먹은 표정이 나를 마지막 순간에 멈추게 했다.

얼마 후 미즈무라는 할 일이 있다고 사라지며 말했다. "천천히 놀다 가거라." 물론 얼음처럼 차가운 말투였다.

그 후 나도 바로 일어났다. "갈게."

히로코는 말리지 않았다. 대신에 문까지 배웅해주었다. 현관에서 문까지의 길은 걸으면서 잠깐 얘기할 수 있을 만큼 길었다.

"미안해." 집을 나오자마자 그녀는 사과했다. "아버지는 이상한 사람이야. 회사나 일이라는 이름의 악마에게 영혼을 팔았지."

"어차피 저런 인간일 거라고 생각했어." 나는 앞만 보고 말했다.

히로코는 잠깐 입을 다물었다가 목소리를 바꾸어 말했다. "아버지 앞으로 피해자 모임에서 서명 리스트를 복사한 걸 보낸 적이 있었어. 그 안에 니시하라의 이름이 있었지. 고등학교가 나랑 같아서 눈에 들어왔어."

고등학교 1학년 때 집회에 나갔을 때의 일이라고 나는 바로 알 수 있었다.

"그래서 내게 접근했어?"

"여러 가지로 알고 싶었어. 피해자에 대해 자세히. 아버지는 내게 아무것도 알려주지 않으니까."

"피해자에 대해……서라." 내가 아니라, 하고 나는 속으로 읊조렸다.

"아버지는 나쁜 일을 했어. 니시하라와 만나 사실을 알았지. 내가 할 수 있는 부분은 사과를 하겠다고 생각했어. 정말이야."

"그랬겠지." 나는 걸음을 멈추고 그녀를 내려다봤다. "무슨 착각을 한 모양이다. 나는 히로코에게 동정을 받았구나."

"동정이라니……." 그녀는 할 말을 찾는 것 같았다.

"됐어." 나는 다시 걷기 시작했다. "이제 됐다고."

"니시하라."

"동정 같은 거 하지 마. 무엇보다 네게 저 남자를 비난할 자격이 있니? 먹고 입는 것, 사는 집도 전부 저 남자가 벌어온 돈으로 샀으면서. 그런 네가 피해자를 생각하다니. 그건 부잣집 아가씨의 값싼 동정일 뿐이야. 그런 동정은 필요 없어. 오히려 상대만 비참해질 뿐이지." 나는 문을 지나 뒤도 돌아보지 않고 손을 들었다. "그럼, 잘 있어."

나는 내가 상처를 입었다는 사실을 스스로도 알고 있었다. 미즈무라 도시히코에 대한 분노보다 히로코와의 관계가 짝사랑이었다는 사실을 안 것이 훨씬 격렬하게 내면을 흔들었다.

그다음 날, 아버지가 복잡한 얼굴로 돌아왔다. 내게 뭐라고 하려는 것 같아 내가 먼저 말했다.

"미즈무라의 딸과는 더 이상 안 만나."

"그래……."

아버지는 마음을 놓는 것처럼 보였다. 아들이 더 이상 자기 딸에 접근하게 하지 말라는 말을 미즈무라에게 들은 게 분명했다.

그 후로 자포자기해 성질만 내며 보내는 시간이 흘렀다. 나는 싫은 기억을 잊으려고 야구에 몰두했고 연습이 끝나도 좀처럼 집에 돌아오지 않았다. 세상 모든 것에 화가 났다.

그런 때에 미야마에 유키코가 내 마음의 틈을 비집고 들어왔던 것이다.

4

15분쯤 지났을 때 히로코가 올라왔다. 오늘은 바람이 불지 않아 그녀가 머리를 누를 필요는 없었다. 그녀는 내 모습을 보고도 그리 놀라지 않았다.

우리들은 한동안 잠자코 마주 봤다. 가슴에 끓어오르는 무언가가 있고 머릿속으로는 다양한 말이 들끓었다. 그 혼란이 가라앉을 때까지 약간의 시간이 필요했다. 적어도 내 경우는 그랬다.

"이 사진." 그렇게 말하고 나는 문제의 사진을 꺼냈다. "돌려받았어."

그 한마디에 내가 어느 정도까지 파악하고 있는지 히로코도 안 모양이었다. 살짝 하얀 이를 보이며 말했다. "그래? 잘됐네."

"하이토는 이 사진을 공개해 야구부를 공식전 출장 정지로 몰 생각이었겠지. 그러면 내 이미지가 나빠지고 동시에 유키코 건으로 항의 활동 하고 있던 애들도 조용해질 것이다—그렇게 생각했겠지."

"맞아."

"너는." 그렇게 말하고 나는 고개를 흔들었다. "히로코는 언제 하이토 일당의 계략을 알았어?"

"하이토 선생님이 그 사진을 입수한 직후에. 내게 보여줬거든."

"왜 히로코에게 보여줘?"

"그 사람은." 히로코는 입술의 힘을 살짝 풀었다. "뭐든지 내게 알려주거든."

"그런 것 같더라." 내가 말했다. "그래서?"

"큰일 났다. 어떻게든 해야겠다고 생각했어. 그래서 나, 갔어."

"어딜?"

"하이토 선생님의 집으로." 히로코는 주저 없이 대답했다. "천문부 일로 상담할 게 있다는 구실로."

나는 우두커니 선 채 할 말을 잃었다.

"그 사람, 내가 방에 들어가자 완전히 제정신이 아니더라. 무슨 말을 하려고 하면 더듬고 테이블을 마주하고 앉아서는 안절부절 못하고. 천문부에 대해 얘기하는데도 정신이 온통 딴 데 가 있고."

"그래서?" 무거운 기분으로 물었다.

"갑자기 물었지." 히로코가 똑바로 내 눈을 보고 말했다. "선생님, 저를 좋아하세요?"

온몸이 뜨거워졌다. 관자놀이에서 뺨으로 땀이 흘렀다. 나는 그것을 손등으로 닦았다.

"그 녀석은 뭐라고 했어?"

"일단 놀라더라." 히로코는 입술만 움직여 웃었다. "그러더니 갈팡질팡 무슨 소린지 도통 알 수 없는 말을 내뱉었어. 무슨 말을 하느냐, 교사와 학생 사이에 그런 일은 있을 수 없다는 둥."

"눈에 선하네."

"나는 상관하지 않고 말했어. 만약 선생님이 나를 좋아한다면 부탁을 하나 들어달라고. 그러면 선생님이 시키는 일은 뭐든지 하겠다고."

"하이토는…… 뭘 원했어?"

"아무 말도 안 했어. 아마 무척 혼란스러웠던 것 같아. 그래서 나, 소파에 누워 눈을 감았어." 그때 일을 떠올리고 있는지 히로코는 잠시 눈을 감았다가 다시 떴다. "그 사람의 심장소리가 들리는 것만 같았어."

"그때 용케 뇌졸중을 일으키지 않았네." 나는 애써 농담처럼 말했다. 격렬한 동요를 알아차리지 못하도록 하기 위해서였는데 소리가 떨리고 말았다.

"그 사람이 다가왔어."

"알았어. 그만해." 나는 그녀의 말을 막았다. "듣고 싶지 않아."

"그래?"

"응, 됐어." 주먹을 쥐었다. 너무 불쾌했다. "듣고 싶지 않아."

조금 바람이 불었다. 히로코 쪽에서 바람이 불어오는지 샴푸 같은 냄새가 살짝 났다.

"그 사람, 아무 짓도 하지 않았어." 히로코가 말했다.

"뭐······?"

"아무 짓도 하지 않았다고. 할 수 없었다고 해야 할까. 내 옆까지 와서 옷을 벗기려고 했지만 중간에 생각을 고친 듯 내게서 떨어졌어. 그리고는 짐승 같은 신음소리를 내면서 방안을 돌아다녔어. 머리를 마구 헝클면서."

"양심과 싸웠다는 말인가."

"몰라. 그럴지도 모르지. 마지막에 그 사람, 내 손에 입술을 대고 훌쩍훌쩍 울기 시작했어. 이따금 '안 돼, 안 돼, 안 돼'라고 중얼거리면서."

불능인가 하는 생각이 들었지만 입 밖에는 내지 않았다.

"한참을 계속 울더니 그 사람이 물었어. 네 소원이 뭐냐고. 나는 그 사진 얘기를 했어. 부디 그 사진을 공개하지 말아달라고. 그 사람은 왜 내가 그런 짓을 하느냐며 이상하게 여기더라. 나는 대답하지 않았지만 니시하라와의 관계를 적당히 추측한 모양이야. 그런 녀석은 너와 어울리지 않는다, 그 녀석은 거칠고 난폭해 너 같은 사람과는 얽혀선 안 되는 남자라고 했어."

"그놈의 할아범!" 나는 마음속으로 하이토의 얼굴을 찢어발겼다. "그래서 어떻게 됐어?"

"내일 다시 한 번 와달라고 하더라."

"갔어?"

"응. 그랬더니 그 사람, 이번에는 적극적으로 나를 안으려고 했어. 아마 하룻밤 내내 고민했던 모양이야. 하지만 역시 내 몸을 조금 만졌을 뿐 초조해하며 떨어졌어. 그리고 또 곰처럼 방을 어슬렁거렸어. 우우우 하고 끙끙거리면서 말이야. 그 광경은 좀 이상하더라. 그대로 시간이 흘러 내가 집으로 가야 했을 때 그 남자가 또 말했어."

"내일도 또 오라고?"

"응. 그래서 다음 날도 갔어. 그렇게 매일 다녔어."

그 출입 장면을 미사키 후지에가 목격한 것 같다.

"그래서 그때마다 하이토는 히로코를 덮쳤어?"

"아니. 세 번째부터는 아무 짓도 안 했어. 그저 옆에 있어달라고만 했지. 그리고는 가끔 생각이 난 듯 안았어. 하지만 그건 어머니가 아이를 안는 것 같은 느낌이었어."

"징그러. 상상하고 싶지 않아."

"이 사람도 불쌍한 사람이구나, 하고 그때 생각했어." 히로코는 허공으로 시선을 던졌다.

기묘한 침묵이 두 사람 사이에 흘렀다.

"미사키가 자살했다는 걸, 처음부터 알고 있었어?" 내가 물었다.

그녀는 고개를 저었다.

"몰랐어. 연극을 해달라는 부탁을 받았을 때 알았어."

"연극……. 역시 그랬구나. 내 신발장에 편지를 넣은 사람도 히로코였구나. 그리고 경찰에 전화한 사람도…….'"

히로코는 후 하고 숨을 내쉬고 고개를 끄덕였다.

"하이토 선생님은 연못에 빠진 덤벨을 아주 많이 걱정했어. 어느 날, 니시하라와 미조구치 형사가 학교 건물 뒤에서 이야기하는 것을 보고 미사키 선생의 자살 내막이 드러날지도 모른다고 생각한 것 같아. 그래서 내게 거짓 연기를 시켜 역시 이전 사건은 타살이었다고 경찰이 생각하게 만들려고 한 거지. 굳이 가스밸브를 사용한 것도 미사키 선생 때와 공통점을 갖게 하기 위해서야. 생각해보면 한심한 생각이지. 하지만 나는 그 기회에 니시하라에 대한 혐의를 풀어주고 싶었어."

"왜? 어째서 그렇게까지 나를 위해?" 내가 물었다.

그러자 히로코는 여러 번 눈을 깜빡이고 먼 하늘을 바라본 후 다시 고개를 돌렸다.

"분했어. 니시하라의 믿음을 얻지 못했던 게. 나는 정말 아버지 대신 대가를 치러야겠다고 생각했으니까. 그래서 어떻게 하면 알아줄까 하고 생각했어. 내 고통이 니시하라의 말처럼 단순한 부잣집 아가씨의 동정이 아니라는 것을 증명하기 위해서 어떻게 하면 좋을지. 니시하라와 헤어진 후 내내."

"히로코……."

"니시하라, 여동생에게 시합을 보여주고 싶다고 했잖아. 그게 자신이 할 수 있는 유일한 일이라고. 그 꿈이 무너지지 않도록 어떻게든 막는 일은 지금의 내가 할 수 있다고 생각했어. 그러면 니시하라에게도 인정을 받지 않을까." 히로코는 교복 소매에 살짝 눈가를 댔다. "게다가 유키코의 일도 내게 전혀 책임이 없는 것도 아니야. 그 전에 니시하라에게 상처를 준 사람이 나였으니까."

나는 히로코, 하고 다시 한 번 중얼거렸다. 하지만 이번에는 소리가 되어 나오지 않았다.

나는 인정할 수밖에 없었다. 이번 일련의 사건을 통해 일부러 히로코에게 고통을 주려고 했던 것을. 유키코의 임신 상대가 자신이라고 밝힌 것도, 살인사건의 용의자가 되었을 때 오히려 유키코의 연인인 척 행동했던 것도 히로코에게 보여주려는 목적을 포함하고 있었다. 너 때문에 나는 이런 일을 당하고 있어—그런 꼴사나운 주장을 하고 있었던 것이다. 다른 무엇 때문도 아니다. 차인 김에 괴롭히는 행동과 큰 차이가 없었다.

그런 나를 그녀는 구원해주었다. 사실 그녀에게는 아무런 책임이 없는데.

"니시하라……." 히로코가 낮게 말했다. 그녀의 얼굴은 젖어 있었다.

나는 손수건을 내밀며 말했다. "고마워."

나는 모든 말을 끝낸 후 야구부실 의자에 앉아 있었다. 부실에는 가와이 가즈마사와 나라사키 가오루도 있었다.

"나를 쳐." 내가 가와이에게 말했다. "나의 유키코에 대한 마음은 너처럼 훌륭한 게 아니었어. 너는 나를 때릴 자격이 있어."

가오루는 고개를 숙인 채 움직이지 않고 가와이는 좁은 부실 안을 걸어 다녔다. 둘 다 한 마디도 하지 않았다. 가와이의 스파이크 소리만이 실내에 울렸다.

"왜 그래?" 내가 물었다. "나라면 때려."

마침내 가와이가 움직임을 멈췄다. 나는 각오하고 배에 힘을 주었다.

가와이는 옆에 있던 볼을 잡았다. 그 왼손이 부들부들 떨리는 게 보였다. 녀석은 눈을 부릅뜨고 있는 힘껏 볼을 집어던졌다. 볼은 엄청난 소리를 내며 내 사물함에 명중했고 표면이 움푹 팼다.

"가와이……." 가오루가 말했다.

"용서할게." 가와이는 그런 말을 남기고 성큼성큼 부실을 나갔다.

나는 가오루와 얼굴을 마주했다. 가오루가 씩 웃어주었다.

7월 10일, 현이 운영하는 야구장에서 우리들은 시합을 했다. 지역 예선 1회전이었다. 상대는 전국대회 출전을 노린다는 강호로,

나는 당첨 운이 나쁘다며 부원들의 질책을 받았다.

에이스인 가와이는 좌완으로 신중하게 강속구를 날렸지만 그것은 모두 상대 배트에 명중했다. 가끔 빗맞아도 마침 야수가 없는 곳으로 볼이 날아갔다.

그래도 우리들은 즐거웠다. 시합에 나올 수 있다는 것만으로도 만족스러웠다.

중간쯤 콜드게임까지 각오했었는데 우리 팀 타선이 살아나 간신히 9회까지 시합을 계속할 수 있었다. 4번 타자인 요시오카가 큰 파울을 친 후 삼진 아웃되면서 우리들의 동아리 활동은 막을 내렸다.

"이로써 내일부터는 수험 공부구나." 곤도가 모자를 벗으면서 말했다. 그런 곤도의 머리는 다른 부원들에 비해 머리가 상당히 길었다. 일찌감치 기르기 시작한 것이다.

뒷정리를 끝내고 야구장을 나왔을 때 아버지의 차가 다가왔다. 안에서 하루미가 손을 흔들고 있다.

"아까웠어."

"그런 경기였는데?" 내가 말했다.

"저기, 오빠."

"응?"

하루미가 차 안에서 머리를 쏙 내밀었다. "3년 동안 수고했어."

나는 쓴웃음을 지었다. "대학에 가도 야구는 할 거야."

"정말? 신난다!" 하루미는 얼굴 앞에서 두 손을 꼭 잡았다. 그리고 알아차린 듯 내 뒤를 가리켰다. "저 사람 누구야? 아주 예쁘네."

내가 돌아봤다. 히로코가 웃으면서 다가왔다.

"저 사람이 가지고 있는 거, 오빠 수건 아니야? 여자 친구?"

놀리는 눈빛으로 하루미가 말했다.

"아니야. 동급생이야." 나는 한쪽 눈을 찡긋하고 대답했다.

초등학생 때부터 교사를 아주 싫어했다. 왠지는 모르지만 이런 아저씨와 아줌마들이 위세를 떠는 모습을 봐야 하는 게 늘 불만이 었다. 아무리 봐도 존경할 수 있는 부분이 하나도 없는데 "선생님" 이라고 불러야 하는 것도 마음에 들지 않았다. 무엇보다 참을 수 없었던 점은 그 사람들이 자신을 훌륭한 사람이라고 착각하고 있 는 것이다.

"사회는 그렇게 만만하지 않아."

자주 이런 말을 하는 교사가 있었다. 그때마다 생각했다.

'대학을 나와 바로 교사가 된 당신이야말로 학교 이외의 일은 아 무것도 모르잖아!'

"어른 사회에 나가지 못하는 겁쟁이들이 아이를 상대로 하는 교 사가 되는 거야. 저런 녀석들에게 교육을 받고 싶은 생각은 없어."

친구들끼리 이런 말을 나누기도 했다.

그런 탓에 졸업식 때 강제로 부르게 하는 『스승의 은혜』라는 노래는 정말 구역질이 나올 정도로 싫었다. 도대체 어디에 '스승의 은혜'가 있단 말인가, 그런 건 없다고 생각했다.

그런데 생각해보면 교사만 싫어한 게 아니었다. 주위 어른들 대부분에 화를 냈다. 자신은 색정과 욕망, 돈에만 관심이 있으면서 상대가 아이면 어른스러운 척하며 한마디 해볼까 하고 진부한 설교를 한없이 늘어놓으니까. 우리가 진저리를 치는 것도 깨닫지 못한다. 결국 "젊었을 때 공부해야지"라는 말로 끝난다. 그러는 당신은 얼마나 했는데 하고 한마디 해주고 싶었다.

이놈 저놈 할 거 없이 그저 나이만 먹은 바보에 불과하다고 생각했다. 그리고 이런 녀석들이 나를 업신여기게 둘 수 없다며 고슴도치처럼 온몸을 곤두세웠다.

그리고 세월이 흘러 내가 미움을 받을 차례가 되었다. 정신을 차리니 고슴도치의 바늘 끝도 상당히 무뎌졌다. 그게 좋은 것인지 아닌지는 나도 잘 모른다. 다만 씁쓸한 것만은 분명하다.

그런 생각을 하면서 이 소설을 썼다. 본격 학원 추리는 데뷔작인 《방과 후》 이후 두 번째이다. 솔직히 말해 아주 고생했다. 너무 고생해서 처음으로 후기를 쓰기로 마음먹은 것이다.

히가시노 게이고

히가시노 게이고의 본격 학원 추리물!

내년 봄이면 고등학교를 졸업하는, 성인의 문턱에 선 남학생이 있다. 야구부에서 유격수로 활약하고 있는 그는 모든 어른이 싫다. 사업을 위해서라면 가족도 희생시킬 수 있는 무기력한 아버지로 대표되는 어른들의 세계가 환멸스럽기 짝이 없다. 대학을 졸업해 그대로 아이들의 공간인 학교로 굴러들어와 설교나 늘어놓고 있는 선생들은 한심하기 그지없다.

세상에 대한 분노로 속은 부글부글 끓고 있지만 현실의 자신이 할 수 있는 일은 그저 열심히 야구 연습을 해 심장이 약한 여동생에게 최선의 시합을 보여주는 일뿐이다. 그런 그가 어느 날 갑자기, 한 여학생의 사고를 계기로 학교를 상대로 가장 강력한 반항을 시작한 영웅으로 떠올랐다.

학생들은 주인공의 반항을 계기로 저마다 저항운동을 시작한다. 교칙을 일부러 위반해 학교 질서를 어지럽히기도 하고 단체로 서명운동을 벌이기도 한다. 정작 본인은 이렇다 할 의식이 있어서 저지른 일은 아니다. 어디까지 개인적인 가책에서 비롯된 일이었는데 사태는 일파만파 커지기만 한다. 그러던 어느 날, 이 일로 비난의 화살을 받던 여교사가 살해된 채 교실에서 발견된다.

앞서 벌인 항의 때문에 주인공 남학생은 여교사 살인사건의 가장 강력한 용의자로 떠오른다. 그를 응원하던 학생들의 시선은 싸늘한 화살이 되어 그를 찌르고 형사들의 추궁에 대응하며 그는 독자적으로 사건을 추리하기 시작한다.

히가시노 게이고가 두 번째로 손을 댄 본격 학원 추리물이다. 그의 작품답게 단순한 학원물에서 나아가 환경 문제, 학생 인권에 대한 문제가 밑바탕에 면면히 흐르고 있고 그것이 날실과 씨실이 되어 사건을 촘촘하게 엮어간다.

학교란 공간은 우리 모두에게 수많은 부조리를 알려주었다. 빼곡한 규칙들이 우리의 10대를 옭아맸지만 그것의 기준이나 이유를 들어본 적이 없다. 그저 예전부터 그렇게 해왔기 때문에 우리도 지켜야 하는 것들이었다. 그 부조리에 대한 침묵이 어른이 되어서는 부당함, 불의에도 쉽게 순응하는 어른들을 만들어내는 것은 아닐까.

주인공 남학생은 이런 문제 제기에 철저한 히가시노 게이고 본인의 투영이 아닐까. 주인공을 둘러싼 어른들은 교장과 교감, 담임, 보건 교사, 야구부 감독부터 부모에 이르기까지 벌어지는 상황에서 철저하게 무기력하다. 오히려 악역을 담당하고 나선 선생과 사회적 물의를 일으킨 기업주만이 당당하게 행동하는 유일한 어른이다.

무기력한 어른과 당당한 악인 사이에 둘러싸여 숨이 막히는 주인공에게 적인지 동지인지 알 수 없는 어른이 하나 있다. 바로 그를 조사하는 담당 형사. 그들은 처음 형사와 조사 대상으로 만났지만 끈질기게 사건의 본질을 파고드는 주인공에게 때로는 경고하기도 하고 때로는 정보를 주는 기묘한 파트너 같은 존재가 된다.

문득 주인공이 성장해 이런 형사가 되어 있는 그림을 떠올려본다. 그들은 어쩌면 세월을 뛰어넘어 마주한 자신이 아닐까. 이것은 어쩌면 무기력하지도 않고 그렇다고 악인도 아닌, 최소한의 문제해결능력을 갖춘 어른이 되고 싶었던 작가 본인의 작은 바람이 투영된 모습은 아니었을까.

학원물 특유의 풋풋한 10대 감성이 살아있으면서도 수많은 생각을 자아내는 둔중한 서사가 가득한 작품이다. 이 겨울, 새로운 봄을 위해 웅크리고 있는 모든 사람들에게 전하는 작가의 편지 같은 작품.

민경욱

동급생

2019년 11월 15일 1판 1쇄 인쇄
2024년 11월 20일 1판 12쇄 발행

저　　　자 히가시노 게이고
옮　긴　이 민경욱
발　행　인 유재옥

이　　　사 조병권
출판본부장 박광운
편　집　1　팀 박광운
편　집　2　팀 정영길 조찬희 박치우
편　집　3　팀 오준영 이소의 권진영 정지원
디자인랩팀 김보라
콘텐츠기획팀 박상섭 강선화
디지털사업팀 김경태 김지연 윤희진
라이츠사업팀 김정미 이윤서 임지윤
영업마케팅팀 최원석 윤아림 이다은
물　류　팀 허석용 백철기
경영지원팀 최정연
발　행　처 (주)소미미디어
인쇄제작처 코리아피앤피
등　　　록 제2015-000008호
주　　　소 서울시 마포구 토정로 222, 502호(신수동, 한국출판콘텐츠센터)
판　　　매 (주)소미미디어
전　　　화 편집부 (070)4164-3960 기획실 (02)567-3388
　　　　　 판매 및 마케팅 (070)4165-6888, Fax (02)322-7665

ISBN 979-11-6507-101-1 (03830)